U0073662

知識工場
Knowledge is everything！

知識工場
Knowledge is everything！

知識工場

Knowledge is everything！

knowledge.

知識工場

Knowledge is everything！

初學也能變神人！

Say Goodbye To Broken English By Learning Key "Verbs"!

用「關鍵動詞」擺脫卡卡英文

破英文，就讓關鍵動詞幫你一次擺平！

必學動詞＋心智圖，讓你輕鬆踏上英文這條路！

張翔 / 編著

英文要學好，這些就夠了！

praise
動 表揚；讚美

commend
動 稱讚；推薦

讚嘆、崇拜

acclaim
動 稱讚　名 喝采；稱讚

laud
動 讚美；稱讚　名 讚美；讚歌

懂了英文的靈魂——
動詞，才是學好英文的最快捷徑！

1 先以「**心智圖**」聯想，輕鬆記憶單字

心智圖中間以「中文字義」開始發想，再與外圍的英文單字做聯想，符合國人先想中文再翻英文的學習方式！

2 熟練人生必學「**關鍵動詞**」

嚴選生活與考試中，出現頻率最高的關鍵動詞。

3「**三態變化**」輕鬆對照

特別列出此動詞的「過去式」以及「過去分詞」，不用再被動詞的三態變化規則弄昏頭！

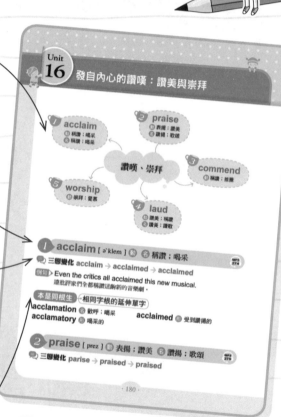

Unit 16 發自內心的讚嘆：讚美與崇拜

1 acclaim
動 稱讚；喝采
名 稱讚；喝采

2 praise
動 表揚；讚美
名 讚揚；歌頌

3 commend
動 稱讚；推薦

4 laud
動 讚美；稱讚
名 讚美；讚歌

5 worship
崇拜；愛慕

讚嘆、崇拜

1 acclaim [əˈklem] 動 名 稱讚；喝采

三態變化 acclaim → acclaimed → acclaimed

例句 Even the critics all acclaimed this new musical.
連批評家們也都稱讚這齣新的音樂劇。

本是同根生 相同字根的延伸單字
acclamation 名 歡呼；喝采
acclamatory 形 喝采的
acclaimed 形 受到讚揚的

2 praise [prez] 動 表揚；讚美 名 讚揚；歌頌

三態變化 parise → praised → praised

·180·

4「**延伸單字**」讓詞彙量瞬間暴增

補充與此動詞相同字根，詞性卻不同的延伸單字；只要記一個動詞，就等於記下好幾個單字！

例句 The citizens all praised the girl for her courage.
市民全都讚賞那位小女孩的勇氣。

本是同根生──**相同字根的延伸單字**
praiseworthiness 名 值得讚揚　　praiseful 形 讚揚的
praiseworthy 形 值得稱頌的　　praiseworthily 副 值得稱許地

這樣用動詞──**使用率破表的相關片語**
in praise of 頌揚；歌頌
The author decided to write a book in praise of country life.
那個作家決定寫一本讚頌鄉村生活的書。

---

③ commend [kəˋmɛnd] 動 稱讚；推薦；委託　MP3 276

三態變化 commend → commended → commended

例句 The teacher commended the students for their hard works.
老師稱讚了學生們的努力。

本是同根生──**相同字根的延伸單字**
commendation 名 稱讚；獎狀　　commendable 形 值得表揚的
commendatory 形 讚賞的　　commendably 副 很好地

這樣用動詞──**使用率破表的相關片語**
commend oneself to sb. 被某人接受
He finally commends himself to the woman for his good manners.
因為他彬彬有禮，所以最後被那位女性接受了。

---

④ laud [lɔd] 動 讚美；稱讚　名 讚美；讚歌

三態變化 laud → lauded → lauded

例句 He was lauded as a successful businessman and the fou
of a charity.

· 181 ·

他享受受成功商人以及慈善機構創辦人的美名。

本是同根生──**相同字根的延伸單字**
laudation 名 讚美；頌詞　　laudatory 形 表示讚美的

---

⑤ worship [ˋwɝʃɪp] 動 崇拜；愛慕　名 崇拜儀式　MP3 276

三態變化 worship → worship(p)ed → worship(p)ed

例句 Ancient Greek worships many gods.
古希臘人信奉很多神祇。

本是同根生──**相同字根的延伸單字**
worshiper 名 參拜者；崇拜者　　worshipful 形 崇拜的

這樣用動詞──**使用率破表的相關片語**
hero worship 英雄崇拜
Giving him respect just because he is famous is just hero worship.
因為有名就尊敬他，只是英雄崇拜的行為罷了。

worship the ground sb. walks on 極其崇拜某人；極愛某人
She worships the ground her professor walks on.
她非常崇拜她的教授。

單字力 UP！還能聯想到這些

「正面情緒」相關字	cheerful 高興的；delighted 高興的；excited 興奮的；happy 高興的；passionate 熱情的；pleased 歡喜的；proud 得意的；satisfied 滿意的；high-spirited 情緒高昂的
「禮貌」相關字	courtesy 禮貌；amenities 禮節；mannerliness 客氣；humble 謙遜的；amiable 和藹的；politeness 文雅；civility 謙恭；modest 謙虛的；comity 禮讓

· 182 ·

---

⑤ 豐富的「相關片語」
收錄使用率破表的片語，不僅能聽懂老外的言外之意，也能精準表達自我！

獨家引進「雙目錄」⑥
可用「字義」查找主目錄的四大章節，也能對照右上角的副目錄──「生活情境」運用單字！

⑦ 專業錄音 MP3
以美式標準口音學動詞，用聽的也能學起來！

進階單字補充，⑧
單字力再提升
特別收錄與單元主題相關的單字，CP 值和單字量一齊倍增！

Part 1
Part 2
Part 3
Part 4

作者序

　　學了英文這麼久，你是否只會丟出零碎的單字，卻不知道如何串聯句意？這個時候，千萬不要緊張，因為你可能只是不知道怎麼用對的「動詞」！如同一篇好的小說，除了劇情刺激、角色分明，還必須運用「動詞」，才能將單純的文字具體地表達出來；而講話時，若能用對動詞，把心中的想法具象化，並將句意完整串聯、表達，溝通當然也會變得非常順利。

　　再來，相信大家都知道，英文句子裡絕對不能缺少的，就是「動詞」；其實只要懂了關鍵動詞，就能看懂文章、提升你的表達力；而用對動詞的話，為作文或口說增添一分神韻的同時，考試分數當然也會跟著提高。對於費了苦心，英文卻不見進步的讀者來說，何不嘗試先理解英文的核心——動詞呢？

　　本書的以下三大特色，將帶領讀者完整掌握動詞用法：**1. 結合「心智圖」，輕鬆牢記關鍵動詞**：書中特別配合台灣學生說英文的方式——先想中文，才翻譯成英文，心智圖中間將教大家從中文字義開始聯想英文，還將相關的動詞整理在一起，記憶簡單又省時；**2. 豐富的補充內容**：嚴選生活、考試一定用得上的關鍵動詞，補充「動詞三態變化」，不需再為動詞的不規則變化而煩惱，還加上相同字根的「延伸單字」，只要會一個動詞就能順便記下好幾個單字，最後收錄使用率破表的「相關片語」，教讀者如何活用出來；**3. 獨家「雙目錄」分法**：先依「字義」分類成主要目錄，再照「生活情境」整理為副目錄，專業與生活兼備，還能依照自己的個人習慣來查找單字。

　　動詞就像鹽巴一樣，沒了動詞，句子就全失其意，有了動詞，才能完整傳達出你想表達的事情。所以，期望讀者們能夠好好運用此書，藉由弄懂這些關鍵動詞，來突破卡卡英文！

fighting

張翔

Contents 目錄

目錄

Part 2 凡事三思而行
—— 與「內在思想」有關的動詞

Part 3 正向健康態度
—— 與「正面積極」有關的動詞

Contents

目錄

Part 4 心頭烏雲籠罩
——與「負面消極」有關的動詞

Contents
目錄

Part 1

向前衝衝衝

與「外在行動」有關的動詞

哪時候可以用這些動詞呢？

想說明「動作」，並表達外顯的、具體的「行動」時。

名 名詞	動 動詞	形 形容詞
副 副詞	介 介係詞	片 片語

動詞主要分為三大類——（1）完全動詞，也就是我們一般所學到的動詞；（2）助動詞（be, do, have），本身無意義，但能幫助主動詞形成時態、疑問句、否定句等等；以及（3）情態動詞（can/could 能夠, must 必須, should 應該, will/would 將會, may/might 可能），用來添加意義於主動詞上。

要當個可靠的人：做事方法百百種

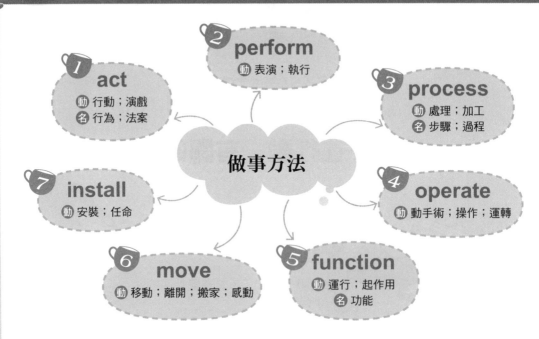

2 **perform**
動 表演；執行

1 **act**
動 行動；演戲
名 行為；法案

3 **process**
動 處理；加工
名 步驟；過程

做事方法

7 **install**
動 安裝；任命

4 **operate**
動 動手術；操作；運轉

6 **move**
動 移動；離開；搬家；感動

5 **function**
動 運行；起作用
名 功能

1 **act** [ækt] 動 行動；演戲 名 行為；法案　　　MP3 001

💬 **三態變化** act → acted → acted

例句 ▶ With my parents' full support, I decided to **act out** my ideal.
有了我父母的全力支持，我決定把理想付諸行動。
act out ＝ 把⋯付諸行動；把⋯表演出來

本是同根生 ─▶ 相同字根的延伸單字

action 名 行動；動作；作用　　　　**actor** 名 （男）演員；行動者
actress 名 女演員　　　　　　　　**activity** 名 活動；行動
active 形 主動的；活潑的；現行的　**actively** 副 積極地；活躍地

這樣用動詞 ─▶ 使用率破表的相關片語

🍎 **get into the act** 插手；參加

Whatever we do, he always wants to **get into the act**.
不管我們做什麼，他都總是想要插手。

🍎**act against** 違反
We should not **act against** our conscience.
我們不應該違背自己的良心。

🍎**act for** 代理
She has invested her lawyer with complete power to **act for** her.
她已經授權她的律師全權代表她。

---

2 **perform** [pɚˋfɔrm] 動 表演；執行；行動　MP3 002

💬 **三態變化** perform → performed → performed

例句 ▶ How well can your son **perform on** the guitar?
你的兒子吉他彈得如何呢？　perform on = 表演；彈奏

本是同根生 相同字根的延伸單字

performance 名 表演；成果　**performer** 名 表演者；執行者
performable 形 可執行的　**performing** 形 演出的

---

3 **process** [ˋprɑsɛs] 動 處理；加工 名 步驟；過程　MP3 003

💬 **三態變化** process → processed → processed

例句 ▶ Your application will be processed as soon as we receive all the application materials.
我們收到您全部的申請資料後，就會著手處理您的申請。

本是同根生 相同字根的延伸單字

procession 名 隊伍；一（長）列　**processor** 名 加工者；製造者
processive 形 前進的；演進的

這樣用動詞 使用率破表的相關片語

🍎**in process** 在…過程中

Don't worry! The project is still **in process.**
別擔心！計畫仍然在進行中。

4 **operate** [`ɑpə,ret] 動 動手術；操作；運轉 _{MP3 004}

三態變化 operate → operated → operated

例句▶ The doctor decides to **operate on** my grandfather immediately.
醫生決定立即幫我的祖父動手術。operate on 替⋯動手術；操作

本是同根生 →相同字根的延伸單字

operation 名 操作；運轉　　**operator** 名 操作者
operative 形 操作的；運行著的　　**operating** 形 營運的；外科手術的

5 **function** [`fʌŋkʃən] 動 運行；起作用 名 功能 _{MP3 005}

三態變化 function → functioned → functioned

例句▶ The machine will not function well if you do not oil it well.
如果你不先加好潤滑油的話，這部機器就無法好好運轉。

本是同根生 →相同字根的延伸單字

functionality 名 機能　　**functionary** 形 公務員的
functional 形 機能的；實用的　　**functionally** 副 功能地；職務上地

這樣用動詞 →使用率破表的相關片語

function as⋯ 充當；起⋯的作用
We have a spare bedroom that also **functions as** a study.
我們有一間空的臥室，可以拿來當書房用。

6 **move** [muv] 動 移動；離開；搬家；感動 _{MP3 006}

三態變化 move → moved → moved

例句 ▶ You should move your luggage into the storage room.
你應該要把行李移到行李保管間裡面。

本是同根生 ┤相同字根的延伸單字

movement 名 運動；動作　　**movability** 名 可動性
moving 形 行進的；感人的　　**movable** 形 可動的
movably 副 可動地

這樣用動詞 ┤使用率破表的相關片語

move up 升級；提升
I hope to **move up** to a higher position in five years.
我希望在五年內晉升到更高的職位。

get a move on 趕快
Tell Shelly to **get a move on** if she wants to go out.
告訴雪莉，若想出門就得快點。

on the move 不斷進步；在移動中
People nowadays are always **on the move**.
現代人總是不斷地在進步。

move on 繼續前進
Move on, please, or we'll be late for school again!
拜託你快一點，否則我們上學又要遲到了！

Part 1

Part 2

Part 3

Part 4

---

7 **install** [ɪn`stɔl] 動 安裝；任命 **同義** set _MP3 007_

三態變化 install → installed → installed

例句 ▶ We're installing the latest anti-virus program.
我們正在安裝最新的防毒軟體。

本是同根生 ┤相同字根的延伸單字

installment 名 分期付款　　**installation** 名 設置；設備
installer 名 安裝程式；安裝工具

2 direct 動 指引；指揮 形 直接的

1 instruct 動 教導；指示

3 urge 動 驅策；激勵 名 迫切要求

7 conduct 動 引導；管理 名 行為；指導

指示、引導

4 guide 動 為…領路；擔任嚮導 名 導遊

6 advocate 動 鼓吹；提倡

5 notify 動 通報；告知

---

1 instruct [ɪnˋstrʌkt] 動 教導；指示 同義 teach MP3 008

💬 **三態變化** instruct → instructed → instructed

例句▶ The academy will need several extra teachers to **instruct** students **in** English.

這所學院需要更多的老師來教學生英文。 instruct in (sb.) 教導（某人）

本是同根生 ← 相同字根的延伸單字

instruction 名 教導；用法說明 **instructed** 形 得到指示的

這樣用動詞 ← 使用率破表的相關片語

👆**follow instructions** 聽從命令

We are not going to fail if we **follow the instructions** carefully.

如果我們謹慎地按照指示執行，就不會失敗。

2 direct [dəˋrɛkt] 動 指引；指揮 形 直接的

MP3 009

三態變化 direct → directed → directed

例句 The brunt of his argument is **directed at** his opponent.
他將言論的鋒芒指向他的對手。　direct at 對準

本是同根生 →相同字根的延伸單字

direction 名 指示；方向　　**director** 名 導演；主管
directory 名 工商名錄；指南　**directorship** 名 管理者的職位
directive 形 指導的；方向性的　**directed** 形 經指導的；應用的
directorial 形 指導者的　　**directly** 副 直接地；馬上

這樣用動詞 →使用率破表的相關片語

a sense of direction 方向感
As an explorer, Henry has **a** good **sense of direction**.
亨利是一個探險家，有很好的方向感。

3 urge [ɝdʒ] 動 驅策；激勵 名 迫切要求

MP3 010

三態變化 urge → urged → urged

例句 My father always **urges** me **to** become a musician.
我的父親總是激勵我成為一名音樂家。　urge sb. to 激勵某人做…

本是同根生 →相同字根的延伸單字

urgency 名 緊急；迫切；急事　　**urgent** 形 急迫的
urgently 副 緊急地；迫切地

這樣用動詞 →使用率破表的相關片語

be in urgent need 極需；渴求
These victims **are in urgent need** of basic supplies.
那些災民非常需要基本的補給品。

urge on 鼓勵；使加速
The orator **urged on** the excited crowd to applaud even more loudly.

Part 1

Part 2

Part 3

Part 4

那位演說家煽動興奮的觀眾，以求更熱烈的掌聲。

4 guide [gaɪd] 動 為⋯領路；擔任嚮導 名 導遊 MP3 011

三態變化 guide → guided → guided

例句 He flashed a torch to guide me.
他用火炬的亮光為我引路。

本是同根生 → 相同字根的延伸單字

guidance 名 指導；領導　　　　　guidebook 名 旅行指南
guideboard 名 路牌　　　　　　　guidable 形 可引導的

這樣用動詞 → 使用率破表的相關片語

under one's guidance 在某人的指導下
The funds should be spent under the committee's guidance.
這筆基金應根據委員會的指示使用。

5 notify [`notə,faɪ] 動 通報；告知；報告 MP3 012

三態變化 notify → notified → notified

例句 She has notified me to get in touch with her sister in the U.S.
她通知我說，我可以與她在美國的妹妹聯繫了。

本是同根生 → 相同字根的延伸單字

notification 名 佈告；通知　　　　notifiable 形 須依法申報的

這樣用動詞 → 使用率破表的相關片語

notify sb. of sth. 通知某人某事
I will notify you of any news immediately.
如果有任何消息，我會馬上通知你。

6 advocate [ˋædvə͵ket] 動 鼓吹；提倡；擁護

MP3 013

🗨 三態變化 advocate → advocated → advocated

例句▶ He advocates taking a more aggressive approach.
他主張手段應該要再激進一點。

本是同根生─**相同字根的延伸單字**

advocacy 名 擁護；提倡　　　**advocator** 名 擁護者

7 conduct [kənˋdʌkt] 動 引導；管理　名 行為

MP3 014

🗨 三態變化 conduct → conducted → conducted

例句▶ The chemistry teacher **conducted** the students **to** the lab.
化學老師帶領學生們到實驗室去。　conduct sb. to 引導某人

本是同根生─**相同字根的延伸單字**

conductor 名 指揮；車掌　　　**conduction** 名【物】傳導
conductance 名【電】傳導性　　**conductivity** 名【電】導電率
conductible 形 可傳導的　　　**conductive** 形 傳導（性）的
conduce 動 導致；有貢獻於

這樣用動詞─**使用率破表的相關片語**

📖**conduct oneself** 表現；為人
The prisoner **conducted himself** well in the prison.
那名犯人在獄中表現良好。

✏ 單字力 UP！還能聯想到這些

「教室」相關字	teacher 老師；student 學生；blackboard 黑板；chalk 粉筆；whiteboard 白板；marker 白板筆；chair 椅子；desk 桌子；eraser 板擦；projector 投影機；ceiling fan 吊扇

Part 1
Part 2
Part 3
Part 4

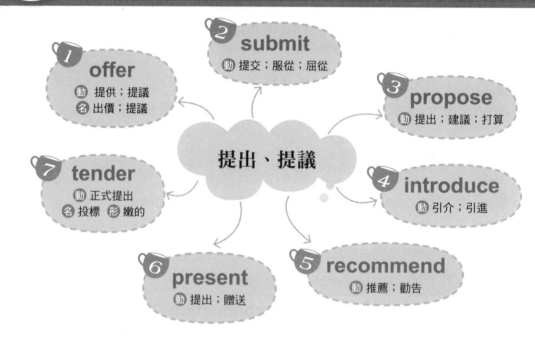

2 **submit** 動 提交；服從；屈從

1 **offer** 動 提供；提議 名 出價；提議

3 **propose** 動 提出；建議；打算

提出、提議

7 **tender** 動 正式提出 名 投標 形 嫩的

4 **introduce** 動 引介；引進

6 **present** 動 提出；贈送

5 **recommend** 動 推薦；勸告

1 **offer** [`ɔfɚ] 動 提供；提議 名 出價；提議

(MP3 015)

三態變化 offer → offered → offered

例句 Josie had offered her service as a guide.
喬西曾表示願意當嚮導。

本是同根生 相同字根的延伸單字

offerer 名 提供者；報價人　　　**offering** 名 提供；獻禮
offertory 名 聖餐禮奉獻儀式

這樣用動詞 使用率破表的相關片語

offer up 貢獻
The soldiers all vow to **offer up** their lives for our country.
所有的士兵都宣誓為我國奉獻生命。

🍎 **on offer** 供出售的
On offer this week is a beautiful gold watch.
本週將出售一只美麗的金錶。

---

2 **submit** [səb`mɪt] 動 提交；服從；屈從 ^{MP3 016}

💬 **三態變化** submit → submitted → submitted

例句 ▶ Soldiers are taught to be loyal, so they wouldn't **submit to** such a threat.
軍人被教導保持忠誠，所以他們不會屈服於這種威脅。 submit to 屈服於

本是同根生──相同字根的延伸單字

submission 名 屈從；提交 **submissiveness** 名 服從
submissive 形 服從的 **submissively** 副 服從地

這樣用動詞──使用率破表的相關片語

🍎 **in my submission** 依我之見
In my submission, the draft resolution is absolutely feasible.
依我所見，這個決議草案絕對行得通。

---

3 **propose** [prə`poz] 動 提議；計劃；求婚 ^{MP3 017}

💬 **三態變化** propose → proposed → proposed

例句 ▶ Tom is responsible, so I **proposed** him **for** the class leader.
湯姆很有責任感，所以我提名他當班長。 propose sb. for 提名某人

本是同根生──相同字根的延伸單字

proposal 名 提案；求婚 **proposer** 名 提議人
proposition 名 提議；主張 **proposed** 形 被提議的

這樣用動詞──使用率破表的相關片語

🍎 **propose to** 向…求婚

Part 1

Part 2

Part 3

Part 4

Do you know that Peter **proposed to** Linda yesterday?
你知道彼特昨天向琳達求婚了嗎？

🍎**a proposal for** 有關…的提議
We need **some proposals for** increasing the quality of life.
我們需要一些與增進生活品質有關的提案。

4 **introduce** [ˌɪntrəˋdjus] 動 介紹；引進；採用 MP3 018

💬 **三態變化** introduce → introduced → introduced

例句▶ The newbie stood up and **introduced herself** first.
那位新人先起立，並做自我介紹。 introduce oneself 自我介紹

本是同根生 ─ 相同字根的延伸單字

introduction 名 介紹；序言 **introducer** 名 介紹人；引薦人
introductory 形 介紹的 **introductive** 形 前言的

5 **recommend** [ˌrɛkəˋmɛnd] 動 推薦；勸告 MP3 019

💬 **三態變化** recommend → recommended → recommended

例句▶ The man recommended us a local diner to have dinner in.
那個男人推薦我們去一家道地的小餐館吃晚餐。

本是同根生 ─ 相同字根的延伸單字

recommendation 名 推薦 **recommendable** 形 可推薦的
recommendatory 形 勸告的 **recommended** 形 推薦的

6 **present** [prɪˋzɛnt] 動 提出；贈送 MP3 020

💬 **三態變化** present → presented → presented

例句▶ He presented a whole-new perspective at the conference.
他在會議中提出了一個嶄新的看法。

本是同根生 → 相同字根的延伸單字

presentation 名 表現；提供　　**presence** 名 出席；面前
presentable 形 可提出的　　　**presentational** 形 表演的
presently 副 目前；現在

這樣用動詞 → 使用率破表的相關片語

👆**at present** 現在；目前
Don't worry. We have plenty of funds **at present**.
別擔心，我們現在有許多資金。

👆**for the present** 暫時
The talented man paints for pleasure **for the present**.
那位很有天賦的男人畫畫是為了暫時消遣一下。

👆**be present at** 出席
My friends and family **were** all **present at** my wedding.
我的親朋好友都出席了我的婚禮。

7 **tender** [`tɛndɚ] 動 正式提出 名 投標 形 嫩的 MP3 021

💬 **三態變化** tender → tendered → tendered

例句 ▶ He finally tendered his resignation after the scandal.
爆出那則醜聞過後，他終於正式提出辭職。

本是同根生 → 相同字根的延伸單字

tenderness 名 柔軟；溫和　　**tenderloin** 名 （牛、豬）嫩腰肉
tenderhearted 形 軟心腸的　　**tenderly** 副 溫和地
tenderize 動 （烹）使變嫩

這樣用動詞 → 使用率破表的相關片語

👆**make a tender for** 投標
Many firms will **make a tender for** the construction plan.
將有多家公司參與此建案的投標。

2 indicate
動 指出；暗示

1 suggest
動 建議；暗示

建議、暗示

3 imply
動 暗示；意味

5 advise
動 勸告；建議

4 signal
動 示意；表示
名 信號

1 **suggest** [səˋdʒɛst] 動 建議；暗示；使人聯想到 MP3 022

三態變化 suggest → suggested → suggested

例句 Her doctor suggests that she remove the stiches after a week.
她的醫生建議她一個禮拜後再過來拆線。

本是同根生 相同字根的延伸單字

suggestion 名 建議；暗示   **suggestible** 形 耳根軟的
suggestive 形 暗示的   **suggestively** 副 提示地

這樣用動詞 使用率破表的相關片語

be suggestive of 使想起…；表現出…
The symphony **is suggestive of** spring.
這首交響曲使人聯想到春天。

2 indicate [`ɪndə,ket] 動 指出；暗示 ^{MP3 023}

三態變化 indicate → indicated → indicated

例句 The dropping client number indicates that we have to adjust our marketing strategies.
客戶人數的下降指出，我們必須調整我們的行銷方式。

本是同根生 — 相同字根的延伸單字

indication 名 指出；徵兆　　**indicator** 名 指示物；（儀器）指針
indicative 形 表示的；暗示的　　**indicatory** 形 指示的

這樣用動詞 — 使用率破表的相關片語

be indicative of 表明；說明
A headache **is** sometimes **indicative of** tiredness.
頭痛有時候是表示身體很疲倦。

3 imply [ɪm`plaɪ] 動 暗示；意味；必包含 同義 hint ^{MP3 024}

三態變化 imply → implied → implied

例句 Freedom does not imply zero responsibility over your behaviors.
享有自由並不代表你不用對自己的行為負責。

本是同根生 — 相同字根的延伸單字

implication 名 暗示；涉及　　**implied** 形 暗指的；含蓄的
implicated 形 有牽連的　　**implicative** 形 含蓄的

這樣用動詞 — 使用率破表的相關片語

as implied by/in the name 如名稱所暗示；顧名思義
They are **as implied by their name**, as slow as turtles.
他們的動作真是顧名思義，像烏龜一樣慢。

by implication 受牽連；暗中；含蓄地
The defendant's friends were put in the jail **by implication**.
被告的朋友們因受牽連而被判入獄。

Part 1

Part 2

Part 3

Part 4

4 **signal** [`sɪɡn̩] 動 示意;表示 名 信號;標誌 MP3 025

三態變化 signal → signal(l)ed → signal(l)ed

例句 She waved her hands and signaled the taxi to stop.
她揮著雙手,示意計程車停下來。

本是同根生 相同字根的延伸單字

signalment 名 (通緝犯的)人像圖　　**signaler** 名 信號裝置
signalman 名 信號手　　　　　　　**signally** 副 顯著地
signalize 動 使顯現;發信號

這樣用動詞 使用率破表的相關片語

the signal for …的導火線
Jerry's aggressive remark was **the signal for** the revolt.
杰瑞偏激的言論是引起這場暴動的導火線。

5 **advise** [əd`vaɪz] 動 勸告;建議;告知 MP3 026

三態變化 advise → advised → advised

例句 Jack can **advise** me **on** my trip to Europe.
傑克可為我的歐洲之旅提供意見。 advise sb. on 在…方面進行指點

本是同根生 相同字根的延伸單字

advice 名 意見;勸告;消息　　　**adviser/advisor** 名 顧問
advisement 名 深思熟慮;勸告　　**advised** 形 熟慮的;考慮到的
advisable 形 合情理的　　　　　**advisably** 副 適當地
advisory 形 諮詢的;忠告的　　　**advisedly** 副 特意地

這樣用動詞 使用率破表的相關片語

advise sb. of sth. 通知某人某事
I need to **advise** my parents **of** my future plans.
我必須要把我未來的計畫告訴父母。

擇你所愛並愛你所則擇：東挑西選

1 **choose**
動 挑選；選擇

2 **select**
動 選擇；挑選
形 精選的

選擇、挑選

4 **elect**
動 選舉；選擇
形 當選的；卓越的

3 **pick**
動 挑選；扒竊
名 精華

Part **1**

Part **2**

Part **3**

Part **4**

---

1 **choose** [tʃuz] 動 挑選；選擇；決定要⋯

💬 **三態變化** choose → chose → chosen

例句▷ He **cannot choose but** quit the job to take care of his parents.
為了要照顧雙親，他只好辭掉工作。　cannot choose but 不得不

本是同根生──相同字根的延伸單字

chooser 名 選擇者；選舉人　　**choice** 名 選擇；抉擇
choosy 形 挑剔的；難以取悅的　　**chosen** 形 精選的；挑選出來的

這樣用動詞──使用率破表的相關片語

 choose from 挑選；從⋯中選擇
There are all kinds of cake to **choose from**.
這裡有各式各樣的蛋糕可供挑選。

📖 **choose A before B** 挑 A 不挑 B
I **chose** the new cup **before** the old one.
我挑了新的杯子，而不是舊的。

---

2 **select** [sə`lɛkt] 動 選擇；挑選 形 精選的

💬 三態變化 select → selected → selected

例句▶ Jay has been selected from a large group of candidates.
在一大群候選人中，杰被推選了出來。

本是同根生 → 相同字根的延伸單字

selection 名 選拔；選擇；選集　　**selectee** 名 應徵入伍者
selectivity 名 選擇性　　　　　　**selective** 形 有選擇性的

這樣用動詞 → 使用率破表的相關片語

📖 **select for** 挑選；選拔
Mike **was selected for** the national team of the Summer Olympics.
麥克已被選為國家代表隊的一員，要參加夏季奧運會。

---

3 **pick** [pɪk] 動 挑選；扒竊 名 精華 同義 cull

💬 三態變化 pick → picked → picked

例句▶ You need to **pick over** the bananas before buying them.
買香蕉之前，你必須要仔細挑選。 pick over 仔細挑選

本是同根生 → 相同字根的延伸單字

picking 名 挑選；採摘　　　　　**pickax** 名 尖鋤
picky 形 吹毛求疵的；挑剔的　　**picked** 形 精選的；採摘的

這樣用動詞 → 使用率破表的相關片語

📖 **pick off** 剔除；摘掉
The hunter **picked off** the targets one by one.

獵人逐一將目標剔除。

🍎**pick on** 挑剔；指責；找…的碴

I can't work on the project because Sam always **picks on** me.

山姆老是找我麻煩，導致我無法執行這項企劃。

🍎**pick holes in** 對…吹毛求疵

My boss always **picks holes in** everything I suggest.

老闆總是對我提出的建議挑三揀四。

Part 1

---

4 **elect** [ɪˋlɛkt] 動 選舉；選擇 形 當選的；卓越的 MP3 030

Part 2

💬 **三態變化** elect → elected → elected

例句▶ Two members **were elected to** the board of directors.

董事會中有兩名成員是被推選出來的。 elect to 選舉；推選

本是同根生 → 相同字根的延伸單字

election 名 選舉；當選   **elector** 名 選舉人

electable 形 有候選資格的   **elective** 形 選舉的；選修的

Part 3

這樣用動詞 → 使用率破表的相關片語

🍎**elect (sb.) as sth.** 選出（某人）擔任某職位

Walter **was elected as** our representative.

沃爾特被選出來擔任我們的代表。

Part 4

 單字力 UP！還能聯想到這些

「政治」相關字	campaign 競選活動；candidate 候選人；parliament 國會；cabinet 內閣；ruling party 執政黨；opposition party 在野黨
「職稱」相關字	chairman 委員長；chief executive officer, CEO 執行長；president 董事長；general manager 總經理；director 主任；associate manager 副理；assistant manager 協理；secretary 秘書；staff 職員

1 apply 動 申請；請求；應用

2 quest
動 尋找；探求
名 尋找；追求

4 enquire 動 詢問；調查

3 inquire 動 詢問；調查

選擇、挑選

---

1 **apply** [əˋplaɪ] 動 申請；請求；應用；敷上 (MP3 031)

💬 **三態變化** apply → applied → applied

例句 Every student is looking forward to **applying to** good schools.
每位學生都期盼能申請到好學校。 apply to 向…申請；適用於…

本是同根生 相同字根的延伸單字

applicant 名 申請人　　　　　　**application** 名 應用；申請
applicative 形 適用的　　　　　**applicatory** 形 適用的
applicable 形 可應用的；適用的　**applied** 形 應用的；實用的

這樣用動詞 使用率破表的相關片語

👍 **apply for** 申請（某物）
Allen studied so hard that he could **apply for** a scholarship each

semester.
亞倫因為努力讀書，所以每學期都可以申請到獎學金。

👍 **apply oneself to** 致力於
I can't **apply myself to** a tedious mission. I want to change my job.
我無法致力於這麼乏味的任務，所以我想換工作。

2 quest [kwɛst] 動 名 尋找；探求 同義 seek
MP3 032

🗩 三態變化 quest → quested → quested

例句 ▶ He is a man who **quests for** perfection in everything.
他是一個事事都追求完美的人。 quest for 設法找到；追求

本是同根生 相同字根的延伸單字

questing 形 探求的；追求的 　　**query** 名 質問；疑問
question 名 問題 動 詢問

這樣用動詞 使用率破表的相關片語

👍 **in quest of** 為追求…；尋找
Lisa called me **in quest of** advice about her job.
麗莎曾打電話給我，詢求工作上的建議。

3 inquire [ɪnˋkwaɪr] 動 詢問；調查 同義 question
MP3 033

🗩 三態變化 inquire → inquired → inquired

例句 ▶ I inquired Lily about the opening position in her company.
我問了莉莉有關他們公司最近開出的職缺。

本是同根生 相同字根的延伸單字

inquiry 名 詢問；調查；問題 　　**inquirer** 名 調查者
inquiring 形 打聽的；探詢的 　　**inquiringly** 副 好奇地

on inquiry 調查之後；經詢問
We found the suspect innocent **on inquiry**.
在調查之後，我們發現那位嫌疑犯是無辜的。

4 enquire [ɪnˋkwaɪr] 動 詢問；調查；問候；求見 (MP3 034)

三態變化 enquire → enquired → enquired

例句 You should **enquire for** more details if you're serious about buying that house.
如果你真的想要買那棟房子的話，就應該要問得更清楚才對。
enquire for 詢問；求見

本是同根生 → 相同字根的延伸單字

enquiry 名 調查；詢問；打聽　　　**enquirer** 名 調查者
enquiring 形 愛打聽的；懷疑的　　　**enquiringly** 副 詫異地；懷疑地

這樣用動詞 → 使用率破表的相關片語

enquire after 問候
Danny **enquires after** his grandfather's health.
丹尼問候他祖父，關切他的健康狀況。

單字力 UP！還能聯想到這些

「調查」相關字	investigate 調查；search 搜查；explore 探險；delve 搜索；examine 檢查；inspect 審查；observe 觀察；inquire 訊問
「正式場合」相關字	ceremony 典禮；celebration 慶典；reception 歡迎會；conference 會議；banquet 宴會；concert 音樂會；lecture 演講；wedding 婚禮；funeral 喪禮

Unit 07 獲得同意及肯定：證實與批准

1 **confirm** 動 肯定；證實；批准

2 **assure** 動 向…保證；保障

3 **affirm** 動 斷言；批准；證實

4 **certify** 動 證明；保證

5 **ratify** 動 批准；認可

6 **endorse** 動 贊同；確認；代言（產品）

證實、批准

Part 1

Part 2

Part 3

Part 4

1 **confirm** [kən`fɜm] 動 肯定；證實；批准

MP3 035

💬 **三態變化** confirm → confirmed → confirmed

例句 ▶ This letter **is to confirm that** we are not lying.
那封信是用來證明我們沒有說謊。 be to confirm that 用來證明（某事）

本是同根生 ─ 相同字根的延伸單字

confirmation 名 證實；批准　　**confirmable** 形 可證實的
confirmative 形 確定的　　　　**confirmatory** 形 確證的

這樣用動詞 ─ 使用率破表的相關片語

👆 **confirm sb. in** 使某人更堅定
The consultant's words **confirmed** Julie **in** her position.
顧問的話讓茱莉更堅信自己的立場。

② assure [əˋʃur] 動 向…保證；保障；使確信 MP3 036

三態變化 assure → assured → assured

例句 The candidate is **assured of** victory.
那位候選人確定當選了。 assure of 擔保；保證；相信

本是同根生 → 相同字根的延伸單字

assurance 名 確信；擔保　　　　**assurer** 名 保證人；保險業者
assured 形 確定的；確信的　　　　**assuredly** 副 確實地

這樣用動詞 → 使用率破表的相關片語

rest assured 放心
Rest assured! The money is still where I left it.
放心吧！錢仍舊擺在我之前放的地方。

③ affirm [əˋfɜm] 動 斷言；批准；證實 MP3 037

三態變化 affirm → affirmed → affirmed

例句 The tall man **affirmed** his innocence **to** the judge.
那位高大的男士向法官宣稱自己是無辜的。 affirm sth. (to sb.) 向某人宣稱

本是同根生 → 相同字根的延伸單字

affirmation 名 肯定；證實　　　**affirmance** 名 斷言；確認
affirmative 形 肯定的；贊成的　　**affirmable** 形 可斷言的
affirmant 形 斷言的；證實的　　　**affirmably** 副 可斷言地

這樣用動詞 → 使用率破表的相關片語

affirm as 證實
She **was affirmed as** the new district commissioner this morning.
今天早上，她已確定將擔任新的區長。

4 certify [`sɜtə,faɪ] 動 證明；保證 同義 warrant

MP3 038

三態變化 certify → certified → certified

例句 We need an expert to certify that this is really the suspect's signature.
我們必須找一位專家，來證明這真的是嫌疑犯的簽名。

本是同根生 → 相同字根的延伸單字

certificate 名 證書；執照

certifier 名 保證書

certified 形 被鑑定的

certifiable 形 可證明的

certificated 形 持證明文件的

Part 1

5 ratify [`rætə,faɪ] 動 （正式）批准；認可

MP3 039

三態變化 ratify → ratified → ratified

例句 The treaty is ratified by the congress.
立法機關批准了該條約。

本是同根生 → 相同字根的延伸單字

ratification 名 正式批准；承認

ratifier 名 批准者

Part 2

Part 3

6 endorse [ɪn`dɔrs] 動 贊同；確認；代言（產品）

MP3 040

三態變化 endorse → endorsed → endorsed

例句 Members of all parties endorsed a ban on firearms.
所有政黨的成員都支持槍械禁令。

本是同根生 → 相同字根的延伸單字

endorsement 名 背書；簽署

endorser 名 背書人；轉讓人

Part 4

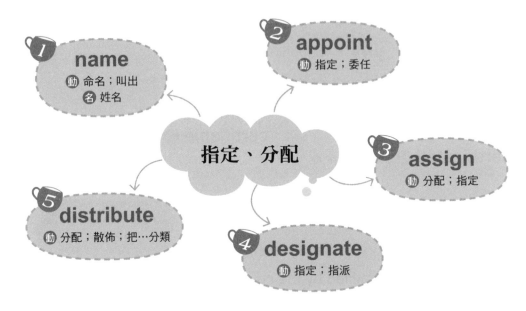

指定、分配

1 name 動 命名；叫出 名 姓名

2 appoint 動 指定；委任

3 assign 動 分配；指定

4 designate 動 指定；指派

5 distribute 動 分配；散佈；把…分類

1 name [nem] 動 命名；叫出 名 姓名 形 有名的 MP3 041

三態變化 name → named → named

例句 He was named the new CEO of the company.
他被任命為公司的新總裁。

本是同根生 相同字根的延伸單字

naming 名 命名　　namer 名 命名者
namesake 名 同名者　nameplate 名 標示牌；名牌
nameless 形 無名的；匿名的　namely 副 那就是；即

這樣用動詞 使用率破表的相關片語

name after 以…起名
This new device is named after its inventor.

這項新設備以其發明者命名。

2 **appoint** [əˋpɔɪnt] 動 指定；委任 同義 nominate

三態變化 appoint → appointed → appointed

例句 You can **appoint** Mr. Chen **to a post as** the manager.
你可以任命陳先生擔任經理的職務。
appoint sb. to a post as 任命某人擔任某職位

本是同根生 相同字根的延伸單字

appointment 名 （正式的）約會 **appointee** 名 被任命者
appointive 形 委任的；有任命權的 **appointed** 形 指定的

這樣用動詞 使用率破表的相關片語

appoint to 任命
After the evaluation, we **appointed** Mr. Yang **to** be our new CEO.
評估過後，我們任命了楊先生為新任總裁。

at the appointed time 在指定的時間
His visitors arrived **at the appointed time**.
他的訪客在約定的時間順利抵達了。

well-appointed 裝備完善的
The new building is luxurious and **well-appointed**.
新蓋好的大樓很奢華，而且設備齊全。

self-appointed 自封的
Luke is a **self-appointed** poet, but nobody buys it.
路克自封為詩人，但根本沒人將這當作一回事。

3 **assign** [əˋsaɪn] 動 分配；指定 同義 apportion

三態變化 assign → assigned → assigned

例句 The final responsibility will **be assigned to** the government.
最終的責任將歸屬於政府。 assign to 分配給

assignment 名 作業；任務　　**assignation** 名 分配；【律】轉讓
assigner 名 分配人；指定人　　**assignable** 形 可分配的

4　designate [`dɛzɪɡ͵net] 動 指定；指派；標出
MP3 044

三態變化 designate → designated → designated

例句 Frank was designated to lead the research team.
法蘭克被指派帶領這支研究團隊。

本是同根生 相同字根的延伸單字

designation 名 任命；命名　　**designator** 名 指定者
designatum 名 【語】所指

這樣用動詞 使用率破表的相關片語

designated hitter （棒球）指定打擊手
Mr. Johnson used to be a great **designated hitter**, but he is retired now.
強生先生曾經是一名很厲害的指定打擊手，不過他現在已經退休了。

designate as 指定作為…
Our supervisor **designated** Jack **as** our representative.
我們的主管指定傑克作為我們的代表。

5　distribute [dɪ`strɪbjut] 動 分配；散佈；分類
MP3 045

三態變化 distribute → distributed → distributed

例句 The president decided to **distribute** money to the poor.
總統決定發放救濟金給窮人。　**distribute to** 發放；發送

本是同根生 相同字根的延伸單字

distribution 名 分配；散布　　**distributor** 名 分配者
distributable 形 可分配的　　**distributively** 副 分配地

Part 1

2 **drill**
動 操練；鑽孔

1 **repeat**
動 重做；複述；重複

練習、準備

3 **discipline**
動 訓練；懲罰
名 紀律

5 **ready**
動 預備；準備好
形 準備好的

4 **prepare**
動 準備；籌劃

Part 2

Part 3

Part 4

---

1 **repeat** [rɪ`pit] 動 重做；複述；重複 同義 recite `MP3 046`

三態變化 repeat → repeated → repeated

例句 ▶ Hey kids, **repeat** this word **after** me!
嘿，孩子們，跟著我念一次這個單字！　repeat after 跟著重複

本是同根生 → 相同字根的延伸單字

repetition 名 反覆；背誦；副本　　**repeater** 名 循環小數
repeated 形 重複的；屢次的　　**repetitive** 形 反覆的
repeatedly 副 一再；多次　　**repetitively** 副 重複地

這樣用動詞 → 使用率破表的相關片語

👆**repeat itself** 重複發生
I believe that history **repeats itself**, how about you?
我相信歷史會重演，你覺得呢？

🗣 **repeat a year** 留級

My brother **repeated a year** in college, which made my dad very angry.

我弟弟在大學留級一年，這令我爸非常生氣。

2 **drill** [drɪl] 動 操練；鑽孔 名 訓練 同義 train

🗨 **三態變化** drill → drilled → drilled

例句▶ The professor drilled the class in new research methods.
教授訓練學生新的研究方法。

本是同根生 相同字根的延伸單字

drilling 名 鑽孔；訓練

driller 名 鑽床；鑽孔者

drillmaster 名 教官；訓練員

drillstock 名 【機】鑽柄

這樣用動詞 使用率破表的相關片語

🗣 **drill bit stock** 價格低於一美元的股票

Tony bought lots of cheap **drill bit stocks**, and waited for their prices to go up.

湯尼買了很多股價低於一美元的便宜股票，並等待它們日後漲價。

3 **discipline** [`dɪsəplɪn] 動 訓練；懲罰 名 紀律 MP3 048

🗨 **三態變化** discipline → disciplined → disciplined

例句▶ You really need to discipline yourself to eat healthy.
你真的該克制自己，吃得健康一點才對。

本是同根生 相同字根的延伸單字

disciplinarian 名 嚴格的人

disciplined 形 遵守紀律的

disciplinant 名 苦行者

disciplinary 形 訓練的

4 prepare [prɪˋpɛr] 動 準備；籌劃 同義 ready

MP3 049

三態變化 prepare → prepared → prepared

例句 All equipment will be prepared, so please don't worry.
所有裝備都會幫你準備好，所以你不需要擔心。

本是同根生 → 相同字根的延伸單字

preparation 名 準備；準備工作　　**preparedness** 名 戰備
prepared 形 有準備的　　　　　　　**preparatory** 形 籌備的；預備的
preparative 形 準備的

這樣用動詞 → 使用率破表的相關片語

prepare for 為…做好準備
We **are preparing for** the voyage to Australia.
我們正在準備去澳洲旅行的相關事宜。

prepare the ground (for) 為…打下基礎
The invention of the computer **prepared the ground for** modern technology.
電腦的發明奠定了現代科技發展的條件。

prepare against 為對付某事而做準備
We should **prepare against** earthquakes at any time.
我們應該隨時為地震做好萬全的準備。

5 ready [ˋrɛdɪ] 動 預備；準備好 形 準備好的

MP3 050

三態變化 ready → readied → readied

例句 Patrick has readied himself for an important presentation.
派翠克已經準備好那場重要的報告了。

本是同根生 → 相同字根的延伸單字

ready money 片 現金；現款　　　**ready-made** 形 現成的

Part 1

Part 2

Part 3

Part 4

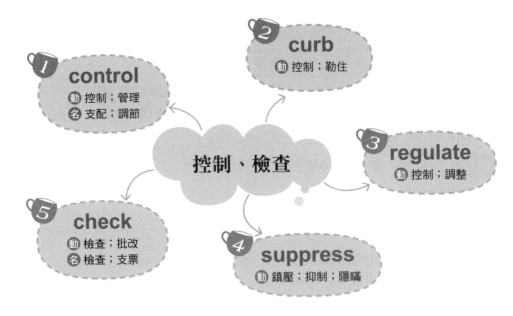

1 **control** [kən`trol] 動 控制；管理 名 支配；調節 MP3 051

💬 **三態變化** control → controlled → controlled

例句 ▶ Helen could not control her tears.
海倫忍不住流下淚來。

本是同根生 → 相同字根的延伸單字

controller 名 控制器；管制者　　**controlled** 形 受約束的
controllable 形 可控制的

這樣用動詞 → 使用率破表的相關片語

🍴**out of control** 失控
My teacher got so furious that she was **out of control**.
我的老師勃然大怒，氣到失去控制。

📖 **under (one's) control** 在（某人的）控制之下；處於正常

The manager is satisfied to see that everything is **under** the researchers' **control**.

經理看到所有事情都被研究人員安排妥當，而感到很滿意。

📖 **be in control of sth.** 管理某事／物

That angry man ran in and asked who **is in control of** this department.

那名憤怒的男子衝了進來，並質問著誰是管理公寓的人。

Part 1

② curb [kɜb] 動 控制；勒住；給…加鑲邊石

MP3 052

🗨 **三態變化** curb → curbed → curbed

例句▶ Her father is the only one who can keep a **curb on** Andy's anger.

她父親是唯一能阻止安迪發脾氣的人。 curb on sth. 起抑制作用；約束某事

Part 2

本是同根生──相同字根的延伸單字

curbstone 名 （美）路邊石　　**curbing** 名 做路邊石的材料

這樣用動詞──使用率破表的相關片語

📖 **place a curb upon** 限制；抑制

What he said **placed a curb upon** my desire for the laptop.

他說的話減低了我想要筆記型電腦的欲望。

Part 3

③ regulate [`rɛgjə,let] 動 控制；調整 同義 handle

MP3 053

🗨 **三態變化** regulate → regulated → regulated

例句▶ The activities of stock exchanges are regulated by law.

所有股票交易都受到法律制約。

Part 4

本是同根生──相同字根的延伸單字

regulation 名 規章；調整　　**regulator** 名 調節器；管理者

regulative 形 調節的；規定的　　**regulatory** 形 控制的

這樣用動詞 → 使用率破表的相關片語

👍**break a regulation** 違反規則
You will be punished if you **break the regulation** on purpose.
如果你故意違反規則，就會被處罰。

👍**well-regulated** 井然有序的
Well-regulated soldiers are helpful to a country.
井然有序的軍隊對國家大有助益。

4 **suppress** [sə`prɛs] 動 鎮壓；抑制；隱瞞

💬 **三態變化** suppress → suppressed → suppressed

例句 ▶ Ken might **suppress the truth about** Jane's death.
肯恩可能隱瞞了珍死亡的真相。
suppress the truth about sth. 隱瞞某事的真相

本是同根生 → 相同字根的延伸單字

suppression 名 鎮壓；抑制　　**suppressant** 名 抑制藥
suppresser 名 鎮壓者　　**suppressive** 形 抑制的
suppressed 形 抑制的　　**suppressible** 形 能遏制的

這樣用動詞 → 使用率破表的相關片語

👍**the suppression of one's anger** 抑制某人的憤怒
Don't you see **the suppression of the manager's anger**?
你看不出來經理在壓抑怒火嗎？

5 **check** [tʃɛk] 動 檢查；批改 名 檢查；支票

💬 **三態變化** check → checked → checked

例句 ▶ You should always check your brakes before hitting the road.
上路之前，你應該先檢查煞車是否靈光。

本是同根生 ▸ 相同字根的延伸單字

checker 名 檢驗員；棋盤格紋　　**checkage** 名 核對

checkroll 名 點名簿　　**checkup** 名 檢查；體檢

這樣用動詞 ▸ 使用率破表的相關片語

👆**check in** 報到

The first thing we need to do after we arrive at the hotel is to **check in.**

我們到達旅館的第一件事就是去辦理住宿手續。

👆**check up on sb.** 監督某人

I think we should **check up on** Eric to make sure he is doing better.

我想我們應該監督一下艾瑞克，以確保他有進步。

👆**check sth. out** 檢查；看看

I am confident in what I present because I **have** already **checked out** all the numbers.

我對呈現出來的東西很有信心，因為我早已核對了所有數字。

👆**take a rain-check (on sth.)** 改期

Lucy **took a rain-check on** her date because she decided to finish her work first.

露西決定先完成她的工作，所以改掉了約會的時間。

✏️ **單字力 UP！還能聯想到這些**

「風度」相關字	poise 鎮靜；equilibrium 平靜；demeanor 風度；mien 風采；conduct 品行；presence 風度；sportsmanship 運動員精神；integrity 正直；attitude 態度；dashing 瀟灑的
「財金」相關字	addressee 收信人；acquisition 獲利；authorization 授權；acceptance（票據等的）承兌；appraisal 估價；bargain 交易；bearer 持票人；bankrupt 破產；allocation 分配；auditing 審計
「各國錢幣」相關字	exchange rate 匯率；US dollar 美金；British pound 英鎊；euro 歐元；Japanese yen 日圓；new Taiwan dollar 新台幣；franc 瑞士法郎

Part **1**

Part **2**

Part **3**

Part **4**

Unit 11 人事部門管理：僱用與解僱

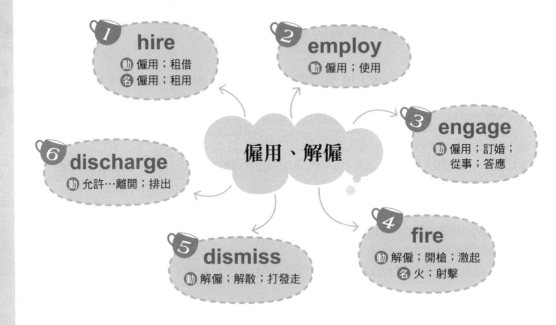

1. **hire** 動 僱用；租借　名 僱用；租用

2. **employ** 動 僱用；使用

3. **engage** 動 僱用；訂婚；從事；答應

4. **fire** 動 解僱；開槍；激起　名 火；射擊

5. **dismiss** 動 解僱；解散；打發走

6. **discharge** 動 允許…離開；排出

僱用、解僱

---

1 hire [haɪr] 動 僱用；租借　名 僱用；租用；工錢 　(MP3 056)

🗫 **三態變化** hire → hired → hired

例句 ▶ We hired a driver to take us on a tour of the city.
　　我們僱了一位司機帶我們遊覽這個城市。

本是同根生 →相同字根的延伸單字

hireling 名 受僱者　　　　　　　**hirer** 名 僱主；租借者
hire-purchase 名 （英）分期付款　**hirable** 形 可僱用的

這樣用動詞 →使用率破表的相關片語

📖 **hire out** 出租
We **hire out** boats to tourists by the hour.
我們出租船隻給遊客的費用是按鐘點計價的。

2 employ [ɪm`plɔɪ] 動 僱用；使用；使忙於

MP3 057

🗩 三態變化 employ → employed → employed

例句▶ They employed Joyce as a Japanese interpreter.
他們僱用喬伊絲當日文翻譯。

本是同根生 → 相同字根的延伸單字

employee 名 僱員；員工　　employer 名 僱主
employment 名 受僱；職業　　employable 形 適宜僱用的

這樣用動詞 → 使用率破表的相關片語

🍎 employ in 使從事；忙於
She is employed in accounting at this large company.
她在這家大公司擔任會計。

🍎 employ sb. for 僱某人做…
The couple employed a maid for house cleaning.
那對夫妻僱了一名女傭來整理居家環境。

3 engage [ɪn`gedʒ] 動 僱用；訂婚；從事；答應

MP3 058

🗩 三態變化 engage → engaged → engaged

例句▶ My husband's family has been engaged in farming.
我夫家是務農的。　be engaged in 從事

本是同根生 → 相同字根的延伸單字

engagement 名 僱用；婚約　　engaged 形 已訂婚的
engaging 形 迷人的；有魅力的　　engagingly 副 有魅力地

這樣用動詞 → 使用率破表的相關片語

🍎 engage sb. as 僱用某人從事…；使擔任
The director engaged me as the technical adviser for the actors.
導演聘請我擔任演員們的技術指導。

Part 1

Part 2

Part 3

Part 4

4 **fire** [faɪr] 動 解僱；開槍；激起 名 火；射擊 ^{MP3} 059

🗨 **三態變化** fire → fired → fried

例句▶ The manager was fired because of a scandal.
那位經理因為爆出醜聞而被解僱。

本是同根生 ⊷ 相同字根的延伸單字

firing 名 解僱；燒毀；生火；發射　　**fireman** 名 消防隊員
firearms 名 槍砲；火器　　**firefly** 名 螢火蟲

這樣用動詞 ⊷ 使用率破表的相關片語

👆**draw fire** 引人議論；吸引炮火
Those politicians certainly don't want to **draw the fire** of the newspapers.
那群政客當然不會希望引起報紙的議論。

👆**catch fire** 著火；燒著；激動
Be careful! The pile of papers would **catch fire** easily.
小心點！那疊紙很容易就會著火。

👆**add fuel to the fire** 火上加油
He wanted to help, but I was afraid that he would **add fuel to the fire**.
他很想幫忙，但我擔心他只會火上加油而已。

5 **dismiss** [dɪsˋmɪs] 動 解僱；解散；打發走 ^{MP3} 060

🗨 **三態變化** dismiss → dismissed → dismissed

例句▶ He **dismissed** the whole plan **as** foolishness.
他覺得這整個計畫很愚蠢，所以不把它當一回事。
dismiss as 將⋯輕視為⋯；把⋯當作⋯而不再去想

本是同根生 ⊷ 相同字根的延伸單字

dismissal 名 開除；解散　　　**dismission** 名 免職；解散
dismissible 形 可解僱的　　　**dismissive** 形 表示解僱的
dismissively 副 輕蔑地；不屑一顧地

6 discharge [dɪs`tʃɑrdʒ] 動 允許…離開；排出

💬 **三態變化** discharge → discharged → discharged

例句 ▶ The patient was discharged from the hospital last week.
那位病人上週就出院了。

本是同根生 → 相同字根的延伸單字

discharger 名 發射裝置　　　　　**dischargeable** 形 可解除的

這樣用動詞 → 使用率破表的相關片語

👍 **discharge from** 開槍；釋放
The man **discharged** two bullets **from** the gun accidentally.
那名男子突然開了兩槍。

👍 **discharge...into** 排放…至
He **discharged** oxygen **into** the atmosphere.
他將氧氣排放至空氣中。

👍 **be discharged from** 退出…
My grandma's condition has improved and she will **be discharged from** the hospital next Monday.
我祖母的情況有所改善，她下週一將會出院。

👍 **discharge oneself of one's duty** 履行職責
We are taught to **discharge ourselves of our duty** even if we encounter difficulties.
我們所學到的是，即使遭遇困難也要履行職責。

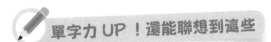

✏️ 單字力 UP！還能聯想到這些

「工作」相關字	work experience 工作經歷；work permit 工作許可證；work overtime 加班；working life 工作生涯；worksheet 備忘錄；work ethic 職業道德；work force 勞動力

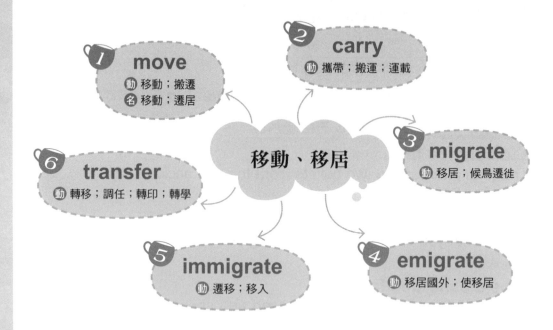

1 移動、移居

1 move 動 移動；搬遷　名 移動；遷居

2 carry 動 攜帶；搬運；運載

3 migrate 動 移居；候鳥遷徙

4 emigrate 動 移居國外；使移居

5 immigrate 動 遷移；移入

6 transfer 動 轉移；調任；轉印；轉學

---

1 move [muv] 動 移動；搬家　名 移動；遷居　MP3 062

💬 **三態變化** move → moved → moved

例句 ▶ I will **move out** to the city next week.
我下週將搬到城市去住。　move out 搬出；開始行動

本是同根生 → 相同字根的延伸單字

mover 名 行動者；搬家工人　　　　**movable** 形 可動的；【律】動產的

這樣用動詞 → 使用率破表的相關片語

📙 **move off** 出發；離開
Helen wants to **move off** the campus and share an apartment with her friends.
海倫想要搬到校外，和她的朋友分租一間公寓。

2 carry [`kærɪ] 動 搬運；運載；攜帶

MP3 063

三態變化 carry → carried → carried

例句▶ No matter what happens, we must **carry out** the plan.
無論發生了什麼事，我們都要執行這項計畫。 carry out 執行

本是同根生 相同字根的延伸單字

carrier 名 搬運人；送信人   **carriage** 名 馬車；運輸
carrying 形 運輸的   **carry-on** 形 可隨身攜帶的

這樣用動詞 使用率破表的相關片語

carry on 繼續
They tried to **carry on** their experiments in spite of the problems.
儘管遇到問題，他們還是試著繼續進行實驗。

carry sth. too far 把某事做得太過分
We all think Rick **carried** a joke **too far**.
我們全都認為瑞克開玩笑開得太過火了。

3 migrate [`maɪˌgret] 動 移居；候鳥遷徙

MP3 064

三態變化 migrate → migrated → migrated

例句▶ My cousin told me that she **has been migrated from** Spain **to** Australia.
我表姐告訴我，她已經從西班牙移居至澳洲了。
migrate from...to... 從⋯移居至⋯

本是同根生 相同字根的延伸單字

migration 名 移民；（候鳥）遷徙   **migrator** 名 候鳥；移居者
migratory 形 遷徙的   **migrant** 形 移居的；流浪的

4 emigrate [`ɛməˌgret] 動 移居國外；使移居

MP3 065

三態變化 emigrate → emigrated → emigrated

Part 1

Part 2

Part 3

Part 4

例句▶ David emigrated from Taiwan to Australia last year.
大衛去年從台灣移民到了澳洲。

本是同根生──**相同字根的延伸單字**

emigration 名 移民（出境）　　　**emigratory** 形 移民的
emigrant 形 移民（他國）的

⑤ immigrate [`ɪmə,gret] 動 遷移；移入

💬 三態變化 immigrate → immigrated → immigrated

例句▶ Emily's family immigrated from Malaysia ten years ago.
艾蜜莉全家是十年前從馬來西亞移民過來的。

本是同根生──**相同字根的延伸單字**

immigration 名 移民（入境）　　　**immigratory** 形 移民入境的
immigrant 形 移入的　名 外來移民

⑥ transfer [træns`fɝ] 動 轉移；調任；轉印；轉學

💬 三態變化 transfer → transferred → transferred

例句▶ Where should I **transfer to** a bus to the airport?
我該到哪裡轉乘往機場的巴士呢？　transfer to 轉車至

本是同根生──**相同字根的延伸單字**

transference 名 移動；調任　　　**transferability** 名 可移動性
transferor 名 【律】讓渡人　　　**transferee** 名 被調任者
transferable 形 可轉移的

拓展眼界：擴展與擴大視野

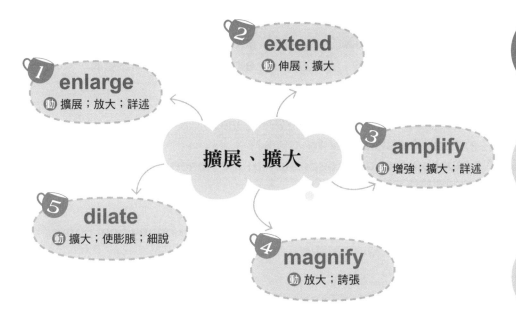

Part 1

Part 2

Part 3

Part 4

2 extend
動 伸展；擴大

1 enlarge
動 擴展；放大；詳述

amplify
動 增強；擴大；詳述

擴展、擴大

5 dilate
動 擴大；使膨脹；細說

4 magnify
動 放大；誇張

---

1 **enlarge** [ɪn`lɑrdʒ ] 動 擴展；放大；詳述 `MP3 068`

🗨 **三態變化** enlarge → enlarged → enlarged

例句▶ You have to **enlarge upon** your opinions in your proposal.

你必須在你的提案裡增加一些見解。　enlarge on/upon 詳述；增補

本是同根生 ─ 相同字根的延伸單字

enlargement 名 放大；擴充　　**enlarger** 名 【攝】放大機

---

2 **extend** [ɪk`stɛnd ] 動 伸展；擴大 同義 stretch `MP3 069`

🗨 **三態變化** extend → extended → extended

例句▶ According to the map, this long road **extends from** the highway.

根據地圖顯示，這條長路是從高速公路延伸過來的。
extend from 從…延伸

本是同根生 → 相同字根的延伸單字

extent 名 範圍；程度　　　　extension 名 伸展；延期
extended 形 擴大範圍的　　　extensity 名 擴張性
extensive 形 廣大的；大量的　extensible 形 可擴張的
extensively 副 廣泛地

這樣用動詞 → 使用率破表的相關片語

📖 **extend hospitality to** 盛情款待
We must **extend** our **hospitality to** the honored guests.
我們必須要盛情款待尊貴的賓客們。

📖 **extend help to sb.** 提供某人幫助
The teaching assistant **extended help to** me on my final paper.
助教在我寫期末報告時給予了協助。

3 **amplify** [`æmplə,faɪ] 動 增強；擴大；詳述

🗨 **三態變化** amplify → amplified → amplified

例句 ▶ We should **amplify on** each other's ideas in order to create the best product.
為了製造出最好的產品，我們應該考慮彼此的意見。　amplify on 增補

本是同根生 → 相同字根的延伸單字

amplification 名 擴大；詳述　　amplifier 名 擴音器
ampliate 形 廣大的

4 **magnify** [`mægnə,faɪ] 動 放大；誇張；誇大問題
MP3 071

🗨 **三態變化** magnify → magnified → magnified

例句 ▶ After magnifying the photo, you should see a tiny spot in the

left corner.
放大照片後，你會在左下角看到一個小黑點。

本是同根生 →（相同字根的延伸單字）

magnifier 名 放大鏡
magnification 名 放大倍率
magnificent 形 宏大的
magnificently 副 宏偉地

magnifico 名 權貴
magnificence 名 壯麗
magnific 形 誇大的

5 dilate [daɪˋlet] 動 擴大；使膨脹；細說 MP3 072

三態變化 dilate → dilated → dilated

例句 In dim light, your pupils will dilate to allow more light to enter your eyes.
如果周遭光源很弱，你的瞳孔就會放大，以讓更多光線進入眼內。

本是同根生 →（相同字根的延伸單字）

dilation 名 擴大；擴張；膨脹
dilatometer 名 膨脹計
dilated 形 擴大的；膨脹

dilator 名 擴張器
dilatancy 名 膨脹；細說
dilative 形 膨脹的

這樣用動詞 →（使用率破表的相關片語）

👍 **dilate on** 詳述
The professor **dilated on** the subject until we were bored to tears.
教授向我們詳細解說題目，直到我們無聊到想哭。

 單字力 UP！還能聯想到這些

「身體不適」相關字	ache 疼痛；cough 咳嗽；itch 癢；stuffy nose 鼻塞；swelling 腫脹；sneeze 噴嚏；cramp 抽筋；fester 膿瘡；hurt 創傷；pain 痛

2 **come** 動 來到；到達

1 **arrive** 動 到達；達成

3 **reach** 動 達到；延伸 名 延伸；區域

4 **attain** 動 到達；獲得

7 **depart** 動 離開；啟程

到達、離開

6 **stay** 動 阻止；停留；保持 名 逗留；中止

5 **land** 動 登岸；到達 名 陸地；土地

---

1 **arrive** [əˋraɪv] 動 到達；達成；（嬰兒）出生　MP3 073

🔊 **三態變化** arrive → arrived → arrived

例句 ▶ I will **arrive at** the train station at 6 p.m. tonight.
我今晚六點會抵達火車站。　arrive at 到達；達到

本是同根生 ← 相同字根的延伸單字

arrival 名 到達；入境；新生兒　　**arriviste** 名 機會主義者

這樣用動詞 ← 使用率破表的相關片語

📖 **cash on arrival** 貨到付款
Linda always insists to pay **cash on arrival**.
琳達總是堅持著貨到付款的支付方式。

2 ▶ come [kʌm] 動 來到；到達 同義 approach

🗨 三態變化 come → came → come

例句 ▶ The circus came into town and brought happiness and joy.
馬戲團來到了鎮上，替鎮上帶來了快樂以及歡笑。

本是同根生 ▸ 相同字根的延伸單字

comer 名 來者；前來的人 　　**comeback** 名 【口】重整旗鼓

come-on 名 【俚】宣傳花招 　　**coming** 形 即將到來的

這樣用動詞 ▸ 使用率破表的相關片語

🍎 **come back** 回來；復原
My father asked me to **come back** early after working today.
爸爸要我今天工作完早點回家。

🍎 **come up** 上升；出現；討論
The teacher hopes our performance can **come up** to the standard.
老師希望我們的表現可以達到標準。

🍎 **come across** 偶然碰見；出現於
I **came across** an old friend in a cafe after work, and we chatted for a while before heading home.
下班後，我在咖啡店碰巧遇見了一位老友，所以我們便聊了一會才各自回家。

3 ▶ reach [ritʃ] 動 達到；延伸 名 延伸；區域

🗨 三態變化 reach → reached → reached

例句 ▶ The sales number has reached its highest peak this year.
銷售量已達到了今年的最高峰。

本是同根生 ▸ 相同字根的延伸單字

reachable 形 可達成的；可聯繫上的 　　**reachless** 形 不可及的

far-reaching 形 深遠的；廣泛的

👍 reach to 達到；延伸到

You have to **reach to** the stars if you ever want to accomplish your dreams.

如果你想要實現夢想，就必須要設法爭取。（reach to the stars = 努力追求目標）

👍 reach after 努力追求；企圖獲得

Some people would do anything to **reach after** personal fame and gain.

有些人會做任何事來追求個人名利。

👍 reach for 伸手拿

My hands hurt so badly that I couldn't **reach for** the water.

我的手傷得很嚴重，所以無法伸手去拿水喝。

👍 as far as the eye can reach 視野所及

As far as the eye can reach, there is nothing but ocean.

在視野所及的範圍內，除了海之外，什麼都沒有。

👍 beyond one's reach 無法達到的；力所不能及的

We don't believe it's **beyond our reach** and decide to try again.

我們不相信自己做不到，所以決定再試一次。

---

4 ▶ attain [ə`ten] 動 到達；獲得 同義 accomplish MP3 076

💬 **三態變化** attain → attained → attained

例句 ▶ She fought hard to attain her goals.
她為了達成目標，付出了很多心血。

本是同根生 ▶ 相同字根的延伸單字

attainment 名 獲得；成就；學識　　**attainder** 名 【律】褫奪公權

attainability 名 可獲得　　**attainable** 形 可達到的

attaint 動 宣告褫奪公權

這樣用動詞 → 使用率破表的相關片語

📖 **attain to** 到達；獲得

The trees in my courtyard have **attained to** a great height.
我庭院裡的那些樹已經長得很高了。

---

5 land [lænd] 動 登岸；到達 名 陸地；土地　MP3 077

💬 **三態變化 land → landed → landed**

例句▶ The captain was forced to **land** the plane on water due to a bird strike.
因為一場鳥擊，機長被迫在水上緊急降落。

本是同根生 → 相同字根的延伸單字

lander 名 登陸艙　　　　　**landing** 名 登陸；著陸
landed 形 擁有土地的；不動產的

這樣用動詞 → 使用率破表的相關片語

📖 **land on** 降落於

The plane is ready to **land on** the airport runway.
飛機正準備降落於機場的跑道。

---

6 stay [ste] 動 停留；保持 名 逗留；中止　MP3 078

💬 **三態變化 stay → stayed → stayed**

例句▶ He will **stay** in the United States for two years to complete his master's degree.
他將會留在美國兩年，以完成他的碩士學位。

本是同根生 → 相同字根的延伸單字

stayer 名 滯留者；有耐力的人　　　**staycation** 名 居家度假
stay-in 形 坐下不動的

👍 **stay over** 過夜

I planned to **stay over** at my grandparents' place for two days.
我打算在祖父母家住兩個晚上。

👍 **stay away from** 遠離；離開

I asked her the reason why she **stayed away from** school.
我詢問了她之所以不去上學的原因。

---

7 **depart** [dɪ`pɑrt] 動 離開；啟程 同義 leave

💬 三態變化 depart → departed → departed

例句 Father asked me not to **depart from** the regular routine.
父親要求我不能背離常規。 depart from 離開；從…出發；違反

本是同根生 ‧相同字根的延伸單字

departure 名 離開；出發　　　　**departee** 名 離去者
department 名 部門　　　　　　**departed** 形 死去的；昔日的

這樣用動詞 ‧使用率破表的相關片語

👍 **depart for** 前往

We should **depart for** the airport before 6 o'clock in the morning.
我們必須在早上六點之前出發去機場。

單字力 UP！還能聯想到這些

「航行」相關字	navigation 航海；sail 帆；fuel 燃料；wheel 舵輪；craft 船；vessel 船艦；deck 甲板；shipment 裝運；freight 船運貨物
「住戶」相關字	inhabitant 居住者；habitant 居民；occupant 佔有人；resident 居民；neighbor 鄰居；roommate 室友；denizen 居民；dweller 居住者；cottage 小屋；shanty 簡陋小 (木) 屋

Unit 15　好巧不巧：事情發生的當下

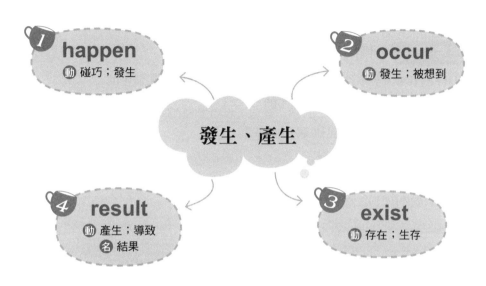

Part **1**

Part **2**

Part **3**

Part **4**

① **happen** [`hæpən] 動 碰巧；發生　同義 come off
_{MP3} 080

💬 **三態變化** happen → happened → happened

例句▶ A terrible traffic accident happened here yesterday.
昨天這裡發生了一場很嚴重的交通事故。

本是同根生──相同字根的延伸單字

happening 名 事情；即興演出　　**happenstance** 名 偶然的事情

這樣用動詞──使用率破表的相關片語

📖**happen to** 發生；碰巧
I **happen to** have the magazine you need with me.
我身上正好有帶著你想要的那本雜誌。

2 **occur** [ə`kɜ] 動 發生；被想到 同義 come about

MP3
081

三態變化 occur → occurred → occurred

例句 Landslides often occur in this area after a heavy rain.
　　這個地區在下完大雨之後，常常會發生土石流。

本是同根生 相同字根的延伸單字

occurrence 名 事件；發生　　　　occurred 形 發生的
occurrent 形 偶發的；正在發生的

這樣用動詞 使用率破表的相關片語

occur to 想起；意識到
A brilliant idea occurred to me. Are you interested in hearing it out?
我想到一個很棒的主意，你有興趣聽聽看嗎？

3 **exist** [ɪg`zɪst] 動 存在；生存 同義 subsist

MP3
082

三態變化 exist → existed → existed

例句 Does life exist on other planets?
　　其他行星上有生命嗎？

本是同根生 相同字根的延伸單字

existence 名 存在；生存　　　　existent 形 存在的；實有的
existing 形 現行的；現存的　　　existential 形 有關存在的

這樣用動詞 使用率破表的相關片語

exist as 以…存在
A policy does not exist as such until the decision is made.
在完成決議之後，政策才會正式確立。

exist on 靠…生活
We can't even exist on such a poor salary.
我們無法靠這麼微薄的薪水過活。

exist in 生長於；在…生存

This species of flower only **exists in** Africa.
這種花只在非洲生長。

4 result [rɪˋzʌlt] 動 產生；導致 名 結果

MP3
083

💬 三態變化 result → resulted → resulted

例句 ▶ His failures **resulted** mainly **from** his lack of persistence.
他的失敗主要是因為他不夠有恆心。　result from 發生；產生

本是同根生 ─（相同字根的延伸單字）

resultant 形 因而發生的　　　　**resulting** 形 作為結果的

這樣用動詞 ─（使用率破表的相關片語）

✏ **result in** 導致；結果

The experiment **resulted in** the discovery of a new treatment for cancer.
我們透過這項實驗，發現了一種治療癌症的新方法。

✏ 單字力 UP！還能聯想到這些

「歷史」相關字	history 歷史；prehistory 史前時代史；chronicle 編年史；archaeology 考古學；dynasty 朝代；civilization 文明；reign 統治時期；regency 攝政時期；annals 編年史；epoch 時代
「物種」相關字	terrestrial 陸生的；aquatic 水生的；mammalian 哺乳類的；endangered 瀕臨絕種的；herbivorous 草食性的；carnivorous 肉食性的；omnivorous 雜食性的；marsupial 有袋類的；nocturnal 夜行性的
「交通路況」相關字	delay 延誤；car accident 車禍；alternate route 替代道路；fender-bender （口）輕微事故；bumper-to-bumper 堵車；detour 繞道；rush hour 尖峰時刻；pileup 連環相撞；traffic report 路況報導；congestion 擁塞

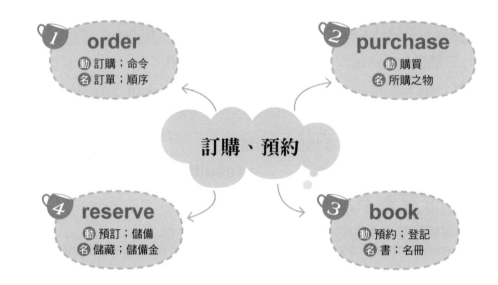

1 order
動 訂購；命令
名 訂單；順序

2 purchase
動 購買
名 所購之物

訂購、預約

4 reserve
動 預訂；儲備
名 儲藏；儲備金

3 book
動 預約；登記
名 書；名冊

---

1 order [ˋɔrdɚ] 動 訂購；命令 名 訂單；順序 MP3 084

🗨 三態變化 order → ordered → ordered

例句 This handbag is currently out of stock, but we can order one for you.
這款手提包目前缺貨，但我們可以幫您調貨。

本是同根生 →相同字根的延伸單字

orderliness 名 整齊；有秩序　　ordinal 名 序數 形 順序的
ordered 形 安排好的　　orderly 副 有順序地

這樣用動詞 →使用率破表的相關片語

🍎 in order to 為了…
In order to make you happy, I'll do everything for you.

為了讓你快樂，我可以為你做任何事情。

🍎 **out of order** 發生故障；違反議事規則；順序紊亂
One of the televisions is **out of order.**
其中一臺電視機壞掉了。

🍎 **call to order** 宣布（開會）
The sales manager **called** the meeting **to order.**
業務經理宣布會議開始。

🍎 **in order** 照順序
The traitor answered my three questions **in order.**
那名背叛者依序回答我的三個問題。

🍎 **in short order** 迅速地
Terry had to leave **in short order** because his son was sent to the hospital.
泰瑞必須趕緊離開，因為他的兒子被送到醫院去了。

🍎 **take one's order** 幫某人點餐
Can I **take your order** now?
我可以幫您點餐了嗎？

2 **purchase** [`pɝtʃəs] 動 購買 名 所購之物 MP3 085

💬 **三態變化** purchase → purchased → purchased

例句 ▶ The rich lady purchased a mansion with cash last week.
那位貴婦上週用現金買了一棟豪宅。

本是同根生 ◆ 相同字根的延伸單字

purchaser 名 買主；買方　　　　　**purchasing** 名 購買
purchasable 形 可買的；可收買的

這樣用動詞 ◆ 使用率破表的相關片語

🍎 **make a good purchase** 買得便宜
Our supervisor was satisfied because we **made a good purchase.**
因為我們以低價購得，所以主管感到很滿意。

Part 1

Part 2

Part 3

Part 4

③ book [buk] 動 預約；登記 名 書；名冊

三態變化 book → booked → booked

例句 Mike **booked** himself **for** the following day's train.
麦克預訂了次日的火車票。 book for 預定

本是同根生 → 相同字根的延伸單字

booklet 名 小冊子　　　**bookworm** 名 書呆子
bookend 名 書夾；書擋　　**bookish** 形 學究的；愛好書籍的

這樣用動詞 → 使用率破表的相關片語

book out 客滿；結帳正式離開（旅館等）
I am sorry, but the hotel **is booked out** this weekend.
我很抱歉，但旅館這個週末已經客滿了。

④ reserve [rɪˋzɝv] 動 預訂；儲備 名 儲藏；儲備

三態變化 reserve → reserved → reserved

例句 He made a call and reserved a seat for his favorite musical.
他打電話預約了去看他最喜歡的音樂劇。

本是同根生 → 相同字根的延伸單字

reservoir 名 蓄水庫；倉庫　　**reservation** 名 自然保護區；預訂
reserved 形 儲備的；有所保留的　**reservedly** 副 有保留地

這樣用動詞 → 使用率破表的相關片語

in reserve 備用
You will find a huge stack of tissue paper **in reserve**.
你會發現一大堆的備用衛生紙。

without reserve 毫無保留地
She always tells us truths **without reserve**.
她總是會毫無保留地告訴我們事實真相。

Unit 17 廚神降臨：精通各種烹調技術

② **bake**
動 名 烘；烤

① **cook**
動 烹調；做菜
名 廚師

烹調方法

③ **roast**
動 烤；（口）痛斥

⑤ **fry**
動 油煎；油炸
名 油炸物

④ **grill**
動 用烤盤烤；拷問
名 烤架；燒烤食物

---

① cook [kuk] 動 烹調；做菜 名 廚師　MP3 088

💬 **三態變化** cook → cooked → cooked

✏️ 例句 He is good at cooking French dishes.
他很擅長做法國料理。

本是同根生──相同字根的延伸單字

cooker 名 鍋子；炊具
cookware 名 廚具
cookshop 名 小飯館
cooked 形 煮好的

cookery 名 烹調術
cookout 名 野炊
cook-in 名 烹飪講習
cooking 形 烹調用的 名 烹調

這樣用動詞──使用率破表的相關片語

📖 **cook up** 偽造；虛構

You'd better **cook up** an excuse about why you are late for the meeting today.
你最好編一個理由來解釋為什麼你會遲到今天的會議。

📖**cook one's goose** 破壞計畫；搞砸事情；毀了某人的前程
It'll **cook her goose** if you decide to leak her secrets.
如果你決定要洩漏她的祕密，她的前程就會被毀掉。

2 bake [bek] 動 名 烘；烤 同義 toast

💬 **三態變化 bake → baked → baked**

例句▶ He baked a huge custard cake for her birthday.
他為她的生日而烤了一個超大的卡士達蛋糕。

本是同根生 ┤相同字根的延伸單字│

baking 名 烘焙；烘乾 　　　　**baker** 名 麵包師傅
bakery 名 麵包店；烘烤食品 　**bake-off** 名 烘焙比賽
bakehouse 名 麵包廠 　　　　**bakeware** 名 耐熱的烘焙器
baked 形 烘焙的 　　　　　　**baking-hot** 形 （口）極熱的

3 roast [rost] 動 烤；炙；(口)痛斥 同義 barbeque

💬 **三態變化 roast → roasted → roasted**

例句▶ We always roast a turkey for Thanksgiving dinner.
我們總是在感恩節晚餐時烤火雞來吃。

本是同根生 ┤相同字根的延伸單字│

roaster 名 烘烤者 　　　　　**roasting** 形 用於烤炙的

這樣用動詞 ┤使用率破表的相關片語│

🍎**give sb. a roasting** 嚴厲地指責某人
She **was given** a real **roasting** by her boss this morning.
今天早上，她被老闆狠狠地指責了一頓。

4 **grill** [grɪl] 動 用烤盤烤；拷問 名 烤架；燒烤食物 MP3 091

三態變化 grill → grilled → grilled

例句 He grilled some bacon to go with the toast for breakfast.
他烤了一些培根配麵包來當早餐。

本是同根生 → 相同字根的延伸單字

grilling 名 拷問；盤問　　　　**grillroom** 名 烤肉館
grilled 形 烤的；有格子的

Part 1

5 **fry** [fraɪ] 動 油煎；油炸；（口）發怒 名 油炸物 MP3 092

三態變化 fry → fried → fried

例句 I will **fry up** the cold meat when you come back.
你回來之後，我會再把這些冷掉的肉熱一下。　fry up 把食物熱一下

本是同根生 → 相同字根的延伸單字

fries 名 炸薯條　　　　**fryer** 名 油炸煎鍋
fried 形 油炸的；油煎的

這樣用動詞 → 使用率破表的相關片語

Part 2

small fry 無足輕重的人（或事物）
Paul is such an arrogant guy and never cares about the **small fry**.
保羅是一個高傲的人，他從來不會關心小人物。

fry the fat out of sb. 向某人勒索金錢；榨取油水
She tried to **fry the fat out of** her rich husband by filing for a divorce.
她試著藉由離婚來榨取她那位富有丈夫的錢財。

have bigger fish to fry 另有要事；另有有趣的事情要做
I **have bigger fish to fry**, so I've got to leave for now.
我還有重要的事情要做，所以現在必須先離開一下。

Part 3

Part 4

Unit 18 改頭換面改造一番：轉變與適應

1 vary 動 變更；使多樣化

2 convert 動 轉變；變換

轉變、適應

4 adapt 動 （使）適應；改編

3 transform 動 改造；使變形；改變

---

1 vary [`vɛrɪ] 動 變更；使多樣化；偏離

MP3 093

💬 三態變化 vary → varied → varied

例句▶ Customs **vary** widely **from** one country to another.

不同國家的風俗必定迥然不同。　vary from 因地而異

本是同根生 → 相同字根的延伸單字

variation 名 變化；差別
variability 名 變化性；可變性
various 形 各式各樣的
variedly 副 種種地；改變地

variance 名 （意見等的）不一致
variable 形 易變的；多變的
variant 形 有差異的；易變的
variably 副 易變地

② convert [kənˋvɜt] 動 轉變；變換；使皈依

三態變化 convert → converted → converted

例句▶ The hotel is going to be converted into a nursing home.
那家旅館即將被改建為私人療養院。

本是同根生 ┌•相同字根的延伸單字

converter 名【電】變流器　　**convertibility** 名 可變換
converted 形 改變的；改變信仰的　　**convertibly** 副 可變化地
convertible 名 敞篷車　形 可轉換的

這樣用動詞 ┌•使用率破表的相關片語

convert to 皈依
Tom **converts to** Buddhism and realizes that its essence is not superstitious.
湯姆皈依佛教，並了解到佛教的本質並不迷信。

convert into 兌幣成
Joanna wanted to **convert** her U.S. dollars **into** New Taiwan dollars.
喬安娜想將手上的美元兌換成新台幣。

③ transform [trænsˋfɔrm] 動 改造；使變形；改變

三態變化 transform → transformed → transformed

例句▶ This place, originally a small town, **has been transformed into** a modern city.
這個地方原本只是一個小鎮，但現在已經轉變為一座現代化的都市了。
transform…into 將…改變成

本是同根生 ┌•相同字根的延伸單字

transformation 名 轉化；變形　　**transformer** 名【電】變壓器
transformable 形 可變形的　　**transformative** 形 變形的

4 **adapt** [ə`dæpt] 動 （使）適應；改編 MP3 096

🗨 **三態變化** adapt → adapted → adapted

例句▶ James is quite easygoing, so he always **adapts** easily **to** new circumstances.

詹姆士的個性相當隨和，所以他總是很容易就適應新的環境。

adapt to 適應…

本是同根生 ├ 相同字根的延伸單字

adaptability 名 適應性   **adaptation** 名 適應；改編

adapted 形 改編的；適應的   **adaptable** 形 可改編的

adaptive 形 適應的；適合的   **adapter** 名 【機】轉接器；改編者

這樣用動詞 ├ 使用率破表的相關片語

👆 **adapt (sth.) for** 為…而改變（某物）

The furnace in our house **has been adapted for** natural gas.

我們屋子裡面的壁爐被改造成可以用天然瓦斯來生火。

👆 **adapt (sth.) from** 將某物改編自…

The movie **was adapted from** a novel written by Hemingway.

這部電影是從海明威的小說翻拍而來的。

 單字力 UP！還能聯想到這些

「出版」相關字	press 報刊；journalist 新聞工作人員；propaganda 宣傳；publish 出版；circulate 發行；edit 編輯；interview 採訪
「改革」相關字	government decree 政令；resignation of the cabinet 倒閣；innovation 革新；revolution 革命；overthrow 推翻；outbreak 暴動；impeach 彈劾
「整型」相關字	plastic surgery 整型外科；cosmetic surgery 美容手術；double eyelid 雙眼皮；face-lift 拉皮；liposuction 抽脂；breast augmentation 隆乳；ruby laser 除斑

聚財也要聚人氣：聚集與收集

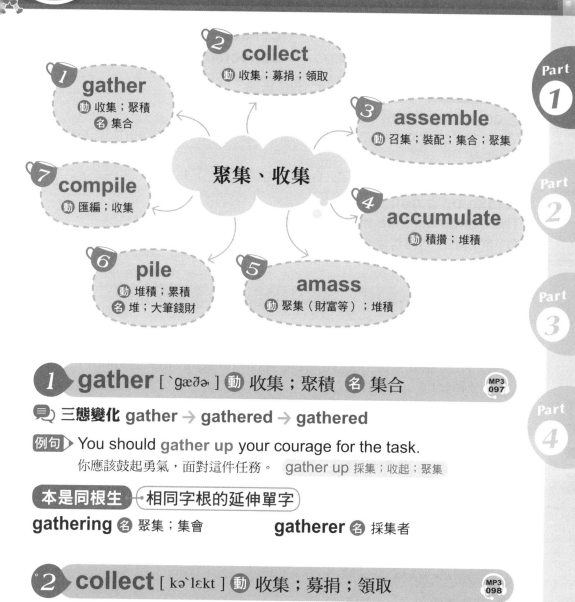

② **collect**
動 收集；募捐；領取

① **gather**
動 收集；聚積
名 集合

聚集、收集

③ **assemble**
動 召集；裝配；集合；聚集

⑦ **compile**
動 匯編；收集

④ **accumulate**
動 積攢；堆積

⑥ **pile**
動 堆積；累積
名 堆；大筆錢財

⑤ **amass**
動 聚集（財富等）；堆積

---

① **gather** [`gæðɚ] 動 收集；聚積 名 集合

MP3 097

💬 **三態變化** gather → gathered → gathered

例句 ▶ You should **gather up** your courage for the task.
你應該鼓起勇氣，面對這件任務。 gather up 採集；收起；聚集

本是同根生 ─ 相同字根的延伸單字

gathering 名 聚集；集會　　　　　**gatherer** 名 採集者

---

② **collect** [kə`lɛkt] 動 收集；募捐；領取

MP3 098

💬 **三態變化** collect → collected → collected

例句 ▶ My dad used to collect stamps from all over the world.

我爸爸以前有在收集世界各地的郵票。

本是同根生 → **相同字根的延伸單字**

collection 名 收藏；聚集　　　　**collector** 名 收藏家；採集者

collective 形 集體的；共同的　　**collectively** 副 共同地

這樣用動詞 → **使用率破表的相關片語**

👆**collect oneself** 鎮定下來；整理思緒

Miranda felt too nervous, so she paused for a moment to **collect herself.**

米蘭達太緊張了，所以她暫停了一會兒，好讓自己鎮定下來。

👆**take up a collection** 進行募捐

The church will **take up a collection** to help the needy.

為了幫助窮人，教堂將會舉行募捐活動。

---

3 **assemble** [əˋsɛmbḷ] 動 召集；裝配；集合 　MP3 099

💬 **三態變化** assemble → assembled → assembled

例句▷ Thousands of people were assembled in the stadium for the Mayor's speech.

好幾千人聚集在體育館裡，要聽市長舉行演講。

本是同根生 → **相同字根的延伸單字**

assemblage 名 聚集；裝配　　　**assembler** 名 裝配工

assembly 名 集會；裝配；匯編　　**assemblyman** 名（美）議員

assemblywoman 名（美）女議員

---

4 **accumulate** [əˋkjumjə͵let] 動 積攢；堆積 　MP3 100

💬 **三態變化** accumulate → accumulated → accumulated

例句▷ We should focus on accumulating more useful information.

我們應該要多加專注於蒐集更多有用的資訊。

本是同根生 →相同字根的延伸單字

accumulation 名 堆積物　　　　**accumulator** 名 聚財者
accumulative 形 累積的

---

5 **amass** [ə`mæs] 動 聚集（財富等）；堆積　　MP3 101　Part 1

➲ **三態變化** amass → amassed → amassed

例句 ▶ He amassed a large fortune by investing in the stock market.
他靠著投資股票市場，累積了不少財富。

本是同根生 →相同字根的延伸單字

amassment 名 積聚；堆積　　　　**amasser** 名 聚集（財富等）的人

---

6 **pile** [paɪl] 動 堆積；累積 名 堆；大筆錢財　　MP3 102　Part 2

➲ **三態變化** pile → piled → piled

例句 ▶ Tables **were piled** high **with** my blueprints.
桌上都堆滿了我的藍圖，堆放成高高的一疊。
be piled with 成堆地蓋住或裝滿

本是同根生 →相同字根的延伸單字

piles 名 【醫】痔瘡　　　　**piling** 名 打樁；樁基
piled 形 有細毛的　　　　**pileous** 形 多毛的

---

7 **compile** [kəm`paɪl] 動 匯編；收集（資料等）　　MP3 103

➲ **三態變化** compile → compiled → compiled

例句 ▶ The police have compiled a list of suspects.
警方已整理出一份嫌疑犯的名單。

本是同根生 →相同字根的延伸單字

compilation 名 編輯（物）　　　　**compiler** 名 編輯者

② send
動 寄送；派遣

① give
動 給；送給；讓步

傳送、送出

③ deliver
動 遞送；發表

⑤ convey
動 傳送；傳達

④ hand
動 傳遞；給
名 手；筆跡

① give [gɪv] 動 給；送給；讓步 同義 provide

MP3 104

三態變化 give → gave → given

例句 ▶ She gave her son a sports car as his birthday gift.
她送她兒子一台跑車當作生日禮物。

本是同根生 ← 相同字根的延伸單字

giving 名 禮物；給予物　　　**giver** 名 贈予者
given 形 贈予的；特定的　　　**giveaway** 形 贈送的

這樣用動詞 ← 使用率破表的相關片語

give up 放棄
Never **give up** until the goal is reached.
在目標尚未達成前，絕對不要放棄。

give (sb.) a hand 幫忙（某人）做…
Could you please **give** us **a hand** with these cabinets?
可以請你幫我們搬這些櫃子嗎？

2 send [sɛnd] 動 寄送；派遣 同義 mail
MP3 105

三態變化 send → sent → sent

例句▶ I **sent out** almost five thousand invitations this morning.
我今天早上寄出了將近五千封的邀請函。 send out 發送

本是同根生 相同字根的延伸單字

sender 名 寄件人；發報機

這樣用動詞 使用率破表的相關片語

send in 遞送；呈報
Please **send in** your resume by email by this Friday.
請在這個星期五之前，用電子郵件把你的履歷寄給我。

3 deliver [dɪˋlɪvɚ] 動 遞送；發表 同義 consign
MP3 106

三態變化 deliver → delivered → delivered

例句▶ I have an important letter to **deliver to** him.
我有一封很重要的信件要交給他。 deliver to 轉交；交付

本是同根生 相同字根的延伸單字

delivery 名 投遞；分娩　　**deliverer** 名 遞送人；釋放者
deliverance 名 釋放；解救　　**deliveryman** 名 送貨員
deliverable 形 可以傳送的

這樣用動詞 使用率破表的相關片語

deliver sb. of sth. 將某人從某事解放出來
Andy **was** finally **delivered of** his financial burden.

安迪終於從財務負擔的重擔解脫出來。

4 hand [hænd] 動 傳遞；給 名 手；筆跡

MP3 107

三態變化 hand → handed → handed

例句▶ You should **hand over** the money by next Monday.

你應該要在下週一前繳交這筆錢。 hand over 交出；送交

本是同根生 ·相同字根的延伸單字

handful 名 一把；少量　　　　**handed** 形 有手的

handy 形 便於使用的　　　　　**handily** 副 方便地；靈巧地

handedness 名 慣用手　　　　**handless** 形 笨手笨腳的

5 convey [kən`ve] 動 傳送；傳達；搬運

MP3 108

三態變化 convey → conveyed → conveyed

例句▶ Ryan **conveys** his affection **to** his girlfriend by singing romantic songs.

萊恩藉由唱情歌來表達他對女友的感情。 convey to 傳達

本是同根生 ·相同字根的延伸單字

conveyance 名 運輸；傳達　　　**conveyer** 名 傳送帶；搬運者

conveyancing 名 財產轉讓　　　**conveyable** 形 可搬運的

✏️ 單字力 UP！還能聯想到這些

「郵政事務」相關字	postage 郵資；envelope 信封；stamp 郵票；mailbox 郵筒；postman 郵差；mailman 郵差；parcel 小包；package 包裹；bundle 包裹；express 快遞

② **appeal**
動 求助；懇求；【律】上訴

① **entreat**
動 懇求；請求

請求、懇求

③ **beg**
動 懇求；請求；乞討

⑤ **plead**
動 懇求；【律】辯護

④ **implore**
動 哀求；乞求

Part **1**

Part **2**

Part **3**

Part **4**

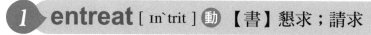

① **entreat** [ɪn`trit] 動 【書】懇求；請求

MP3 109

💬 **三態變化** entreat → entreated → entreated

例句 ▶ He spent two hours entreating his boss not to fire him.
他花了兩個小時，拜託老闆不要將他解僱。

本是同根生 相同字根的延伸單字

entreaty 名 懇求；乞求   **entreating** 形 懇求的
entreatingly 副 懇求地

這樣用動詞 使用率破表的相關片語

📖 **entreat a favor of sb.** 懇求某人的幫忙
May I **entreat a favor of** you, please?
可以拜託你幫我一個忙嗎？

② appeal [əˋpil] 動 懇求；吸引；【律】上訴

MP3
110

💬 三態變化 appeal → appealed → appealed

例句▶ They are appealing for more funds to support the charity.
他們正在吸引更多的資金來支撐慈善事業。

本是同根生 ←相同字根的延伸單字

appealable 形 可上訴的　　　　appealingly 副 哀求地
appealing 形 哀求的；有吸引力的

這樣用動詞 ←使用率破表的相關片語

👍 **appeal to one's better feelings** 訴諸某人的良心
Finally, the prosecutor decides to **appeal to her better feelings**.
最後，檢察官決定訴諸於她自己的良心。

👍 **make an appeal for** 要求
The legislator **made an appeal for** sufferers by flood.
那位立法委員為受水災所苦的災民請求援助。

👍 **appeal against** 上訴
I will continue to **appeal against** the judgment.
我將會繼續提出上訴。

③ beg [bɛg] 動 懇求；請求；乞討

MP3
111

💬 三態變化 beg → begged → begged

例句▶ The criminal begged for mercy to the judge during the final trial.
在最終判決時，那名罪犯懇求法官開恩。

本是同根生 ←相同字根的延伸單字

beggar 名 乞丐

這樣用動詞 ←使用率破表的相關片語

👍 **beg off** 請求免除

I think I'd better **beg off** for an hour to see a doctor this afternoon.
我想我今天下午最好請一個小時的假去看醫生。

👍 **beg for a living** 以乞討為生
After losing all his money, he was forced to **beg for a living**.
在輸光家產後，他被迫以乞討為生。

Part 1

4 implore [ɪmˋplor] 動 哀求；乞求 同義 beseech 　MP3 112

💬 三態變化 implore → implored → implored

例句 ▶ She implored her friends to help her out of her financial crisis.
她懇求她朋友幫她脫離財務危機。

本是同根生 →相同字根的延伸單字

imploration 名 乞求；懇求　　　**imploring** 形 懇求的

Part 2

5 plead [plid] 動 懇求；【律】辯護 同義 petition 　MP3 113

💬 三態變化 plead → pled → pled

例句 ▶ The man kneeled before his king and pled for mercy.
那個男人跪在國王面前，懇求國王開恩。

本是同根生 →相同字根的延伸單字

pleadingly 副 祈求地；懇求地　　　**pleader** 名 答辯人；請願者
pleading 形 辯護；懇求的

Part 3

這樣用動詞 →使用率破表的相關片語

👍 **plead for** 為…辯護
I will ask my friend who is a lawyer to **plead for** me.
我會請我的律師朋友為我辯護。

👍 **plead with sb.** 向某人懇求
Kim's parents tried to **plead with** him to study hard for himself.
金的父母試圖懇求他為了自己好好唸書。

Part 4

Unit 22 不斷變更心意：改變與修改

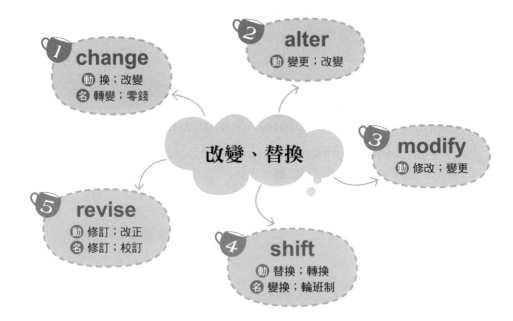

中央：**改變、替換**

1. **change** 動 換；改變 名 轉變；零錢

2. **alter** 動 變更；改變

3. **modify** 動 修改；變更

4. **shift** 動 替換；轉換 名 變換；輪班制

5. **revise** 動 修訂；改正 名 修訂；校訂

---

1 **change** [tʃendʒ] 動 換；改變 名 轉變；零錢 **MP3 114**

💬 **三態變化** change → changed → changed

例句▶ In autumn, maple leaves **change from** green **to** red.
秋天的時候，楓葉將由綠轉紅。 change from...to... 從…轉變成…

本是同根生 →（相同字根的延伸單字）

changeable 形 可改變的；不定的　　**changeful** 形 不穩定的
changeless 形 不變的；單調的　　**changeably** 副 多變地；不安定地

這樣用動詞 →（使用率破表的相關片語）

👍 **change into** 轉變；換上
You should **change into** your working clothes before you start to do the job.

開始工作之前，你們應該先換上工作服。

👍**change one's mind** 改變某人的心意
Our CEO **has changed his mind** again.
我們總裁又改變了主意。

👍**do sth. for a change** 做某事來改變一下常規
We decided to go to the country **for a change** of air.
我們決定到鄉下走走，換個空氣。

👍**change up/down** （汽車）換快／慢檔
There is a car accident, so the policeman warns us to **change down** now.
前方發生了車禍，所以警察提醒我們現在放慢車速。

2 **alter** [`ɔltə] 動 變更；改變 同義 vary
MP3 115

💬 三態變化 alter → altered → altered

例句▶ Drinking too much alcohol can alter a person's characteristic.
飲酒過量有可能改變一個人的個性。

本是同根生 →相同字根的延伸單字

alteration 名 變更；修改　　**alterability** 名 可變更性
alterable 形 可改變的　　**alterant** 形 改變的

3 **modify** [`madə,faɪ] 動 修改；變更 同義 fix
MP3 116

💬 三態變化 modify → modified → modified

例句▶ We have to modify our plan a little bit.
我們必須稍微修改一下我們的計畫。

本是同根生 →相同字根的延伸單字

modification 名 改變；緩和　　**modifier** 名 修飾詞語
modifiability 名 可變性　　**modifiable** 形 可修改的

Part 1

Part 2

Part 3

Part 4

4 shift [ʃɪft] 動 替換；轉移 名 變換；輪班制

MP3 117

三態變化 shift → shifted → shifted

例句 He was constantly shifting his position on the same issue.
在同樣的問題上，他一直變換他的立場。

本是同根生 →相同字根的延伸單字

shiftable 形 可轉換的   **shiftless** 形 無能的；偷懶的
shifty 形 機智的；詭詐的   **shiftily** 副 躲躲閃閃地

這樣用動詞 →使用率破表的相關片語

make a shift 盡力應付
Susan had to **make a shift** with what she had in hand.
蘇珊只好用手邊現有的東西盡力應付了。

shift the blame to 推卸過錯給…
I got so mad at my brother because he **shifted the blame to** me.
我哥將過錯推卸給我，這讓我對他感到非常生氣。

shift gears 轉換話題或正在做的事情
Let's **shift gears** and discuss the budget for the next quarter.
我們現在來換成討論下一季度的預算吧。

5 revise [rɪˋvaɪz] 動 名 修訂；改正 同義 correct

MP3 118

三態變化 revise → revised → revised

例句 Lucy revised her story to make it shorter.
露西把她寫的故事修短了一些。

本是同根生 →相同字根的延伸單字

revision 名 修訂；修訂本   **reviser** 名 校訂者
revisionary 形 修正的；校訂的   **revisable** 形 可修改的

散布好消息：分散與散播

distribute
動 分配；散布

spread
動 散布；展開
名 伸展

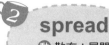

分散；散播

scatter
動 使分散；散播

disperse
動 驅散；散去
形 分散的

---

1 **distribute** [dɪ`strɪbjut] 動 分配；散布；分開　MP3 119

三態變化 distribute → distributed → distributed

例句 The whole class was distributed into five small groups.
全班被分成五個小組。

本是同根生 相同字根的延伸單字

distribution 名 分發；配給物　　**distributary** 名 支流
distributive 形 分發的；分布的　　**distributively** 副 分配地

---

2 **spread** [sprɛd] 動 分布；展開　名 伸展　MP3 120

三態變化 spread → spread → spread

例句 The torture was spread over a ten-week period.
這折磨持續了十週。　spread over 遍布；將…分散

→ 相同字根的延伸單字

spreader 名 散布者；撒播機　　　**spreadable** 形 可塗開的
spread-eagled 形 展開四肢的

這樣用動詞 → 使用率破表的相關片語

👆 **spread of (sth.)** 廣泛的；多樣的
We have an enormous **spread of** companies, mainly in Taipei City.
我們擁有種類繁多的公司，且主要都位於台北市。

👆 **spread out** 攤開；展延
A beautiful scene **spreads out** before my eyes. What a splendid view!
一幅美景在我眼前展開，多麼壯麗的景象啊！

3 **disperse** [dɪˋspɝs] 動 驅散；散播　形 分散的　MP3 121

🗨 三態變化 disperse → dispersed → dispersed

例句 ▶ The police arrived and quickly dispersed the crowd.
　　　警方到達後，便迅速疏散人群。

本是同根生 → 相同字根的延伸單字

dispersion 名 散布；消散　　　**dispersal** 名 傳播；消失
dispersant 名 分散劑　　　　　**dispersive** 形 分散的

4 **scatter** [ˋskætə] 動 散布；驅散；散開　同義 strew　MP3 122

🗨 三態變化 scatter → scattered → scattered

例句 ▶ After 78 hours of sit-in, the protesters finally scattered.
　　　在七十八小時的靜坐之後，抗議人群終於疏散了。

本是同根生 → 相同字根的延伸單字

scattered 形 散布的　　　　　**scattering** 名 分散；零散的東西

2 state
動 聲明
名 國家；州
形 國家的

1 declare
動 聲明；斷言；表明態度

3 assert
動 宣稱；維護

宣稱、宣布

7 report
動 報導；報告
名 報告書；報導

4 announce
動 宣布；發表

6 broadcast
動 廣播；傳布
名 廣播

5 pronounce
動 宣稱；發音

Part 1
Part 2
Part 3
Part 4

1 declare [dɪˋklɛr] 動 聲明；斷言；表明態度 MP3 123

 三態變化 declare → declared → declared

例句 I declare that the winner of the award is Joanna Winston.
我宣布獎項的得主是瓊安娜・溫斯頓。

本是同根生 相同字根的延伸單字

declaration 名 宣布；聲明　　**declarer** 名 宣言者
declaratory 形 宣言的　　　　**declared** 形 公告的
declarative 形 陳述的；公告的　**declarable** 形 應申報的

這樣用動詞 使用率破表的相關片語

declare for 聲明贊成
He **declares for** the decision that all the college students can join

the basketball team.

他公開支持所有的大學生都可以參加籃球隊。

📖 **declare off** 取消

The match **was declared off** because of the heavy rain.

因為那場傾盆大雨，所以比賽被取消了。

📖 **declare against** 宣布反對

Mary **declared against** the result of the conference.

瑪莉公開表示自己反對這場會議的結果。

2 **state** [stet] 動 聲明 名 國家；州 形 國家的 MP3 124

💬 三態變化 state → stated → stated

例句▶ The witness stated that he saw the defendant coming out of the crime scene.

證人聲稱他有看到被告從犯罪現場走出來。

本是同根生 → 相同字根的延伸單字

statement 名 聲明；陳述 **stated** 形 確定的；指定的

statable 形 可以陳述的 **stately** 形 莊重的；莊嚴的

stateless 形 沒有國家的；無國籍的

這樣用動詞 → 使用率破表的相關片語

📖 **in/into a state** 處於或陷入（激動或焦躁的情緒中）

Jack got himself **in a real state** because of the final exam.

傑克因為期末考而情緒緊繃。

3 **assert** [ə`sɜt] 動 宣稱；維護 同義 affirm MP3 125

💬 三態變化 assert → asserted → asserted

例句▶ Some people assert that nothing is impossible.

有些人斷言，沒有什麼事是不可能的。

本是同根生 相同字根的延伸單字

assertor 名 主張者；堅持者　　**assertion** 名 主張；斷言

assertiveness 名 魄力；自信　　**asserted** 形 聲稱的

assertive 形 斷言的；自信的　　**assertively** 副 武斷地；肯定地

這樣用動詞 使用率破表的相關片語

assert oneself 堅持自己的權利

No matter what people say, you should **assert yourself** this time.
不管他人說什麼，這次你應該堅持自己的權益。

4 announce [əˋnaʊns] 動 宣布；發表 同義 herald MP3 126

三態變化 announce → announced → announced

例句 Tom and Mary announce their marriage to their friends.
湯姆和瑪莉告訴友人他們結婚的消息。　announce to 宣告

本是同根生 相同字根的延伸單字

announcement 名 宣告；通知　　**announcer** 名 宣告者

5 pronounce [prəˋnaʊns] 動 宣稱；表達；發音 MP3 127

三態變化 pronounce → pronounced → pronounced

例句 The doctor pronounced that she would recover in one month.
醫生宣布，她在一個月內就可以康復了。

本是同根生 相同字根的延伸單字

pronouncement 名 聲明　　**pronunciation** 名 發音

pronounceable 形 可發音的　　**pronouncing** 形 發音的

pronounced 形 發出音的

這樣用動詞 使用率破表的相關片語

pronounce for 表示贊同意見

Mary **pronounced for** Ann after the negotiation.
在協商過後，瑪莉表示她贊成安的意見。

6 **broadcast** [`brɔd͵kæst] 動 廣播；傳布 名 廣播 MP3 128

💬 **三態變化** broadcast → broadcast(ed) → broadcast(ed)

例句 ▶ The program will be broadcasted on every Monday starting next week.
這個節目從下星期開始，每個星期一都會播出。

本是同根生 ↱ 相同字根的延伸單字

broadcasting 名 廣播；廣播員　　**broadcaster** 名 廣播電臺

7 **report** [rɪ`port] 動 報導；報告；記述 同義 tell MP3 129

💬 **三態變化** report → reported → reported

例句 ▶ It was reported twenty dead and thirty injured in this accident.
根據報導，這次意外造成二十死以及三十傷。

本是同根生 ↱ 相同字根的延伸單字

reporter 名 記者；通訊員　　　**reportage** 名 報導文學
reportable 形 可報告的　　　　**reportedly** 副 據傳聞

這樣用動詞 ↱ 使用率破表的相關片語

👉 **report in** 上報；報到
You should **report in** and have your name taken off the absentee list.
你應該先去報到，讓自己的名字從缺席名單中被刪掉。

1 **claim** [klem] 動 聲稱；需要 名 要求；主張

MP3
130

💬 **三態變化** claim → claimed → claimed

例句 He claims to be the richest man in the world.
他自稱是世界上最有錢的人。

本是同根生 → 相同字根的延伸單字

claimer 名 索賠者　　　　　**claimant** 名 （根據權利）提出要求者
claimee 名 被索償者　　　　**claimable** 形 可要求的

這樣用動詞 → 使用率破表的相關片語

📖 **claim to fame** 出名的原因
His **claim to fame** is that he can recite every work of Shakespeare.
他因為可以背出莎士比亞所有的作品而出名。

📖**lay claim to** 自稱有（知識、智力等）；對…提出權利要求
He **laid claim to** being the best lawyer in the state.
他自稱是國內最厲害的律師。

📖**put in a claim for sth.** 就某物的損害提出賠償要求
You can **put in a claim for** your missing package at the post office.
若你的包裹遺失，可以向郵局索賠。

2 **demand** [dɪ`mænd] 動 要求；請求 名 需求 MP3 131

💬 **三態變化 demand → demanded → demanded**

例句▶ That angry customer demanded to see the manager.
那位憤怒的顧客堅持要見經理。

本是同根生 ──相同字根的延伸單字

demandant 名 【律】原告 　　**demander** 名 要求者
demanding 形 苛求的；吃力的 　**demandable** 形 可要求的

這樣用動詞 ──使用率破表的相關片語

📖**on demand** 一經要求的
The store only sells it **on demand**, so they don't hold it in stock.
要先訂購之後，那家店才會進那項商品，所以他們沒有現貨。

📖**in demand** 所需要的
The popular actor is **in demand** in Hollywood.
那位受歡迎的演員在好萊塢炙手可熱。

📖**demand for** 要求
His ex-wife **demanded for** half of his property.
他的前妻要求他給予一半的財產。

3 **require** [rɪ`kwaɪr] 動 要求；命令 同義 necessitate MP3 132

💬 **三態變化 require → required → required**

例句▶ You are required to show your ID before you enter the building.

進入這棟大樓前，你必須先出示你的身分證件。

本是同根生 ──◦相同字根的延伸單字

requirement 名 必要條件　　**requisite** 名 必需品

requisition 名 正式請求　　**required** 形 必須的

這樣用動詞 ──◦使用率破表的相關片語

🍎**meet the requirements of** 符合…的要求

The president promised that the policy would **meet the requirements of** the public.

總統承諾這個政策將能符合大眾的要求。

4 **need** [nid] 動 需要；有…必要 名 需要；貧窮　MP3 133

💬 三態變化 need → needed → needed

例句▶ He needs a large sum of money to pay for his daughter's surgery.

他需要一大筆錢來支付他女兒的手術費。

本是同根生 ──◦相同字根的延伸單字

neediness 名 貧窮　　**needful** 形 需要的

needy 形 貧窮的　　**needless** 形 不必要的

needlessly 副 不必要地

這樣用動詞 ──◦使用率破表的相關片語

🍎**have needs to** 需要

We all **have needs to** take a break from working sometimes.

工作之餘，我們需要休息片刻。

🍎**in need of** 需要（某物）

The room was sorely **in need of** new furnishing.

這間房間非常需要一些新的傢俱。

Part **1**

Part **2**

Part **3**

Part **4**

👆 **if need be** 如果需要的話

I can help you to book the bus tickets **if need be**.

如果需要的話，我可以幫你訂公車票。

👆 **in need** 在急需時；在危難中

A friend **in need** is a friend indeed.

患難見真情。

5 **disclaim** [dɪs`klem] 動 否認；放棄；棄權 （MP3 134）

💬 **三態變化** disclaim → disclaimed → disclaimed

例句 ▶ The company disclaims all responsibility for market manipulation.

那間公司否認其操縱市場的行為及責任。

本是同根生 → **相同字根的延伸單字**

disclamation 名 否認　　　　**disclaimer** 名 放棄；免責聲明

disclamatory 形 否認的

✏️ **單字力 UP！還能聯想到這些**

「稽核」相關字	audit 稽核；auditor 稽核員；internal auditing 內部稽核；investigation 調查；inspection 審查；inspector 督察員；checker 審查員；examination 審查；examiner 審查員
「糾紛」相關字	mediate 調解；fraud 騙局；scandal 醜聞；cheater 騙子；argument 爭論；compromise 妥協
「貧窮」相關字	poor 貧困的；penniless 身無分文；impoverished 赤貧的；wandering 漂泊的；destitute 窮困的；wretched 不幸的；down-and-out 窮困潦倒的；vagrant 流浪的

2 **open**
動 打開
形 開放的

1 **show**
動 顯示；露出
名 展覽；炫耀

3 **exhibit**
動 展示；陳列
名 展示品

展現、顯現

6 **reveal**
動 展現；揭示

4 **expose**
動 揭露；揭發

5 **disclose**
動 揭露；暴露

1 **show** [ʃo] 動 顯示；露出 名 展覽；炫耀
MP3 135

 **三態變化** show → showed → showed

例句▶ Throughout the task, he showed his courage, wit, and perseverance.
任務過程中，他展現了他的勇氣、智慧還有恆心。

本是同根生 相同字根的延伸單字

showing 名 陳列；展覽會；放映
showpiece 名 樣品；展示品
show time 片 節目播放時間
showgirl 名 廣告女郎
showily 副 顯眼地；炫耀地
showiness 名 顯眼；賣弄
show-off 名 炫耀
showroom 名 陳列室
showy 形 炫耀的；俗豔的

show off 炫耀；賣弄
She likes to **show off** with jewelries and her collection of LV bags.
她很喜歡把珠寶還有她收藏的名牌包包拿出來炫耀。

show sb. to the door 送某人到門口
The host **showed** the drunken guest **to the door** after the party.
派對結束後，主人把那位酒醉的客人送至門口。

show up 現身；出席
Many celebrities **showed up** in the gala held last week.
很多名人都有出現在上週的盛會當中。

2 open [ˋopən] 動 打開 形 開放的；敞開的 MP3 136

三態變化 open → opened → opened

例句 ▷ To be successful, you would have to open your eyes to a broader horizon.
想要成功，你就必須開拓你的眼界。

本是同根生 → 相同字根的延伸單字

opener 名 開罐器	opening 名 開頭 形 開頭的
open-door 形 公開的	open-end 形 開放式的
open-faced 形 不戴面罩的	openhanded 形 大方的
open-armed 形 熱誠的	openhearted 形 直率的
open-cut 形 露天開採的	openly 副 公然地

這樣用動詞 → 使用率破表的相關片語

open the case 首次陳述案情
The prosecutor **was opening the case** when we arrived at the court.
當我們到達法院的時候，檢察官正首度陳述案情。

open country （沒有房屋、樹木等遮擋物的）空曠地帶
We drove into the **open country** beyond the city limits.
我們開車遠離了市區的範圍，到達一處空曠的地方。

3 exhibit [ɪɡˋzɪbɪt] 動 展示；陳列 名 展示品

MP3 137

三態變化 exhibit → exhibited → exhibited

例句 He has never exhibited fear nor frustration even when all the odds were against him.

就算處於逆境，他也從來沒有表現出任何恐懼或挫折。

本是同根生 相同字根的延伸單字

exhibiter 名 提供展品者　　**exhibition** 名 展覽；陳列品

exhibitioner 名 參展者　　**exhibitionist** 名 好自我表現者

exhibitionism 名 表現狂

Part 1

4 expose [ɪkˋspoz] 動 揭露；揭發 同義 uncover

MP3 138

三態變化 expose → exposed → exposed

例句 It really makes me nervous to expose Lucy's secret.

要揭穿露西的秘密讓我非常緊張。　expose a secret 揭穿秘密

本是同根生 相同字根的延伸單字

exposure 名 揭露；曝光　　**exposedness** 名 暴露

exposition 名 說明；博覽會　　**exposed** 形 暴露的

這樣用動詞 使用率破表的相關片語

expose sb. to ridicule 使某人受到嘲笑

My younger brother's funny action exposed him to ridicule.

我弟弟可笑的動作讓他受到了嘲笑。

Part 2

Part 3

5 disclose [dɪsˋkloz] 動 揭露；暴露 同義 unmask

MP3 139

三態變化 disclose → disclosed → disclosed

例句 It is forbidden to disclose any sensitive information regarding this issue.

Part 4

一律禁止透露任何有關這項議題的敏感資訊。

本是同根生 → 相同字根的延伸單字

disclosure 名 揭發；透露　　　**disclosed ballot** 片 記名投票

6 **reveal** [rɪ`vil] 動 展現；揭示　**同義** display　　MP3 140

三態變化 reveal → revealed → revealed

例句 ▶ The doctor didn't **reveal** the situation **to** the patient.
醫生沒有向那位病人透露他的情況。　reveal sth. to sb. 向某人透露某事

本是同根生 → 相同字根的延伸單字

revelation 名 透露；被揭露的真相　　**revealer** 名 展示者
revealable 形 可展現的　　　　　　**revealing** 形 透露真情的
revealingly 副 透露真情地

這樣用動詞 → 使用率破表的相關片語

📖 **reveal oneself** 講出姓名；表明身分
The police officer asked the woman to **reveal herself**.
警官要求那個女人表明她的身分。

📖 **reveal (one's) (true) colors** 顯現出（某人的）本性
When you are in crisis, your friends will **reveal their colors**.
當你身處危機時，身邊的朋友們便會展露他們的本性。

✏️ **單字力 UP！還能聯想到這些**

「肖像類型」相關字	nocturne 夜景畫；figure drawing 人物畫；landscape 風景畫；portrait painting 肖像畫；torso (沒有手與頭的) 裸體軀幹雕像；Buddhist image 佛像；silhouette 剪影
「戲劇種類」相關字	opera 歌劇；musical drama 歌舞劇；stage play 話劇；pantomime 默劇；tragedy 悲劇；melodrama 通俗劇；slapstick 低俗的鬧劇；comedy 喜劇

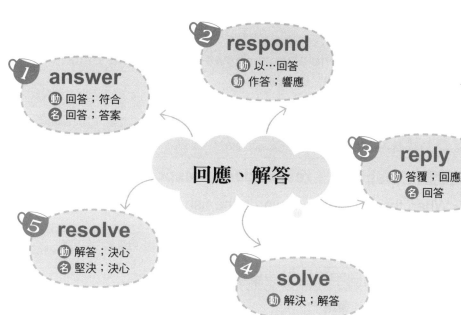

Unit 27 尋求答案的過程：答覆與解惑

② respond
動 以…回答
動 作答；響應

① answer
動 回答；符合
名 回答；答案

③ reply
動 答覆；回應
名 回答

回應、解答

⑤ resolve
動 解答；決心
名 堅決；決心

④ solve
動 解決；解答

① answer [`ænsə] 動 回答；符合 名 回答；答案 MP3 141

🗨 **三態變化** answer → answered → answered

例句▶ The students had better **answer up**, or their teacher would get angry.

學生們最好快點回答，否則老師會很生氣。　answer up 迅速回答

本是同根生→相同字根的延伸單字

answerer 名 答覆者　　　　　**answerphone** 名 （英）電話答錄機

answerable 形 可答覆的；有責任的

這樣用動詞→使用率破表的相關片語

🍎**answer for** 對某事負責

As the team leader, you need to **answer for** the mistakes.

身為組長，你必須對這些錯誤負責。

📖**in answer to** 作為對某事的回答
Vicky said "sorry" **in answer to** her father's request.
對父親提出的要求，薇琪說了聲「抱歉」。

📖**answer back** 頂嘴；為自己辯護
He is a rude little boy who always **answers** his parents **back**.
他是個沒禮貌的孩子，總是和父母親頂嘴。

2 **respond** [rɪ`spɑnd] 動 以…回答 名 作答；響應 MP3 142

💬 三態變化 **respond** → **responded** → **responded**

例句 When the cat moves towards the fish bowl, the fish **responds to** it.
　　當貓靠近魚缸時，那隻魚就會有反應。　　respond to 對某事物有反應

本是同根生 相同字根的延伸單字
response 名 回答；響應　　　　**respondence** 名 作答
respondent 名 應答者；【律】被告　**responsive** 形 回答的

3 **reply** [rɪ`plaɪ] 動 答覆；回應 名 回答 MP3 143

💬 三態變化 **reply** → **replied** → **replied**

例句 Our CEO is not here, so I'll **reply for** him.
　　我們的總裁不在，所以我會代他回答。　　reply for 代表…回答

本是同根生 相同字根的延伸單字
replier 名 回答者　　　　**replication** 名 回答；反響

這樣用動詞 使用率破表的相關片語
📖**in reply** 作為回應
Ted had nothing to say **in reply** to the woman's insult.
泰德不想回應那個女人的辱罵。

4 solve [rɪ`spɑnd] 動 解決；解答；解開 （MP3 144）

三態變化 solve → solved → solved

例句 It took Jenny three years to solve the problem.
珍妮花了三年才解決了這個問題。

本是同根生 → 相同字根的延伸單字

solution 名 解決方法；解答　　　**solvable** 形 可解決的；可溶的
solvent 名 解決方法 形 有償付能力的　　**soluble** 形 可解決的；可溶的

5 resolve [rɪ`spɑnd] 動 解答；決心 名 堅決；決心 （MP3 145）

三態變化 resolve → resolved → resolved

例句 His article resolved all our doubts.
他的文章消除了我們的所有疑慮。

本是同根生 → 相同字根的延伸單字

resolution 名 決心；解答　　　**resolved** 形 下定決心的
resolute 形 堅決的　　　**unresolved** 形 未解決的；無決斷力的

這樣用動詞 → 使用率破表的相關片語

New Year's resolution 新年新希望
Laura's **New Year's resolution** is to set up her own company.
蘿拉的新年新希望是設立一間自己的公司。

單字力 UP！還能聯想到這些

「傳達」相關字	inform 告知；enlighten 啟發；impart 傳授；acquaint 使熟悉；communicate 傳達；notify 通知；describe 描述；delineate 描述；portray 描寫；define 定義
「考題類型」相關字	true-or-false question 是非題；essay question 申論題；short answer question 問答題；matching test 配合題；multiple-choice question 選擇題

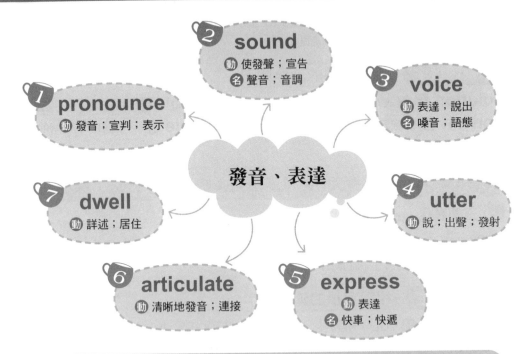

2 sound
動 使發聲；宣告
名 聲音；音調

3 voice
動 表達；說出
名 嗓音；語態

1 pronounce
動 發音；宣判；表示

發音、表達

7 dwell
動 詳述；居住

4 utter
動 說；出聲；發射

6 articulate
動 清晰地發音；連接

5 express
動 表達
名 快車；快遞

---

1 pronounce [prə`naʊns] 動 發音；宣判；表示　MP3 146

三態變化 pronounce → pronounced → pronounced

例句 I don't know how to pronounce French words correctly.
我不知道要怎麼正確地發法文的音。

本是同根生 →相同字根的延伸單字

pronunciation 名 發音　　　pronouncement 名 公告
pronounceable 形 可發音的　pronounced 形 講出來的
pronouncing 形 表發音的

這樣用動詞 →使用率破表的相關片語

pronounce on 對…發表意見
Out of respect, Ryan did not **pronounce on** this matter.

出於尊重，萊恩沒有對這件事發表任何意見。

2 sound [saʊnd] 動 使發聲；宣告 名 聲音；音調 MP3 147

三態變化 sound → sounded → sounded

例句 If you don't like the project, just **sound off**!
要是你不喜歡這份企劃，就大聲說出來！ sound off 大聲說出

本是同根生 →相同字根的延伸單字

sounder 名 鳴響物　　　　**soundness** 名 健康
sounding 名 探測水深　　　**soundless** 形 無聲的
soundbite 名 一小段話或名言　**soundlessly** 副 無聲地

這樣用動詞 →使用率破表的相關片語

safe and sound 平安無事
We are glad to see you home **safe and sound**.
我們很高興看到你平安到家。

sound out sb. 試探某人的意見
Please **sound out** everyone in your office.
請詢問你辦公室裡所有人的意見。

sound like a broken record 不斷重複同一件事
She always complains about the same thing. She **sounds like a broken record**!
她總是抱怨同一件事，像壞掉的唱片般不斷地重複。

let out some kind of sound 發出某種聲音
The animal **let out some kind of sound**, a cross between a whimper and a snort.
那隻動物發出某種介於嗚咽與哼聲之間的聲音。

3 voice [vɔɪs] 動 表達；說出 名 嗓音；語態 MP3 148

三態變化 voice → voiced → voiced

例句▶ I have voiced my opinion and hoped that they take this matter seriously.

我已經說出我的意見了，希望他們可以認真看待這件事。

本是同根生 → 相同字根的延伸單字

voicemail 名 語音信箱　　**voice-over** 名 旁白

voiceful 形 聲音嘈雜的　　**voiced** 形 有聲的

voiceless 形 無聲的　　　**voicelessly** 副 無聲地

這樣用動詞 → 使用率破表的相關片語

👍**give voice to** 表露情感

Our manager never **gives voice to** his thoughts and feelings easily.

我們的經理從不輕易表現出他的想法和感情。

👍**at the top of one's voice** 以最大聲的

He called to Jane **at the top of his voice**.

他以最大的聲量喊了珍。

4 utter [`ʌtə] 動 說；講；出聲；發射 形 絕對的　**MP3 149**

💬 **三態變化** utter → uttered → uttered

例句▶ He was so nervous that he couldn't even utter a word.

他緊張到無法說出任何一個字。

本是同根生 → 相同字根的延伸單字

utterance 名 語調；表達；言論　　**utterness** 名 完全

uttermost 形 極度的　　　　　　**utterly** 副 完全地

5 express [ɪk`sprɛs] 動 表達 名 快車；快遞　**MP3 150**

💬 **三態變化** express → expressed → expressed

例句▶ Ella expressed her thanks to her parents after her speech.

演講結束後，艾拉向她的父母表達謝意。

本是同根生 → 相同字根的延伸單字

expression 名 表達；表情   **expresser** 名 表達者

expressage 名 捷運；快遞費   **expressible** 形 可表現的

expressionless 形 無表情的   **expressional** 形 表現的

expressionist 名 表現主義者   **expressive** 形 表現的

這樣用動詞 → 使用率破表的相關片語

by ankle express 用腳走

After his bike was stolen, he had to go to work **by ankle express**.

自從他的腳踏車被偷了之後，他只能用走的上班。

beyond expression 無法用言語形容的

The scenery of Sun Moon Lake is beautiful **beyond expression**.

日月潭的景色真是美到不可言喻。

---

6 articulate [ɑrˋtɪkjəˌlet] 動 清晰地發音；連接 (MP3 151)

三態變化 articulate → articulated → articulated

例句 ▶ During the speech, you should articulate as clear as you can.

你在演講中，必須盡量口齒清晰。

本是同根生 → 相同字根的延伸單字

articulation 名 清楚的發音   **articulator** 名 發音器官

articulatory 形 發音清晰的   **articulated** 形 鉸接式的

---

7 dwell [dwɛl] 動 詳述；思索；居住 **同義** live (MP3 152)

三態變化 dwell → dwelled → dwelled

例句 ▶ The best way to calm down is to not **dwell on** the problem.

冷靜下來的最好方法，就是不要一直想著那個問題。   dwell on 一直想著

本是同根生 → 相同字根的延伸單字

dweller 名 居民   **dwelling** 名 住處

清理周圍環境：挖空與空出

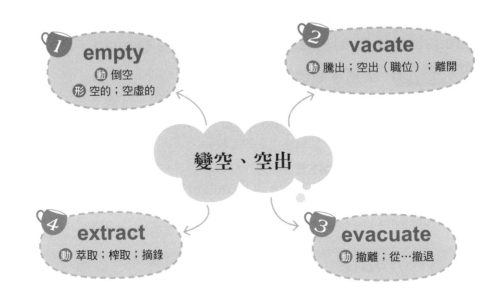

1 **empty**
動 倒空
形 空的；空虛的

2 **vacate**
動 騰出；空出（職位）；離開

變空、空出

4 **extract**
動 萃取；榨取；摘錄

3 **evacuate**
動 撤離；從…撤退

---

1 **empty** [`ɛmptɪ] 動 倒空 形 空的；空虛的
MP3 153

💬 三態變化 empty → emptied → emptied

例句▶ Please **empty out** your pockets before walking through the metal detector.

通過金屬檢測門之前，請將口袋物品掏空。 empty out 倒空

本是同根生→相同字根的延伸單字

emptiness 名 空虛；空曠   **emptying** 名 倒出之物
emptysis 名 【醫】咳血   **emptily** 副 空空地；空虛地

這樣用動詞→使用率破表的相關片語

👆**send sb. away empty-handed** 讓某人空手而回
The student asked for help, but the teacher **sent him away empty-**

handed.
那個學生請求幫助，但老師卻讓他空手而回。

👆 **empty promises** 空頭支票
Rose finally realized that she had been given nothing but **empty promises**.
蘿絲終於明白，她以前相信的全是空頭支票。

👆 **empty a purse of its contents** 掏空手提包
She **emptied the purse of its contents**, finding a stick of gum and a wad of money.
她掏空手提包內的物品，找到一條口香糖及一疊現金。

👆 **empty (itself) into the sea** 河流注入大海
The river **empties into the sea** five kilometers from here.
這條河流是從這裡開始算起的五公里處注入大海的。

2 ▶ **vacate** [`veket] 動 騰出；空出（職位）；離開 ᴹᴾ³154

💬 **三態變化** vacate → vacated → vacated

例句▶ Our manager has vacated his position early this year.
我們經理今年年初就辭職了。

本是同根生 ←相同字根的延伸單字

vacation 名 休假日　　　　　**vacancy** 名 空位
vacationer 名 度假者　　　　**vacationist** 名 休假的人；度假者
vacant 形 空著的　　　　　　**vacantly** 副 神情茫然地

3 ▶ **evacuate** [ɪ`vækjuˌet] 動 撤離；從…撤退 ᴹᴾ³155

💬 **三態變化** evacuate → evacuated → evacuated

例句▶ The village was evacuated due to the upcoming hurricane.
因為颶風即將侵襲，村民都被疏散了。

evacuation 名 疏散　　　　**evacuator** 名 撤退者

evacuee 名 被疏散者　　　　**evacuative** 形 撤離的

evacuant 名 瀉藥　形 促進排泄的

這樣用動詞 →使用率破表的相關片語

evacuate air from sth. / evacuate sth. of air 使某物變為真空
When you push this button, you can **evacuate air from** the balloon.
當你按下這個按鈕，就能使氣球內部變為真空狀態。

evacuate the bowels 排便
Based on a report, every normal man should **evacuate the bowels** once a day.
根據一項報告，正常人一天必須排一次便。

---

4 **extract** [ɪk`strækt] 動 萃取；摘錄；抽出 ^{MP3 156}

三態變化 extract → extracted → extracted

例句 This passage **is extracted from** the science report.
這一段文章是從科學報告中節錄出來的。
extract (sth.) from 節錄；自…引用

本是同根生 →相同字根的延伸單字

extraction 名 抽出；摘錄；血統　　**extractor** 名 提取器

extractable 形 可拔出的　　**extractive** 形 提取的

這樣用動詞 →使用率破表的相關片語

extract a promise 獲得承諾
I **extracted his promise** to love me forever.
我獲得他愛我一輩子的承諾。

Unit 30 靠近目標一點：接近與進入

approach
動 接近
名 接近；手段

approximate
動 接近
形 大約的

接近、進入

enter
動 進入；參加

access
動 接近；使用
名 接近；進入

---

① approach [əˋprotʃ] 動 接近 名 接近；手段 (MP3 157)

三態變化 approach → approached → approached

例句 ▶ The number of staff members this year **approaches to** two hundred.

今年的員工人數接近兩百人。　approach to 接近於；約等於

本是同根生（相同字根的延伸單字）

approachability 名 可接近　　**approachable** 形 可接近的

這樣用動詞（使用率破表的相關片語）

🖑 **easy/difficult of approach** 容易／不易 到達的

The small town is not **easy of approach**. You had better find someone to guide you.

到那個小鎮的路不是很好找，你最好找人帶你去。

· 109 ·

2 **approximate** [ə`prɑksəmɪt] 動 接近 形 大約的 ^{MP3} 158

🗨 **三態變化** approximate → approximated → approximated

例句▶ His description of the event **approximated to** the facts we found.

他對事件的描述很接近我們所發現的事實。 approximate to 接近；近似於

本是同根生 ►相同字根的延伸單字

approximator 名 近似者   **approximation** 名 接近
approximative 形 近似的   **approximately** 副 大概

3 **access** [`æksɛs] 動 接近；使用 名 接近；進入 ^{MP3} 159

🗨 **三態變化** access → accessed → accessed

例句▶ You cannot access the classified files without a password.

沒有密碼，你就無法看到加密的資料。

本是同根生 ►相同字根的延伸單字

accession 名 就職；增加   **accessory** 名 配件
accessible 形 可接近的   **accessibly** 副 可接近地

這樣用動詞 ►使用率破表的相關片語

👍 **be in an access of fury** 在發怒中
Don't talk to him right now! He's **in an access of fury**.
現在別跟他說話，他正在發怒中。

👍 **be accessible to the public** 對大眾開放
The exhibition on Sunday **is accessible to the public**.
星期日的展覽開放給一般大眾自由參觀。

👍 **have/get/gain access to** 得以進入；可以獲得
You have to type in the correct password to **get access to** his computer.
你必須輸入正確的密碼，才能登入他的電腦。

4 **enter** [`ɛntə] **動** 進入；參加；輸入 **同義** join **MP3 160**

三態變化 enter → entered → entered

例句 You should enter the building via the passage over there.
你應該要從那邊的通道才能進入大樓。

本是同根生 相同字根的延伸單字

entrance 名 入口；就任；入學　　**entered** 形 進入的
enterable 形 可進入的；可參加的

這樣用動詞 使用率破表的相關片語

enter for 參加
Jade decided to **enter for** the race.
潔德決定要參加那場比賽。

enter on/upon 著手做…；開始…
Adam **entered on** a career in finance last year.
亞當去年才進入金融業。

enter into 開始（討論、協定等）
They finally agreed to **enter into** a discussion on this issue.
他們終於同意探討此議題。

單字力 UP！還能聯想到這些

「進化」相關字	evolution 進化；species 物種；origin 起源；gene 基因；Darwin 達爾文；variation 變異；natural selection 物競天擇；inheritance 遺傳；elimination 淘汰；ape 猿
「階級」相關字	class 階級；caste system 種姓制度；nobility 貴族階級；civilian 平民；blue-collar 藍領階級；white-collar 白領階級；pink-collar 粉領族；working class 勞動階級
「決定」相關字	choice 抉擇；goal 目標；purpose 目的；intention 意向；persistence 堅持；firm 堅定的；destination 目的地；steady 堅定的；flabby 軟弱的；aim 目標

Part 1

Part 2

Part 3

Part 4

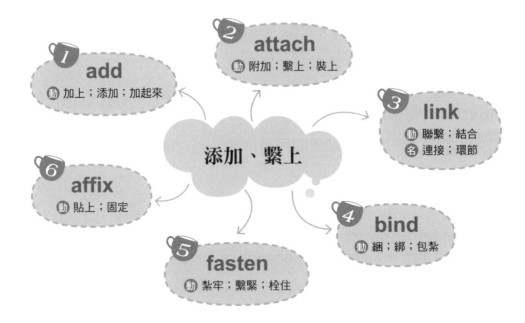

1 **add** 動 加上；添加；加起來

2 **attach** 動 附加；繫上；裝上

3 **link** 動 聯繫；結合 名 連接；環節

添加、繫上

6 **affix** 動 貼上；固定

4 **bind** 動 綑；綁；包紮

5 **fasten** 動 紮牢；繫緊；栓住

---

1 add [æd] 動 加上；添加；加起來 同義 affix (MP3 161)

三態變化 add → added → added

例句 The two accounts **add up** to 10,000 dollars.
這兩筆帳加總起來是一萬元。 add up 加起來；合乎情理

本是同根生 相同字根的延伸單字

addition 名 添加；【數】加法 　　**addend** 名 【數】加數
add-on 名 附購品；附件 　　　　**addible** 形 可附加的
additional 形 附加的；額外的 　　**added** 形 附加的；額外的

這樣用動詞 使用率破表的相關片語

add fuel to the fames 火上加油
You must stop talking. Any words right now will just **add fuel to the**

flames.
你必須要閉嘴，因為不管你現在說什麼，都只會讓情況更加惡化。

2 attach [ə`tætʃ] 動 附加；繫上；裝上

MP3 162

三態變化 attach → attached → attached

例句 I've attached a copy of the latest report for you.
我已附上最新的報告給你了。

本是同根生 → 相同字根的延伸單字

attachment 名 附件；情感　　**attaché** 名 （法文）隨員
attached 形 附上…的；依戀的　　**attachable** 形 可附上的

這樣用動詞 → 使用率破表的相關片語

👍**attach importance to** 認為…很重要
People nowadays really **attach** great **importance to** education.
現今的人們非常重視教育。

3 link [lɪŋk] 動 聯繫；結合　名 連接；環節

MP3 163

三態變化 link → linked → linked

例句 All the clues were linked to one suspect.
所有線索都連結到一位嫌犯。

本是同根生 → 相同字根的延伸單字

linkage 名 連接；聯合　　**linker** 名 （電腦）連接器
linkup 名 聯繫；連接物　　**linked** 形 連接的；【生】連鎖的

4 bind [baɪnd] 動 綑；綁；包紮；（使）黏合

MP3 164

三態變化 bind → bound → bound

例句▷ I bound the gifts with ribbon and put them under the Christmas tree.

我用緞帶包好禮物後，就把禮物放到了聖誕樹下。

本是同根生 ⇥ 相同字根的延伸單字

binding 名 綑綁 形 黏合的　　**binder** 名 繩索；綑綁用具

bindery 名 裝訂所

這樣用動詞 ⇥ 使用率破表的相關片語

🍎**bind down** 捆綁（尤指人）

We will **bind down** the bad guy tightly, or he may escape.

我們會把壞人綑綁住，否則他可能會逃跑。

---

5 fasten [`fæsn] 動 紮牢；繫緊；栓住

MP3 165

💬 三態變化 fasten → fastened → fastened

例句▷ For your safety, please fasten your seatbelt during your flight.

為了您的安全，航程中請務必繫好您的安全帶。

本是同根生 ⇥ 相同字根的延伸單字

fastening 名 扣緊　　**fastener** 名 緊固物；扣件

這樣用動詞 ⇥ 使用率破表的相關片語

🍎**fasten down** 釘牢；關緊；使某人做決定

The worker didn't **fasten down** the painting on the wall.

這名工人沒有把圖畫釘牢在牆上。

🍎**fasten itself on the mind** 銘刻於心

What my father said really **fastens itself on the mind**.

我父親所說的話字字都銘刻於我的心中。

🍎**fasten one's eyes on/upon** 注視

The father **fastens his eyes on** his newborn baby.

這名父親注視著他剛出生的小嬰兒。

🍎**fasten up** 釘牢；栓緊；綑牢

Fasten up this box before you send it.
先把箱子釘牢再寄出去。

6 **affix** [ə`fɪks] **動** 貼上；固定；附上（簽名等） MP3 166

三態變化 affix → affixed → affixed

例句 The boy affixed a stamp to the postcard.
那位小男孩把一張郵票貼到了明信片上。

本是同根生 相同字根的延伸單字

affixation 名 附加 **affixture** 名 附加物

這樣用動詞 使用率破表的相關片語

affix (one's) signature to 於⋯上面簽名
Kelly read every item in the contract thoroughly before **affixing signature to** it.
凱莉在簽合約之前，都會先仔細地看過每一個條款。

Part 1

Part 2

Part 3

Part 4

單字力 UP！還能聯想到這些

「送禮節日」相關字	birthday 生日；Mother's Day 母親節；Father's day 父親節；Valentine's Day 情人節；Easter 復活節；Halloween 萬聖節；Thanksgiving Day 感恩節；Christmas 聖誕節
「耶誕」相關字	Christmas Eve 平安夜；poinsettia 耶誕紅；reindeer 馴鹿；elf 小精靈；yuletide 耶誕季節；candy cane 拐杖糖；decoration 裝飾品；gingerbread 薑餅；sleigh 雪橇；Santa Claus 耶誕老人
「服務」相關字	serve 供應；supply 提供；furnish 供應；present 呈獻；attend 照料；wait on 伺候；charge 照顧；nursing 看護；assistance 幫助

① **bat** [bæt] 動 揮打；以球棒擊球 名 球棒；蝙蝠 MP3 167

💬 **三態變化** bat → batted → batted

例句▶ James was appointed to be the first to bat.
詹姆士被指定為第一個上場的打擊手。

本是同根生（相同字根的延伸單字）

batting 名 擊球　　　　　　　　**bats** 形 （俚）瘋狂的；心情反常的
bastinado 動 對…施答刑　名 答刑

這樣用動詞（使用率破表的相關片語）

👍**as blind as a bat** 視力不好
The old lady seldom reads because she is **as blind as a bat**.
那位老太太的視力不好，所以很少閱讀。

2 strike [straɪk] 動 打；罷工 名 罷工；打擊

🗨 三態變化 strike → struck → struck/stricken

例句▶ A huge rock out of nowhere suddenly stuck my car.
一顆不知道從哪來的大石頭撞上了我的車。

本是同根生 相同字根的延伸單字

striker 名 打擊者；罷工者　　　**strike-out** 名 （棒球）三振出局
stricken 形 被擊中的　　　　　**striking** 形 打擊的；鮮明的
strikingly 副 醒目地

這樣用動詞 使用率破表的相關片語

📖**strike a balance** 調和；折衷
You need to **strike a balance** between work and play.
你需要在工作與玩樂之間取得平衡。

📖**strike a blow** 為…而戰
There are certain people **striking a blow** for human rights.
有一些人會為了捍衛人權而戰。

3 bang [bæŋ] 動 猛擊；砰砰作響 名 突然巨響

🗨 三態變化 bang → banged → banged

例句▶ Someone was banging on my door at midnight.
昨天深夜，有人敲我的門敲得很大聲。

本是同根生 相同字根的延伸單字

Bangalore 名 爆破筒　　　　　**banger** 名 （英）鞭炮
bang-up 形 （口）最好的

這樣用動詞 使用率破表的相關片語

📖**bang (away) at sth.** 一直說某事；不停做某事
This novel **bangs away at** the idea of the good and evil inside human beings.

這本小說一直提到人心的善與惡。

4 crack [kræk] 動 打；使爆裂 名 裂縫；劈啪聲 MP3 170

💬 三態變化 crack → cracked → cracked

例句 ▶ Crack two eggs into a bowl, and mix them well with the flour and butter.
打兩個蛋到碗裡，並將蛋、麵粉和奶油攪拌均勻。

本是同根生 ─ 相同字根的延伸單字

cracker 名 薄脆餅乾　　　　　cracking 形 敏捷的；快的

5 blast [blæst] 動 炸開；強烈譴責；使枯萎 MP3 171

💬 三態變化 blast → blasted → blasted

例句 ▶ The explosion blasted a hole in the side of the ship.
這場爆炸將船的側身炸出了一個洞。

本是同根生 ─ 相同字根的延伸單字

blastoff 名 發射（火箭等）　　　blasting 名 爆炸
blastment 名 枯萎　　　　　　　blasted 形 被害了的；枯萎的

6 boom [bum] 動 發出隆隆聲；繁榮 同義 rumble MP3 172

💬 三態變化 boom → boomed → boomed

例句 ▶ The cannons boomed at 7 o'clock every morning.
大炮在每晚七點鐘都會隆隆作響。

本是同根生 ─ 相同字根的延伸單字

boomlet 名 小景氣　　　　　　　boomer 名 發出隆隆聲
boomtown 名 （美）新興都市　　boomy 形 景氣的
booming 形 景氣好的；隆隆作響的　boom-and-bust 名 景氣循環

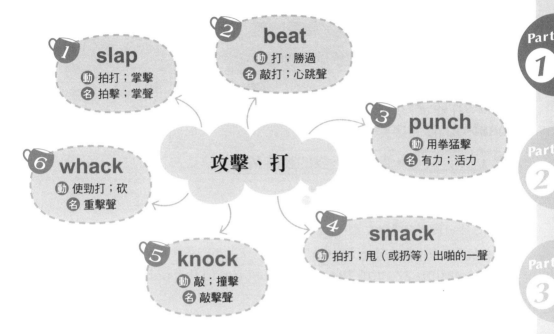

Part **1**

Part **2**

Part **3**

Part **4**

1 **slap** [slæp] 動 拍打；掌擊 名 拍擊；掌聲

MP3 173

三態變化 slap → slapped → slapped

例句 He got slapped by the lady for his rude behavior.
他因為冒犯了那位小姐，而被甩了一巴掌。

本是同根生 相同字根的延伸單字

slapper 名 （俚）（英）蕩婦　　**slapstick** 名 低俗的鬧劇
slapping 形 非常快的　　　　**slap-up** 形 最新式的

這樣用動詞 使用率破表的相關片語

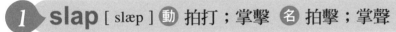a slap on the wrist 輕微的懲罰
This law shouldn't give criminals just a slap on the wrist.
法律不該只是輕微地懲罰罪犯。

2 **beat** [bit] 動 打；勝過 名 敲打；心跳聲

三態變化 beat → beat → beaten/beat

例句▶ The poor kid **was beaten up** by his parents.
那個可憐的小孩遭到他父母毒打一頓。 beat up 痛打

本是同根生 ←相同字根的延伸單字

beating 名 搥打；跳動 | **beater** 名 敲打者
beaten 形 被打敗的 | **beatable** 形 經打的
beat-up 形 用壞了的；破舊的

這樣用動詞 ←使用率破表的相關片語

beat a dead horse 白費功夫
They've been **beating a dead horse** long enough.
他們已經白費功夫得夠久了。

beat around the bush 拐彎抹角
Stop **beating around the bush**! Just get to the point.
不要再拐彎抹角了！有話就直說。

3 **punch** [pʌntʃ] 動 用拳猛擊 名 有力；活力

三態變化 punch → punched → punched

例句▶ She got irritated and punched him in the stomach.
她被激怒了，並朝他的肚子打了一拳。

本是同根生 ←相同字根的延伸單字

punches 名 （以拳）擊 | **punch-up** 名 （英）打群架
puncher 名 打洞器 | **punchy** 形 強有力的

4 **smack** [smæk] 動 拍打；甩（或扔）出啪的一聲

三態變化 smack → smacked → smacked

例句 ▶ She would never smack her children.
她絕對不會動手打她的小孩。

本是同根生 →相同字根的延伸單字

smackeroo 名 （俚）猛烈的拍擊　　**smacking** 形 發出響聲的
smack-dab 副 （俚）恰好地

這樣用動詞 →使用率破表的相關片語

smack down 責罵
The spoiled kid **was smacked down** by his mother.
那個被寵壞的小孩被他母親責罵了。

---

5 knock [nɑk] 動 敲；撞擊 名 敲擊聲　　MP3 177

三態變化 knock → knocked → knocked

例句 ▶ Knock on the door again. I don't think he heard you.
再敲一次門試試，我覺得他沒有聽到敲門聲。　knock on 敲打

本是同根生 →相同字根的延伸單字

knocker 名 敲擊者；門環　　　　　　**knockdown** 名 打倒（的一擊）
knockoff 名 名牌仿製品　　　　　　**knock-on** 形 （粒子等）撞擊的

這樣用動詞 →使用率破表的相關片語

knock on the head 使不可能實現
My plan of walking a dog in the park **was knocked on the head**.
我想去公園蹓狗的計畫泡湯了。

knock around 閒逛
We are going to **knock around** a bit before going back home.
我們打算在這附近逛逛之後再回家。

knock off 打掉；減去；停止；擊敗
A reckless teenager **knocked** a glass **off** the counter.
一個魯莽的青少年將櫃台的玻璃杯碰落了。

6 **whack** [hwæk] 動 打；劈砍 名 重擊聲

🗨 **三態變化** whack → whacked → whacked

例句▶ The gangsters whacked a man with sticks on the street.
那些流氓在街上用棍棒打了一個男人。

本是同根生 → 相同字根的延伸單字

whacker 名 重擊的人；彌天大謊　　**whacking** 形 （口）極大的
whacked 形 疲憊不堪的　　　　　　**whacky** 形 腦筋古怪的

這樣用動詞 → 使用率破表的相關片語

👊**out of whack** 壞掉了；不一致
My cell phone is **out of whack** because I dropped it on the floor.
我的手機因為掉到地上而壞掉了。

👊**have a whack at sth.** 嘗試做某事
I'm going to **have a whack at** surfing this summer.
我這個夏天想要試試衝浪。

👊**whack off** 快速地完成；剪除
The carpenter **whacked off** a wooden bear in a few minutes.
木匠在幾分鐘之內就刻好了一隻木作的熊。

✏ **單字力 UP！還能聯想到這些**

「武功」相關字	taekwondo 跆拳道；kung fu 功夫；martial art 武術；shooting 射擊；boxing 拳擊；assassin 刺客；stunt 特技
「拳擊用具」相關字	hand bandage 手繃帶；mouthpiece （拳擊手的）護齒套；muffler 手套；sand bag 沙袋；punching bag 練拳皮袋；bell 鈴；mitten 拳擊手套
「暴力行為」相關字	steal 盜竊；fight 打架；peep 窺視；lie 撒謊；threaten 威脅；extort 敲詐；plagiarize 抄襲；abuse 辱罵；murder 殺害

培養文藝興趣：不同繪畫技巧

2 **paint**
動 塗顏色；繪畫；油漆
名 油漆

1 **draw**
動 畫；拉；吸引
名 畫；平手

3 **picture**
動 畫圖；想像
名 畫；圖像

畫圖、描繪

7 **describe**
動 描繪；形容

4 **portray**
動 描繪；描述；扮演

6 **plan**
動 計劃；設計
名 計畫；平面圖

5 **sketch**
動 寫生；畫草圖
名 草圖；素描

Part **1**

Part **2**

Part **3**

Part **4**

1 **draw** [drɔ] 動 畫；拉；吸引 名 畫；平手　MP3 179

🗨 **三態變化** draw → drew → drawn

例句 ▶ He drew a horse on his textbook out of boredom.
他覺得很無聊，所以在課本上畫了一隻馬。

本是同根生 ── 相同字根的延伸單字

drawer 名 繪者；抽屜　　　　**drawing** 名 圖畫；製圖
drawback 名 撤回；缺點　　　**drawable** 形 可拉的

這樣用動詞 ── 使用率破表的相關片語

🍎 **draw a blank** 想不起；未找到；撲空
I kept **drawing a blank** when I first saw him, but now I remember his name.

第一眼看到他時，我一直想不起他的名字，但我現在想起來了。

👆**draw away** 拉開；引開
To make the bed, my brother **draws** the sheet **away**.
我弟弟為了鋪床，便把床單拉了開來。

👆**draw in** 吸引
He **was drawn in** by her passion and confidence.
他被她的熱情和自信深深吸引住。

2 **paint** [pent] 動 塗顏色；繪畫；油漆 名 油漆 ^{MP3 180}

💬 **三態變化** paint → painted → painted

例句▶ They **painted** the graffiti **out** to make the city more beautiful.
他們用油漆蓋掉塗鴉，好讓市容更加美觀。 paint sth. out 用油漆覆蓋

本是同根生 •—**相同字根的延伸單字**

painting 名 繪畫；上油漆 　　**painter** 名 畫家；油漆工
paintbox 名 繪具箱 　　　　　**paintbrush** 名 畫筆；油漆刷
painted 形 著色的；描畫的 　　 **paintable** 形 易於上漆的
paintball 名 漆彈遊戲

3 **picture** [`pɪktʃɚ] 動 畫圖；想像 名 畫；圖像 ^{MP3 181}

💬 **三態變化** picture → pictured → pictured

例句▶ He was pictured as a fully-armed soldier in a battlefield.
他被畫成一名在戰場中全副武裝的士兵。

本是同根生 •—**相同字根的延伸單字**

pictorial 名 畫刊 形 繪畫的 　　**pictograph** 名 象形文字
picturesque 形 獨特的；美麗的 　**pictographic** 形 象形文字的
pictorially 副 繪畫般的

這樣用動詞 → **使用率破表的相關片語**

picture to oneself 想像
Can you **picture to yourself** the future you will face?
你可以想像你會面對什麼樣的未來嗎？

4 **portray** [por`tre] **動** 描繪；描述；扮演 MP3 182

三態變化 portray → portrayed → portrayed

例句 ▶ The novelist portrayed his characters to the life.
那位小說家把角色描寫得栩栩如生。

本是同根生 → **相同字根的延伸單字**

portrayal 名 肖像；描繪
portraitist 名 肖像畫家
portrait 名 肖像；寫照
portraiture 名 肖像畫

這樣用動詞 → **使用率破表的相關片語**

portray...as 把…描繪成
He **portrayed** the teacher **as** a humble woman.
他把老師描繪成一位謙虛的女性。

5 **sketch** [skɛtʃ] **動** 寫生；畫草圖 **名** 草圖；素描 MP3 183

三態變化 sketch → sketched → sketched

例句 ▶ The little boy over there is sketching the lake view.
那個小男孩正在畫湖景的素描。

本是同根生 → **相同字根的延伸單字**

sketchbook 名 素描簿
sketchy 形 寫生的；粗略的
sketcher 名 素描畫家
sketchiness 名 大概；膚淺
sketchily 副 寫生風格地；大略地
sketchpad 名 寫生簿；素描本

6 **plan** [plæn] 動 設計；計劃 名 計畫；平面圖 MP3 184

🗨 三態變化 plan → planned → planned

例句▶ What do you **plan on** doing this weekend?
你這個週末打算做些什麼呢？ plan on 打算

本是同根生 ─ 相同字根的延伸單字

planner 名 計劃者；策劃人   **planned** 形 有計畫的；預謀的
planless 形 無計畫的   **planar** 形 平面的

這樣用動詞 ─ 使用率破表的相關片語

🍎 **plan out** 為…做準備
They **are planning out** the camping trip next week.
他們正在為下週的露營做準備。

🍎 **ground plan** 大致方案
Do you get the **ground plan** of this subject?
你想出來這個議題的大體方案了嗎？

7 **describe** [dɪˋskaɪb] 動 描繪；形容 同義 depict MP3 185

🗨 三態變化 describe → described → described

例句▶ My sister **described** her boyfriend **as** an amazing man.
我的姊姊形容她男友是一個很棒的男人。 describe...as 將…形容為

本是同根生 ─ 相同字根的延伸單字

description 名 敘述；說明書   **describer** 名 敘述者；製圖者
describable 形 能描寫的   **descriptive** 形 描寫的；記述的
indescribable 形 難以形容的   **descriptively** 副 敘述地

Part 2

凡事三思而行

與「內在思想」有關的動詞

哪時候可以用這些動詞呢？

想具體地解釋內心的「思想」，
或形容人的「內在」時。

名 名詞　　動 動詞　　形 形容詞

副 副詞　　介 介係詞　　片 片語

　　國人使用英文動詞時，常常用錯的地方，就是一個英文句子裡面出現了兩個動詞！與中文大不同的是，使用英文時必須注意，一個句子之中是不能同時出現兩個動詞的，如果一定要同時用兩個動詞的話，後者的前面可以加上「to」，或是將後者變為「V-ing」的形式也可以唷。

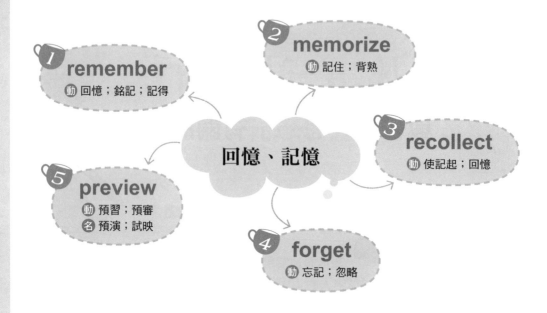

2 memorize
動 記住；背熱

1 remember
動 回憶；銘記；記得

3 recollect
動 使記起；回憶

回憶、記憶

5 preview
動 預習；預審
名 預演；試映

4 forget
動 忘記；忽略

---

1 remember [rɪˋmɛmbɚ] 動 回憶；銘記；記得　MP3 186

💬 **三態變化** remember → remembered → remembered

例句▷ I remember suddenly that I have an appointment.
我突然想起我有個約會。

本是同根生 ・相同字根的延伸單字

remembrance 名 懷念；記憶　　**rememberable** 形 可紀念的

這樣用動詞 ・使用率破表的相關片語

👍**remember sb. in one's will** 在遺囑中把財產贈與某人
Mr. Wang **remembered** all his children **in his will**.
王先生在遺囑中遺贈了財產給他所有的小孩。

📖**in remembrance of** 紀念…；回憶…

This place always keeps me **in remembrance of** my ex-boyfriend.
這個地方總是使我想起我的前男友。

2 memorize [`mɛmə,raɪz] 動 記住；背熟 (MP3 187)

🗨 **三態變化** memorize → memorized → memorized

例句 ▶ We were told to memorize all the information in this brochure.
我們被要求記下這本小冊子裡面所有的資訊。

本是同根生 → 相同字根的延伸單字

memorandum 名 備忘錄   **memory** 名 記憶力；回憶
memorial 名 紀念碑 形 紀念的   **memorization** 名 熟記
memorable 形 難忘的   **memorably** 副 難忘地

這樣用動詞 → 使用率破表的相關片語

🍎 **come to one's memory** 想起；浮現在腦海
Their support **came to my memory** and gave me the courage to move on.
他們的支持浮現在我的腦海，並給了我繼續下去的勇氣。

🍎 **in memory of** 紀念
The temple was built **in memory of** Mazu.
這座廟宇是為了紀念媽祖娘娘而建造的。

3 recollect [,rɛkə`lɛkt] 動 使記起；回憶 (MP3 188)

🗨 **三態變化** recollect → recollected → recollected

例句 ▶ She could no longer recollect the details in the book.
她想不起來那本書的細節了。

本是同根生 → 相同字根的延伸單字

recollection 名 回憶錄   **recollected** 形 鎮靜的

📖 **outside one's recollection** 記不起的；忘懷了的
Those events were **outside my recollection**.
那些往事我已經想不起來了。

4 forget [fə`gɛt] 動 忘記；忽略；放棄

💬 三態變化 forget → forgot → forgotten

例句 My brother **forgot himself in** his research.
我哥哥沉浸於他自己的研究當中。 forget oneself in 沉浸於

本是同根生 相同字根的延伸單字

forgetfulness 名 健忘；忽略　　**forgetter** 名 健忘的人
forgetful 形 健忘的；不注意的　**forgetfully** 副 健忘地

這樣用動詞 使用率破表的相關片語

📖 **be forgetful of** 健忘的；疏忽的
Joe studies so hard that he **is** almost **forgetful of** his sleep and meals.
喬極為用功，幾乎到了廢寢忘食的地步。

5 preview [`pri͵vju] 動 預習；預審 名 預演；試映

💬 三態變化 preview → previewed → previewed

例句 Please turn to page 12 for a preview of next week's programmes.
下週的節目預告請見第十二頁。

本是同根生 相同字根的延伸單字

previous 形 以前的；先的　　**previously** 副 事先；以前
previse 動 預知；預料

1 **learn**
動 學習；認識到

2 **study**
動 學習；研究
名 研究；書房

學習、精通

4 **master**
動 精通
名 大師；碩士學位

3 **absorb**
動 理解（知識等）；吸收

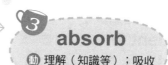

1 **learn** [lɜn] 動 學習；認識到；記住；獲悉 MP3 191

三態變化 learn → learned/learnt → learned/learnt

例句 We should **learn from** the past mistakes and improve ourselves.

我們應該從錯誤中學習，並改善自己的缺失。 learn from 向…學習

本是同根生 相同字根的延伸單字

learner 名 學習者；初學者 　　 **learning** 名 學習；學識
learned 形 博學的；有學問的 　 **learnable** 形 可學習的

這樣用動詞 使用率破表的相關片語

learn about 得知；了解
I **learned about** the history of America from the book.

· 131 ·

我是從這本書中了解美國歷史的。

📖 **learn of** 獲悉；聽說
I was surprised to **learn of** his marriage.
得知他結婚的消息，我感到很驚訝。

2 **study** [`stʌdɪ] 動 學習；研究 名 研究；書房

💬 **三態變化 study → studied → studied**

例句▶ My parents always ask me to study hard and to get good grades.
我父母總是要求我認真讀書、要拿好成績。

本是同根生 ► 相同字根的延伸單字

student 名 學生；學者　　　　　　**studied** 形 有計畫的；精通的
studious 形 用功的；專心的　　　　**studiously** 副 故意地；好學地

這樣用動詞 ► 使用率破表的相關片語

📖 **study out** 研究出；解出
We **have studied out** a new solution to this mathematic question.
針對這個數學題目，我們已經研究出一個新解法了。

📖 **study up** 鑽研
To become a doctor, I **studied up** on biology and anatomy.
為了要成為一位醫生，我鑽研了生物學與解剖學。

3 **absorb** [əb`sɔrb] 動 理解（知識等）；吸收

💬 **三態變化 absorb → absorbed → absorbed**

例句▶ It's difficult to absorb so much information all at once.
要一下子吸收這麼多知識實在很困難。

本是同根生 ► 相同字根的延伸單字

absorbed 形 全神貫注的　　　　　　**absorbing** 形 吸引人的

self-absorbed 形 自私的

【這樣用動詞】→（使用率破表的相關片語）

📖 **be absorbed in** 專注於
Henry's whole life **is absorbed in** medical researches.
亨利一生都專注在醫學研究上面。

4 **master** [`mæstɚ] 動 精通 名 大師；碩士學位 MP3 194

🗨 **三態變化** master → mastered → mastered

例句▶ Russian is a difficult language to master.
俄文是門難以精通的語言。

【本是同根生】→（相同字根的延伸單字）

mastery 名 統治；熟練   **masterpiece** 名 名作；傑作
masterful 形 出色的；熟練的   **masterfully** 副 能幹地

【這樣用動詞】→（使用率破表的相關片語）

📖 **master of** 精通；控制
Jack of all trades, **master of** none.
樣樣皆通，樣樣稀鬆。

Part **1**
Part **2**
Part **3**
Part **4**

✏️ 單字力 UP！還能聯想到這些

「專業學科」相關字	philosophy 哲學；economics 經濟學；sociology 社會學；psychology 心理學；literature 文學；astronomy 天文學；medicine 醫學
「學校科目」相關字	Chinese 中文；Mathematics 數學；Social Study 社會；Science 自然；Health Education 健康；Computer 電腦；Civics and Virtue 公民與道德；Music 音樂；Art 美術；Dialect 鄉土語言；Counseling Activity 輔導活動；Physical Education 體育

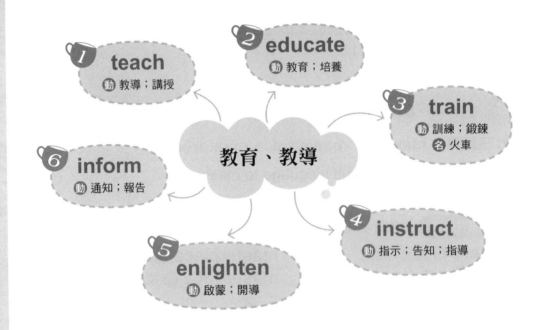

教育、教導

① **teach** 動 教導；講授
② **educate** 動 教育；培養
③ **train** 動 訓練；鍛鍊 名 火車
④ **instruct** 動 指示；告知；指導
⑤ **enlighten** 動 啟蒙；開導
⑥ **inform** 動 通知；報告

1 teach [titʃ] 動 教導；講授；訓練；【口】教訓

MP3 195

💬 **三態變化** teach → taught → taught

例句▶ He used to teach literature in a famous university.
他曾經在一間有名的大學教授文學。

本是同根生 ← 相同字根的延伸單字

teaching 名 教學；教誨
teacher 名 教師
teachability 名 可教性
teachable 形 可教的

2 educate [`ɛdʒəˌket] 動 教育；培養；訓練

MP3 196

💬 **三態變化** educate → educated → educated

例句 Some schools teach, but fail to educate the students.
有些學校只是教書而已，卻不會育人。

本是同根生 相同字根的延伸單字

educator 名 教育工作者 **education** 名 教育；教育學
educated 形 受過教育的 **educational** 形 有教育意義的

3 train [tren] 動 訓練；鍛鍊 名 火車 MP3 197

三態變化 train → trained → trained

例句 She is trained as a singer under a famous musician.
她在一位著名音樂家的指導下，被訓練成歌手。

本是同根生 相同字根的延伸單字

trainee 名 受訓者；新兵 **trainer** 名 訓練者；馴獸師；（英）運動鞋
training 名 鍛鍊；訓練 **trainable** 形 可鍛鍊的

4 instruct [ɪn`strʌkt] 動 指示；告知；指導 MP3 198

三態變化 instruct → instructed → instructed

例句 They were instructed to deliver the package to an important customer.
他們奉命將這個包裹遞送給一位重要的客戶。

本是同根生 相同字根的延伸單字

instructor 名 （美）大學講師 **instruction** 名 教學；指示
instructive 形 增進知識的；有啟發性的

這樣用動詞 使用率破表的相關片語

instruct in 教導
My job is to **instruct** foreigners **in** Chinese.
我的工作是教外國人中文。

5 **enlighten** [ɪn`laɪtn̩] 動 啟蒙；開導；教導

💬 **三態變化** enlighten → enlightened → enlightened

例句▶ Some educational TV programs can actuaclly enlighten the viewers.
其實還是有些具有教育性的節目能讓觀眾獲得知識。

本是同根生 ← 相同字根的延伸單字

enlightenment 名 啟蒙；教化　　**enlightened** 形 有知識的

6 **inform** [ɪn`fɔrm] 動 通知；向⋯報告；告密

💬 **三態變化** inform → informed → informed

例句▶ He informed the police that he knew the killer.
他向警方報案說他認識那個兇手。

本是同根生 ← 相同字根的延伸單字

information 名 情報；資訊　　**informer** 名 提供情報者
informed 形 消息靈通的　　**informative** 形 見聞廣博的

這樣用動詞 ← 使用率破表的相關片語

👍 **inform sb. of** 使某人知道⋯
Please **inform me of** any change of your phone number as soon as possible.
如果你的電話號碼有變動，請盡快通知我。

👍 **inform against** 告發
The witness **had informed against** the thief.
那位目擊證人告發了那個小偷。

👍 **inform on sb.** 打某人的小報告
I'll **inform on** you to the teacher if you keep picking on me.
如果你再找我麻煩，我就要向老師打小報告了。

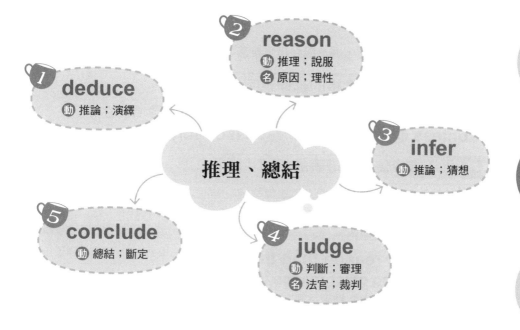

1 deduce [dɪˋdjus] 動 推論；演繹；追溯

MP3
201

🗣 **三態變化** deduce → deduced → deduced

例句▶ The brilliant detective can always deduce from limited information.

那位聰明的偵探總是能夠從有限的資訊中完成他的推想。

本是同根生 ─ 相同字根的延伸單字

deduction 名 推論；演繹 　　　　**deducible** 形 可推論的

deductive 形 推論的；演繹的 　　**deductively** 副 推論地；演繹地

這樣用動詞 ─ 使用率破表的相關片語

👆 **deduce sth. from** 從某事物推論出⋯

I **deduce** nothing **from** everything I have heard today.

從今天聽到的事情當中，我得不出來任何結果。

2 **reason** [`rizn] 動 推理；說服 名 原因；理性 MP3 202

三態變化 reason → reasoned → reasoned

例句 I reasoned that my brother was lying because he seemed really nervous.
我推論我哥在撒謊，因為他看起來非常緊張。

本是同根生 相同字根的延伸單字

reasoning 名 推論；論據 　　**reasonable** 形 合理的
reasonless 形 不合理的 　　**reasonably** 副 合理地

這樣用動詞 使用率破表的相關片語

without reason 沒道理；無緣無故地
Actually, what she said is not **without reason**.
其實，她說的不是沒有道理。

for no other reason than that 只是因為
I come here **for no other reason than that** I'm pleasured to be here.
我來這裡是因為我很榮幸能夠來這裡。

come to reason 清醒過來；醒悟
I am willing to wait until he **comes to reason**.
我願意等到他醒悟過來為止。

in reason 合理
It is not **in reason** to blame your kid if he already did his best.
如果你的孩子已經盡力，再責備他就不近情理了。

3 **infer** [ɪn`fɜ] 動 推論；猜想；意味著 MP3 203

三態變化 infer → infered → infered

例句 It is possible to infer two completely opposite conclusions from this set of facts.
從這一些事實當中，有可能推斷出兩種完全相反的結論。

本是同根生 ─▶ 相同字根的延伸單字

inference 名 推論；推斷 　　**inferential** 形 推理的；推論的
inferable 形 能推論的 　　**inferably** 副 推理地

4 judge [dʒʌdʒ] 動 判斷；審理　名 法官；裁判 MP3 204

💬 **三態變化** judge → judged → judged

例句 ▶ **Judging from** her accent, she must be from England.
從她的口音來判斷，她肯定來自英國。　judge from 從⋯來判斷

本是同根生 ─▶ 相同字根的延伸單字

judgment 名 判斷力；判決 　　**judicial** 形 審判的；司法的
judgmatic 形 （口）賢明的 　　**judgmental** 形 （不一定客觀）判定的

這樣用動詞 ─▶ 使用率破表的相關片語

👍**be no judge of** 不能鑑定
My brother doesn't enjoy art since he **is no judge of** it.
我弟弟因為對藝術不在行，所以並不喜歡藝術。

5 conclude [kən`klud] 動 總結；斷定；結束 MP3 205

💬 **三態變化** conclude → concluded → concluded

例句 ▶ After the five-hour meeting, they finally **came to a conclusion**.
在結束長達五小時的會議後，他們終於得出了結論。
come to a conclusion 得出結論

本是同根生 ─▶ 相同字根的延伸單字

conclusion 名 結論；結局 　　**concluding** 形 結束的；最後的
conclusive 形 決定性的 　　**conclusively** 副 決定性地；確定地

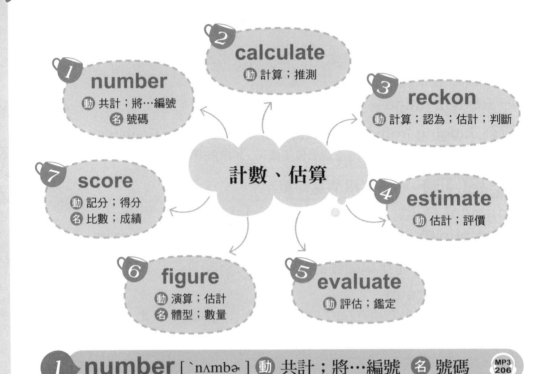

② **calculate**
動 計算；推測

① **number**
動 共計；將⋯編號
名 號碼

③ **reckon**
動 計算；認為；估計；判斷

計數、估算

⑦ **score**
動 記分；得分
名 比數；成績

④ **estimate**
動 估計；評價

⑥ **figure**
動 演算；估計
名 體型；數量

⑤ **evaluate**
動 評估；鑑定

① **number** [`nʌmbɚ] 動 共計；將⋯編號 名 號碼　MP3 206

💬 三態變化 number → numbered → numbered

例句 ▶ The viwers of this reality show number in the millions.
這場實境秀的觀賞者數以百萬計。

本是同根生 ← 相同字根的延伸單字

numbered 形 標了號的　　　　**numberless** 形 無數的
numeral 形 示數的；數的　　　**numerous** 形 許多的

② **calculate** [`kælkjəˌlet] 動 計算；推測；打算　MP3 207

💬 三態變化 calculate → calculated → calculated

例句▶ The first step of saving money is to calculate and control the expenditures.

存錢的第一步，就是要計算並控制你的支出。

本是同根生 → 相同字根的延伸單字

calculator 名 計算機；計算者　　**calculation** 名 計算；計算結果
calculated 形 計算出的　　**calculatedly** 副 計算地

3 reckon [`rɛkən] 動 計算；認為；估計；判斷 (MP3 208)

三態變化 reckon → reckoned → reckoned

例句▶ She reckoned her monthly costs and tried to make both ends meet.

她計算出每月的花費，並試著量入為出。

本是同根生 → 相同字根的延伸單字

reckoner 名 計算者　　**reckoning** 名 計算；估計

這樣用動詞 → 使用率破表的相關片語

reckon with 列入考慮；處理
You will have many difficulties to **reckon with**.
你們將有許多困難要面對。

4 estimate [`ɛstə,met] 動 估計；評價 名 估計數 (MP3 209)

三態變化 estimate → estimated → estimated

例句▶ It is estimated that the number of people dying of cancer will rise next year.

明年因罹患癌症而死亡的人數預計會增加。

本是同根生 → 相同字根的延伸單字

estimator 名 評價者　　**estimation** 名 評價；估計

estimative 形 被估計的   **estimable** 形 可估計的

這樣用動詞 → 使用率破表的相關片語

👍 **be estimated to be** 估計為…
The building **is estimated to** be at least 100 years old.
這棟建築物估計至少有一百年的歷史。

5 **evaluate** [ɪ`vælju‚et] 動 評估；鑑定；估價   MP3 210

💬 三態變化 **evaluate → evaluated → evaluated**

例句 ▶ The professor encourages students to evaluate different points of view before coming to a conclusion.
教授鼓勵學生們在做出結論之前，先評估各個不同的觀點。

本是同根生 → 相同字根的延伸單字

evaluation 名 估價；評價   **evaluative** 形 （可）估價的

6 **figure** [`fɪgjɚ] 動 演算；估計 名 體型；數量   MP3 211

💬 三態變化 **figure → figured → figured**

例句 ▶ I can't **figure out** why he is always so excited.
我不懂他為何總是如此的興奮。   figure out 理解

本是同根生 → 相同字根的延伸單字

figurehead 名 名義上的領袖   **figurine** 名 小雕像
figurative 形 比喻的   **figural** 形 具有人（或動物）形象的
figured 形 以圖形或數目表示的

7 **score** [skor] 動 記分；得分 名 比數；成績   MP3 212

💬 三態變化 **score → scored → scored**

例句 ▶ My favorite basketbasll player scored 50 points in the game!
我最喜歡的籃球選手在這場比賽中得了五十分耶！

本是同根生 → 相同字根的延伸單字

scorer 名 記分員；得分者　　**scoreboard** 名 記分板

scorecard 名 記分卡　　**scoreline** 名 比分

這樣用動詞 → 使用率破表的相關片語

score out 劃掉

Your essay is too long, so I have to **score out** two paragraphs.
你的論文太長了，所以我只好刪掉兩段內容。

score off 駁倒

Alex always likes to **score off** people when he have the chance.
艾力克斯一有機會，就總愛駁倒其他人的想法。

Part
1

Part
2

Part
3

Part
4

單字力 UP！還能聯想到這些

「數學運算」相關字	algebra 代數；divisor 除數；fraction 分數；function 函數；dividend 被除數；exponent 指數；logarithm 對數；numerator 分子；denominator 分母
「數學符號」相關字	plus 加；minus 減；multiply 乘；divide 除；equal 等於；square root 平方根；infinity 無限大；percent 百分之…的
「計算單位」相關字	kilometer 公里；centimeter 公分；millimeter 公釐；kilogram 公斤；gram 克；pound 磅；milliliter 毫升；liter 公升；meter 公尺
「金融商品」相關字	stock 股票；fund 基金；bond 債券；futures 期貨；exchange 外匯；insurance 保險；credit card 信用卡；deposit 存款
「投資商品」相關字	derivatives 衍生性金融商品；mutual fund 共同基金；investment-linked insurance 投資型保險；trust 信託；structure note 連動債

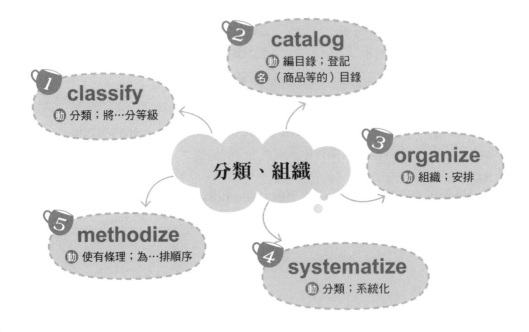

分類、組織

1 classify 動 分類；將…分等級

2 catalog 動 編目錄；登記 名 （商品等的）目錄

3 organize 動 組織；安排

4 systematize 動 分類；系統化

5 methodize 動 使有條理；為…排順序

---

1 classify [`klæsə,faɪ] 動 分類；將…分等級   MP3 213

三態變化 classify → classified → classified

例句 Librarians classify the books according to subject.
圖書管理員將書籍以主題做分類。

本是同根生 →相同字根的延伸單字

classification 名 分類法；分級　　**classifier** 名 【語】量詞
classifiable 形 可分類的　　**classified** 形 分類的

這樣用動詞 →使用率破表的相關片語

classify in 分成…
First, we need to **classify** those toys **in** categories.
首先，我們需要把那些玩具分門別類。

📖 **classify by** 根據…分類
Workers in the post office **classify** the letters **by** the zip code.
郵局的員工會根據郵遞區號來分類信件。

2 **catalog** [`kætəlɔg] 動 編目錄；登記 名 目錄 MP3 214

💬 **三態變化** catalog → cataloged → cataloged

例句 In fact, many animals become extinct before they have even been catalogued.
其實有很多動物甚至還沒來得及編入目錄，就已經滅絕了。

本是同根生 ↝相同字根的延伸單字

catalogue 名 目錄；一覽表　　　**cataloger** 名 編目錄者
catalogic 形 目錄似的

3 **organize** [`ɔrgə,naɪz] 動 組織；安排；使有條理 MP3 215

💬 **三態變化** organize → organized → organized

例句 Mike organized a public speech to publish his research.
麥克籌畫了一場公共演說來發表自己的研究。

本是同根生 ↝相同字根的延伸單字

organization 名 組織；團體　　　**organizer** 名 組織者
organizational 形 組織的　　　**organized** 形 有組織的

這樣用動詞 ↝使用率破表的相關片語

📖 **organize into** 組織成
The manager **organized** the drivers **into** a union.
經理將司機們組織成一個單位。

📖 **non-profit organization** 非營利組織
He is willing to join that **non-profit organization** after his retirement.
他很樂意於退休後加入那個非營利組織。

Part 1

Part 2

Part 3

Part 4

4 **systematize** [ˋsɪstəmətaɪz] 動 分類；系統化

🗨 三態變化 systematize → systematized → systematized

例句 ▶ They developed a computer program to systematize the data.
他們研發了一個程式來系統化數據。

本是同根生 ─ 相同字根的延伸單字

system 名 系統；體制 systematizer 名 組織者
systemization 名 組織化 systematic 形 有系統的
systematical 形 有條理的 systematically 副 有系統地

5 **methodize** [ˋmɛθəˌdaɪz] 動 使有條理；排順序

🗨 三態變化 methodize → methodized → methodized

例句 ▶ Lucas usually methodizes first before he deals with every problem.
盧卡斯在處理問題之前，通常都會先理清思緒。

本是同根生 ─ 相同字根的延伸單字

method 名 辦法；條理 methodology 名 方法論
Methodist 名 墨守成規者 methodical 形 有條理的
immethodical 形 無秩序的 methodically 副 井然地

✏ 單字力 UP！還能聯想到這些

「清單及存貨」相關字	enumeration 細目；tabulation 表格；inventory 存貨清單；accumulation 累積；warehouse 倉庫；storehouse 倉庫；data 數據；listing 一覽表；depository 貯藏所
「軍階」相關字	private first class 一等兵；corporal 下士；sergeant 中士；sergeant major 士官長；lieutenant 中尉；captain 上尉；major 少校；colonel 上校；commodore 準將；general 上將

① investigate
動 調查；研究

② survey
動 調查；眺望
名 調查報告

③ analyze
動 分析；解析

調查方式

⑥ audit
動 查帳；旁聽
名 檢查（帳目）

④ explore
動 探險；探測

⑤ test
動 測試；考試；考察
名 檢驗；測試

Part 1
Part 2
Part 3
Part 4

① investigate [ɪnˋvɛstəˌget] 動 調查；研究

MP3
218

🗨 **三態變化** investigate → investigated → investigated

例句▶ The professor and his team **investigated into** the cause of the accident.

教授和他的小組調查了這起意外的原因。  investigate into sth. 調查

本是同根生┤相同字根的延伸單字

investigator 名 調查人員　　**investigation** 名 調查；研究
investigative 形 研究的　　**investigable** 形 可調查的
investigatory 形 審查的

2 **survey** [sə`ve] 動 調查；眺望 名 調查報告 ^{MP3 219}

💬 **三態變化** survey → surveyed → surveyed

例句 ▶ His team surveyed the tribe to analyze their culture.
他的團隊調查了這個部落以分析他們的文化。

本是同根生 ← 相同字根的延伸單字

surveying 名 （土地）測量；考察　　**surveyal** 名 觀察
surveyor 名 考察者；測量員

這樣用動詞 ← 使用率破表的相關片語

👍 **make a survey of** 對…做調查
Those graduates must **make a survey of** the market this semester.
那些研究生這學期必須針對市場做一份調查報告。

3 **analyze** [`ænḷˌaɪz] 動 分析；解析 同義 examine ^{MP3 220}

💬 **三態變化** analyze → analyzed → analyzed

例句 ▶ Researchers analyzed all variables and filnally came to a conclusion.
研究者分析了所有變數後，終於得出結論。

本是同根生 ← 相同字根的延伸單字

analysis 名 分析；（美）精神分析　　**analyzer** 名 分析師
analyst 名 （美）精神分析師　　**analytics** 名 【數】解析學
analyzable 形 可分析的　　**analytic** 形 解析的
analytically 副 分析地

4 **explore** [ɪk`splor] 動 探險；探測；考察 ^{MP3 221}

💬 **三態變化** explore → explored → explored

例句 ▶ The Amazon Rainforest is not yet fully explored.

亞馬遜雨林仍尚未被參透。

本是同根生 —— 相同字根的延伸單字

exploration 名 勘查；調查　　**explorer** 名 探索者；探險家
exploratory 形 探究的　　**explorative** 形 探險的
exploringly 副 探索地

這樣用動詞 —— 使用率破表的相關片語

explore every avenue 嘗試各種可能性
The doctor **explored every avenue** to cure his son's pain.
那位醫生已試過各種可行的療法來治療他兒子的病痛。

5 **test** [tɛst] 動 測試；考試；考察　名 檢驗；測試 _{MP3 222}

三態變化 test → tested → tested

例句 The doctor tested his throat before giving out the prescription.
醫生在開處方簽之前，檢查了他的喉嚨。

本是同根生 —— 相同字根的延伸單字

tester 名 試驗員；測試器　　**testee** 名 測驗對象
testing 形 傷腦筋的；困難的

這樣用動詞 —— 使用率破表的相關片語

stand the test of time 經得起時間的考驗
We believe that our new machine can **stand the test of time**.
我們相信我們的新型機器能經得起時間的考驗。

the acid test 決定性考驗
The invention passed **the acid test** and was allowed into production.
這項發明通過了決定性的考驗，並獲准量產。

bring sb. to the test 測試某人（於某項領域的能力）
They **brought** her **to the test** when she tried out for the varsity.
當她申請進入校隊時，他們給了她一場測試。

6 audit [`ɔdɪt] 動 查帳；稽核；旁聽 名 檢查（帳目）

MP3 223

三態變化 audit → audited → audited

例句 The books in our company will be audited at the end of every year.

我們公司的財務紀錄在每個年底都會稽核。

本是同根生 → 相同字根的延伸單字

audition 名 試鏡；聽力　　　　　**auditorium** 名 會堂

auditorship 名 審計員之職位　　**auditor** 名 審計員

auditorial 形 查帳的　　　　　　**auditive** 形 聽覺的

auditory 形 聽到的 名 講堂

單字力 UP！還能聯想到這些

「調查」相關字	investigate 調查；search 搜查；explore 探險；delve 搜索；examine 檢查；inspect 審查；observe 觀察；inquire 訊問；enquire 查詢
「真實」相關字	truth 事實；reality 現實；authentication 證明；fact 現實；actuality 真實；sincerity 真實；genuineness 名副其實；practicality 實際
「條理」相關字	orderliness 條理；system 系統；scheme 計畫；plan 方案；proposition 提議；arrangement 整理；commandment 指令；regulation 規章；systematization 組織化；permutation 變更
「報表」相關字	trend chart 趨勢圖；pie chart 圓餅圖；line chart 折線圖；area chart 區域圖；flowchart 流程圖；bar chart 長條圖；histogram 長條圖；graph 曲線圖
「財金」相關字	addressee 收信人；acquisition 獲利；authorization 授權；acceptance （票據等的）承兌；appraisal 估價；bargain 交易；bearer 持票人；bankrupt 破產；allocation 分配

審視自己的內心：檢查與審查

 **2 censor**
動 審查；檢查
名 審查人員

 **1 inspect**
動 視察；審查

檢查、審查

 **3 screen**
動 審查；掩蔽
名 銀幕

5 review
動 複習；複審
名 回顧

 **4 observe**
動 觀察；研究

---

1 **inspect** [ɪn`spɛkt] 動 視察；審查；檢閱 〔MP3 224〕

💬 **三態變化** inspect → inspected → inspected

例句 Those notes were inspected and proved to be forgeries.
那些鈔票被檢查出是偽幣。

本是同根生 —相同字根的延伸單字

inspector 名 督察；巡官 　　　**inspection** 名 視察；檢驗
inspectorate 名 稽查員的職務 　**inspectorship** 名 稽查員的職務地位
inspectoral 形 檢查者的 　　　**inspectable** 形 可檢查的

這樣用動詞 —使用率破表的相關片語

✋ **inspect sb./sth. for** 檢查某人或某物有無…
Don't move! Let the dentist **inspect** your teeth **for** cavities.

不要動！讓牙醫檢查你有沒有蛀牙。

② censor [ˋsɛnsə] 動 審查；檢查 名 審查人員

MP3 225

三態變化 censor → censored → censored

例句 During White Terror, every move, news article and publication was all strictly censored.
在白色恐怖時期，所有舉動、新聞文章和出版刊物都會被嚴格審查。

本是同根生 相同字根的延伸單字

censorship 名 審查制度　　**censoriousness** 名 吹毛求疵
censorable 形 須受檢查的　　**censorial** 形 監察的
censorious 形 好吹毛求疵的　　**censoriously** 副 好批評地

③ screen [skrin] 動 審查；掩蔽；放映 名 銀幕

MP3 226

三態變化 screen → screened → screened

例句 The judges screened hundreds of applicants to determine the one who best suits the character.
評審們審查了數百名申請者，並從中選出最適合這個角色的人。

本是同根生 相同字根的延伸單字

screening 名 審查；選拔；放映　　**screentest** 名 試鏡
screenager 名 電視迷　　**screenshot** 名 螢幕截圖
screenplay 名 電影劇本　　**screenwriter** 名 編劇家
screenland 名 電影業

這樣用動詞 使用率破表的相關片語

the silver screen 螢光幕；電影業
Those idols of **the silver screen** seem to get younger and younger every year.
影壇偶像的年齡似乎是逐年下降。

4 observe [əbˋzɝv] 動 觀察；研究；遵守（法律）
MP3 227

三態變化 observe → observed → observed

例句 You should learn to observe when you are in a new environment.
在新環境之下，你應該要學會觀察。

本是同根生 ‧ 相同字根的延伸單字

observation 名 觀察；研究　　　**observer** 名 觀察員

observatory 名 天文臺；瞭望臺　　**observance** 名 遵守；儀式

observing 形 觀察力敏銳的　　　**observable** 形 顯著的

observational 形 觀察的　　　　**observant** 形 觀察力敏銳的

observantly 副 敏銳地；機警地　**observably** 副 顯著地

這樣用動詞 ‧ 使用率破表的相關片語

observe on 評述

Laura has little to **observe on** what has been discussed.
對於剛剛討論的事情，蘿拉並沒什麼意見。

5 review [rɪˋvju] 動 複習；複審；評論 名 回顧
MP3 228

三態變化 review → reviewed → reviewed

例句 We'll review the monthly close again at the end of the month.
我們將於月底再檢查一次月報表。

本是同根生 ‧ 相同字根的延伸單字

reviewal 名 覆查；校閱　　　　**reviewer** 名 評論家

reviewable 形 可回顧的；應檢查的

這樣用動詞 ‧ 使用率破表的相關片語

be under review 複查；考慮當中

His performance **is under review** by management.
他的工作成果正由管理部門複查當中。

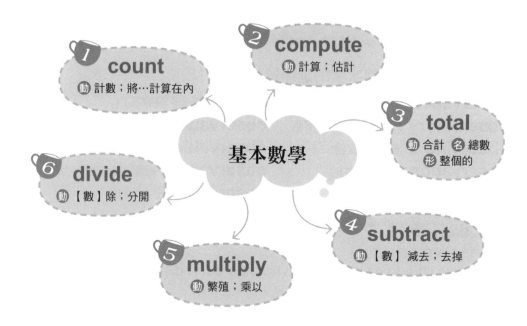

1　count [kaunt] 動 計數；將…計算在內；看作　MP3 229

📣 三態變化 count → counted → counted

例句▶ All the children entering the seond grade should be able to read and count.
所有孩童進入小學二年級時，就應該要會閱讀和計算。

本是同根生 → 相同字根的延伸單字

countdown 名 倒數計時　　　　**counter** 名 櫃檯　形 相反的
countable 形 可數的　名 可數名詞

這樣用動詞 → 使用率破表的相關片語

🖐 **count sb. in** 把某人算入
If you're going to see a movie this weekend, **count** me **in**!

如果這週末你們要去看電影，加我一個吧！

📙 **count on** 指望

The gambler **counts on** the chance of winning the lottery.

那名賭徒就指望贏得樂透彩的機會。

2 compute [kəm`pjut] 動 計算；估計；推斷

MP3 230

💬 **三態變化** compute → computed → computed

例句▶ He computed incorrectly and resuled in a serious explosion.

他因計算錯誤，而導致一場嚴重的爆炸意外。

本是同根生──**相同字根的延伸單字**

computer 名 電腦
computable 形 可計算的

computation 名 計算
computational 形 計算的

3 total [`totl̩] 動 合計 名 總數 形 整個的

MP3 231

💬 **三態變化** total → total(l)ed → total(l)ed

例句▶ The bill **totals up to** eight hundred dollars.

帳單總計八百元。 total up 總計

本是同根生──**相同字根的延伸單字**

totality 名 全部；總計；全體
totally 副 完全；整個地

totalizer 名 賭金計算器
totalize 動 使成為整體

4 subtract [səb`trækt] 動 【數】減去；去掉

MP3 232

💬 **三態變化** subtract → subtracted → subtracted

例句▶ Subtract 7 from 15 and you have 8.

十五減七得八。

Part 1

Part 2

Part 3

Part 4

subtraction 名 【數】減法

---

5 multiply [`mʌltəplaɪ] 動 繁殖；乘以；成倍增加 ^{MP3 233}

三態變化 multiply → multiplied → multiplied

例句▷ If there's enough water and heat, germs will multiply and spread really quickly.

如果有足夠的水和溫度，細菌便會快速地繁殖與散播。

multiplier 名 乘數；倍數　　　**multiplex** 形 多樣的
multiplicate 形 多重的；多種的　　**multiple** 形 複合的；多樣的
multipliable 形 可增加的；可乘的

multiply by 乘以
Two **multiplied by** six is twelve.
二乘以六等於十二。

---

6 divide [də`vaɪd] 動 【數】除；分開；隔開 ^{MP3 234}

三態變化 divide → divided → divided

例句▷ I **divided** the cake **into** four pieces and shared it with my roommates.

我把蛋糕分成四等份，並和我的室友分享。　divide...into 將...分成

divider 名 （常複數）圓規　　　**division** 名 分割；分開
dividend 名 被除數；股票分紅　　**dividable** 形 可分割的
dividing 形 區分的；分隔用的　　**divided** 形 分離的

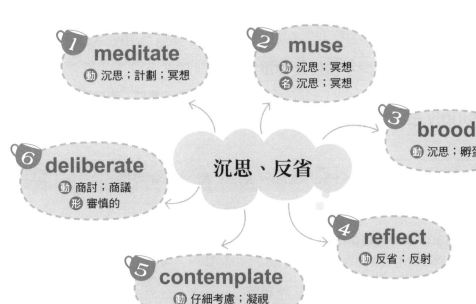

1 **meditate** [`mɛdə,tet] 動 沉思；計劃；冥想

MP3
235

三態變化 meditate → meditated → meditated

例句 He is meditating on the possible outcomes of his decision.
他正在思索他做的決定有可能產生哪些結果。

本是同根生 相同字根的延伸單字

meditation 名 冥想；沉思　　**meditator** 名 冥想者
meditative 形 愛思考的　　**meditatively** 副 沉思地

這樣用動詞 使用率破表的相關片語

meditate on 沉思
You should always **meditate on** the meaning of life.
你們應該要常去思考人生的意義。

2 **muse** [mjuz] 動 名 沉思；冥想 同義 ponder

三態變化 muse → mused → mused

例句 I **mused on** how to explain my delay while walking to school.
在走路去學校的途中，我思考該如何解釋遲到的原因。 muse on 沉思

本是同根生 相同字根的延伸單字

museful 形 沉思的　　　　　　**musing** 形 沉思的；若有所思的
musingly 副 沉思地

3 **brood** [brud] 動 沉思；孵蛋 名 同窩幼鳥

三態變化 brood → brodded → brodded

例句 Frank **brooded over** the embarrassments of the past.
對於過去所發生的糗事，法蘭克感到非常懊悔。 brood over 懊悔；苦想

本是同根生 相同字根的延伸單字

brooder 名 沉思者；孵化器　　**brooding** 形 沉思的
broody 形 多產的；想不開的　**broodily** 副 鬱鬱不樂地

這樣用動詞 使用率破表的相關片語

brood on 耿耿於懷；鬱悶地沉思
She **brooded on** her mistakes at the piano recital.
她對在鋼琴演奏會上所犯的錯耿耿於懷。

brood about (sb./sth.) （為某人或某事而）擔憂
Our boss **broods about** the future of the company because of recent financial losses.
因為最近公司財務出現虧損，所以我們老闆很擔心公司的前景。

4 **reflect** [rɪˋflɛkt] 動 反省；反射；深思

三態變化 reflect → reflected → reflected

例句 ▶ She reflected that she should have done more for her son.
她思考著她應該多為兒子付出一些才對。

本是同根生 → 相同字根的延伸單字

reflection 名 反射;倒影;反省　　**reflectivity** 名 反射性
reflector 名 反射鏡;反映物　　**reflectance** 名 【物】反射係數
reflecting 形 引起反射的　　**reflectional** 形 反射的
reflective 形 反映的;反射的　　**reflectively** 副 沉思地

這樣用動詞 → 使用率破表的相關片語

reflect on 考慮;反思
I always **reflect on** what I did yesterday.
我總是會反省我昨天做的事情。

reflect in 在…反映出
Your physical condition **is reflected in** your fingernails.
指甲會反映出你的身體狀況。

reflect from 從…反映出
The light **reflected from** the water was really beautiful.
光線從水面反射的光芒很漂亮。

5 contemplate [`kɑntɛm͵plet] 動 考慮;凝視

三態變化 contemplate → contemplated → contemplated

例句 ▶ The manager contemplates every time before making decisions.
經理每次在做決定之前,都會仔細考慮一番。

本是同根生 → 相同字根的延伸單字

contemplator 名 沉思者　　**contemplation** 名 沉思
contemplative 形 冥想的　　**contemplable** 形 可考慮的

6 **deliberate** [dɪˋlɪbərɪt] 動 商討；商議 形 審慎的 MP3 240

💬 **三態變化** deliberate → deliberated → deliberated

例句 ▶ Don't make your decision so quickly. You should **deliberate over** the question first.

別那麼快做決定，你應該要先仔細地考慮問題才對。

deliberate over 仔細考慮；商討

本是同根生 → 相同字根的延伸單字

deliberation 名 慎重；考慮　　**deliberative** 形 慎重審議的

deliberately 副 慎重地；故意地　　**deliberatively** 副 慎重審議地

這樣用動詞 → 使用率破表的相關片語

👆 **deliberate on** 仔細考慮；商議

I have no time to **deliberate on** which suggestion is perfect for me.

我沒有時間考慮哪一個建議對我來說才是最理想的。

✏️ **單字力 UP！還能聯想到這些**

「思想」相關字	thought 想法；debate 辯論；radical 激進；prejudice 偏見；philosopher 哲學家；Plato 柏拉圖；Socrates 蘇格拉底；Utopia 烏托邦；individualism 個人主義
「檢討」相關字	correction 改過；modification 修正；adjustment 校正；apology 道歉；statement of repentance 悔過書；question 質詢；strategy 策略；review 複習
「清醒」相關字	conscious 有意識的；sensory 知覺的；logical 合理的；awake 清醒的；sober 清醒的；disturbing 驚動的；alert 警覺的；aware 察覺的
「正確」相關字	correct 正確的；proper 合適的；real 真正的；true 真實的；appropriate 合適的；precise 準確的；accurate 精確的；exact 確切的；right 正確的；fitting 合宜的

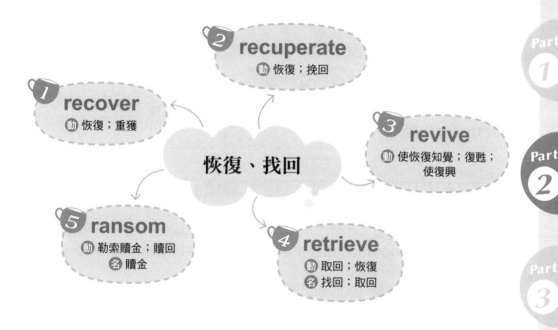

2 recuperate
動 恢復；挽回

1 recover
動 恢復；重獲

恢復、找回

3 revive
動 使恢復知覺；復甦；
使復興

5 ransom
動 勒索贖金；贖回
名 贖金

4 retrieve
動 取回；恢復
名 找回；取回

Part 1

Part 2

Part 3

Part 4

---

1 recover [rɪˋkʌvɚ] 動 恢復；重獲；彌補

_{MP3 241}

💬 **三態變化** recover → recovered → recovered

例句 ▶ My grandfather took a long time to **recover from** the surgery last year.

去年我爺爺花了很長的時間才從手術中痊癒。 recover from 恢復；痊癒

本是同根生 → 相同字根的延伸單字

recovery 名 恢復；痊癒　　　**recoverable** 形 可重獲的

這樣用動詞 → 使用率破表的相關片語

🎵 **beyond recovery** 病入膏肓
The doctor told us that he is quite **beyond recovery**.
醫生告訴我們，他已經病入膏肓了。

② recuperate [rɪˋkjupəˌret] 動 恢復；挽回

三態變化 recuperate → recuperated → recuperated

例句 How can I **recuperate from** this disease by changing my diet?

我的病痛該如何從飲食方面調理呢？　recuperate from 復原

本是同根生 相同字根的延伸單字

recuperation 名 恢復；挽回　　**recuperator** 名 恢復者
recuperative 形 有恢復力的

③ revive [rɪˋvaɪv] 動 使恢復知覺；復甦；使復興

三態變化 revive → revived → revived

例句 Developing successful marketing strategies will help you to revive your shop.

成功的行銷策略可以幫助你重振你的店。

本是同根生 相同字根的延伸單字

reviver 名 刺激性飲料　　**revival** 名 甦醒；再流行
revivalist 名 復古主義者　　**revivalism** 名 信仰復興運動
revivable 形 可甦醒的；可復活的　　**revivify** 動 使復活

④ retrieve [rɪˋtriv] 動 取回；恢復；挽回

三態變化 retrieve → retrieved → retrieved

例句 You should retrieve your bags before 7 p.m.

你必須在下午七點之前取回你的行李。

本是同根生 相同字根的延伸單字

retrieval 名 取回；補償　　**retriever** 名 尋獲者
retrievable 形 可獲取的；可挽救的

這樣用動詞 → 使用率破表的相關片語

retrieve from 找回;收回;取回;重獲
They didn't **retrieve** anything **from** that fire.
他們沒有從那場火災中找回任何東西。

---

5 ransom [`rænsəm] 動 勒索贖金;贖回 名 贖金 (MP3 245)

三態變化 ransom → ransomed → ransomed

例句 ► The gangsters held the magnate's daughter to ransom for two hundred million.
這些歹徒綁架了那位富豪的女兒,並要求二億元的贖金。

本是同根生 → 相同字根的延伸單字

ransomware 名 勒索軟體

這樣用動詞 → 使用率破表的相關片語

a king's ransom 重金;鉅款
He paid **a king's ransom** for the antique china.
他花了重金買下這個骨董瓷器。

單字力 UP!還能聯想到這些

「綁架」相關字	abduction 綁票;kidnapper 綁匪;anonymous letter 匿名信;kidnap 綁架;hostage 人質;monitor 監聽;escape 逃亡
「全球化」相關字	global warming 全球暖化、aging of population 人口老化;economic depression 經濟蕭條;baby booming 嬰兒潮;European debt 歐債;energy crisis 能源危機

Unit 12 戰勝心中假想敵：推想與假設

推想、假設

② assume 動 假定；以為

① suppose 動 推想；假設

③ presume 動 假定；假設

⑦ conceive 動 構思；想出；考慮

④ guess 動 猜測；猜對 名 猜測

⑥ regard 動 看待；尊重；注意

⑤ expect 動 期待；預期

① suppose [sə`poz] 動 推想；假設；料想

MP3 246

三態變化 suppose → supposed → supposed

例句 Let's suppose that the news is true.
讓我們假定這個消息是真的。

本是同根生 →相同字根的延伸單字

supposition 名 假定；想像　　**supposable** 形 想像得到的
supposed 形 假定的；應當的　　**supposedly** 副 根據推測；大概

這樣用動詞 →使用率破表的相關片語

be supposed to 應該；可以
You **are supposed to** go out now, or you'll be late for class.
你應該要現在出門，否則上課會遲到。

2 **assume** [əˋsjum] 動 假定；以為；裝出；就任 MP3 247

三態變化 assume → assumed → assumed

例句▶ Never assume, for it makes a fool out of you and me.
永遠不要憑主觀臆斷，因為這樣會讓你我變成傻瓜。

本是同根生──相同字根的延伸單字

assumption 名 假定；設想 **assumptive** 形 假設的
assuming 形 自以為是的 **assumingly** 副 自以為是地

3 **presume** [prɪˋzum] 動 假定；假設；推測 MP3 248

三態變化 presume → presumed → presumed

例句▶ We presume that the shipment has been stolen.
我們推測貨運已被偷走了。

本是同根生──相同字根的延伸單字

presumption 名 設想；冒昧 **presumable** 形 可假設的
presumptive 形 根據推定的 **presumably** 副 據推測；大概

這樣用動詞──使用率破表的相關片語

presume upon 不正當地利用；期望
My supervisor always **presumes upon** her position.
我的上司總是濫用她的職權。

4 **guess** [gɛs] 動 猜測；猜對；認為 名 猜測 MP3 249

三態變化 guess → guessed → guessed

例句▶ Can you guess the height of the building?
你能猜出建築物的高度嗎？

Part 1

Part 2

Part 3

Part 4

guesswork 名 猜測的結果　　**guessable** 形 可推測的
guessingly 副 憑猜測　　　　**guesstimate** 動 猜測；估量

這樣用動詞 → 使用率破表的相關片語

📖 **second-guess** 事後批評；預測
After making a decision, I always **second-guess** myself.
每下一個決定，我都會在事後檢討。

📖 **take a guess** 猜測
Even if you don't know the answer, you should **take a guess**.
即使你不知道答案，也應該猜一下。

---

5 expect [ɪkˋspɛkt] 動 期待；預期；認為
MP3 250

💬 三態變化 expect → expected → expected

例句 ▶ We are expexting a rise in raw material prices next month.
我們預計下個月原物料將會上漲。

本是同根生 → 相同字根的延伸單字

expectancy 名 期望；預期　　**expectation** 名 預期；前程
expectable 形 意料中的　　　　**expected** 形 預期要發生的

這樣用動詞 → 使用率破表的相關片語

📖 **expect of** 期待
This is what my parents **expect of** me.
這就是我父母所期望我做的。

---

6 regard [rɪˋgɑrd] 動 看待；尊重；注意；與…有關
MP3 251

💬 三態變化 regard → regraded → regarded

例句 ▶ Sweet potato **is regarded as** a very nutritious food.

番薯被視為是一種非常有營養的食物。　regard...as 把…視為

本是同根生 →相同字根的延伸單字

regardful 形 表示敬意的　　　　**regardless** 副 不管　形 不注意的
regardant 形 向後看的　　　　　**regarding** 介 關於；就…而論

7 **conceive** [kənˋsiv] 動 構思；想出；考慮　MP3 252

三態變化 conceive → conceived → conceived

例句 She conceived the idea for the novel during her journey through India.
她在印度的旅途中，有了寫這部小說的靈感。

本是同根生 →相同字根的延伸單字

conceiver 名 構思者　　　　　　**conceivable** 形 可想像的
conceivably 副 令人信服地；想像到地

這樣用動詞 →使用率破表的相關片語

conceive of 構想出；設想
I can't **conceive of** living without a smart phone.
我無法想像沒有智慧型手機的生活。

單字力 UP！還能聯想到這些

「革命」相關字	revolution 革命；reform 革新；opposition forces 反抗軍；national flag 國旗；nationalism 民族主義；patriot 愛國者；industrial revolution 工業革命
「信念」相關字	belief 信條；doctrine 宗教教義；conviction 信念；confidence 信心；reliance 信心；faith 信念；assurance 把握；certainty 確實；adherent 擁護者；disciple 信徒

Part 1
Part 2
Part 3
Part 4

Unit 13 用心理解事物：認清與領悟

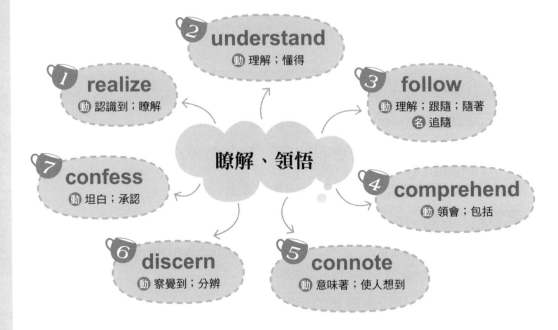

瞭解、領悟

2 understand 動 理解；懂得

1 realize 動 認識到；瞭解

3 follow 動 理解；跟隨；隨著 名 追隨

7 confess 動 坦白；承認

4 comprehend 動 領會；包括

6 discern 動 察覺到；分辨

5 connote 動 意味著；使人想到

---

1 **realize** [`rɪəˌlaɪz] 動 認識到；瞭解；實現　MP3 253

🔊 **三態變化** realize → realized → realized

📖 **例句** Until his boss fired him, he did not realize how serious the trouble he caused was.

在他老闆開除他之前，他都沒意識到他闖的禍多麼嚴重。

本是同根生 ─ 相同字根的延伸單字

realization 名 領悟；認識；現實　　**realizable** 形 可實現的

---

2 **understand** [ˌʌndəˋstænd] 動 理解；懂得　MP3 254

🔊 **三態變化** understand → understood → understood

例句▶ To get better grades, you should try to understand everything taught in the class.
想要得到好成績，你就必須試著理解課堂中所教的東西。

本是同根生 ▸ 相同字根的延伸單字

understandability 名 易懂　　**understandable** 形 能懂的
understanding 形 體諒的　　**understandably** 副 能懂地
understandingly 副 領悟地

這樣用動詞 ▸ 使用率破表的相關片語

👍**build up understanding between** 增進…間的了解
They decided to **build up understanding between** the two countries.
他們決定要增加兩國間的相互理解。

3 follow [`fɑlo] 動 理解；跟隨；隨著 名 追隨

💬 **三態變化 follow → followed → followed**

例句▶ I don't follow you. Would you please repeat that again?
我聽不太懂，你可以再說一次嗎？

本是同根生 ▸ 相同字根的延伸單字

follower 名 追隨者；信徒　　**follow-on** 名 後繼之事
following 名 下列事物（或人員） 形 隨後的

這樣用動詞 ▸ 使用率破表的相關片語

👍**follow out** 貫徹；執行
Instead of **following out** her own ideas, Rose would listen to others' opinions.
蘿絲並不會一意孤行，她會聽取別人的建議。

👍**follow through** 進行到底
If this is what you want, you should **follow through** with it.
如果這是你想要的，你就該堅持到底。

👍**follow up** 把…探究到底；採取進一步行動

You should keep **following up** on this subject.
你應該繼續跟進這個主題。

4 comprehend [ˌkɑmprɪˋhɛnd] 動 領會；包括

🗨 三態變化 comprehend → comprehended → comprehended

例句 ▶ Man does not yet comprehend the universe.
人類還沒有完全瞭解宇宙。

本是同根生 ┼ 相同字根的延伸單字

comprehension 名 理解力   comprehensible 形 能懂的
comprehensive 形 有理解力的；廣泛的

5 connote [kənˋnot] 動 意味著；使人想到 MP3 257

🗨 三態變化 connote → connoted → connoted

例句 ▶ To me, the word "family" connotes love and comfort.
對我來說，「家庭」意味著愛與舒適。

本是同根生 ┼ 相同字根的延伸單字

connotation 名 言外之意   connotative 形 隱含的

6 discern [dɪˋzɜn] 動 察覺到；分辨；識別 MP3 258

🗨 三態變化 discern → discerned → discerned

例句 ▶ Parents need to teach their kids to discern good from evil.
父母必須教導孩子辨別善惡。   discern A from B 辨別 A 與 B

本是同根生 ┼ 相同字根的延伸單字

discernment 名 識別力；洞察   discernible 形 可識別的
discerning 形 有辨識能力的

這樣用動詞 →(使用率破表的相關片語)

discern between…and… 分辨出…

I still couldn't **discern between** Emily **and** her twin sister.
我仍然無法分辨出來愛蜜莉和她的雙胞胎妹妹。

7 confess [kən`fɛs] 動 坦白；承認；懺悔

MP3 259

三態變化 confess → confessed → confessed

例句 ▶ Tom **confessed to** being proud of his daughter's success.
湯姆承認自己對女兒的成功感到很自豪。 confess to 承認

本是同根生 →(相同字根的延伸單字)

confessor 名 自白者；懺悔者　　　　**confession** 名 供認；坦白
confessed 形 眾所公認的　　　　　　**confessional** 形 自白的

單字力 UP！還能聯想到這些

「知識」相關字	knowledge 知識；cognition 認知；realization 瞭解；scholarship 獎學金；degree 學位；conception 概念
「理想」相關字	ideal 理想；vision 憧憬；fancy 幻想；anticipation 期望；desire 渴望；hope 期望；ambition 野心；aspiration 抱負；expectancy 期望
「條理」相關字	orderliness 條理；system 系統；scheme 計畫；plan 方案；proposition 提議；arrangement 整理；commandment 指令；regulation 規章；systematization 組織化；permutation 變更
「腦部」相關字	brain 腦部；cerebellum 小腦；cerebrum 大腦；hypophysis 腦下垂體；cranial nerves 腦神經

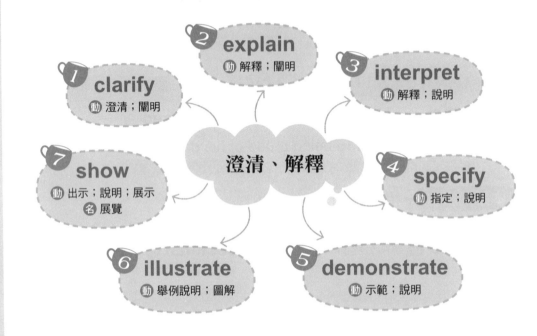

2 **explain**
動 解釋；闡明

3 **interpret**
動 解釋；說明

1 **clarify**
動 澄清；闡明

澄清、解釋

7 **show**
動 出示；說明；展示
名 展覽

4 **specify**
動 指定；說明

6 **illustrate**
動 舉例說明；圖解

5 **demonstrate**
動 示範；說明

---

1 **clarify** [`klærə,faɪ] 動 澄清；闡明；使清楚 ^{MP3} 260

🔊 **三態變化** clarify → clarified → clarified

例句 Tyler clarified his position on the issue in the meeting.
泰勒在會議中澄清了他在該議題上的立場。

本是同根生 ─ 相同字根的延伸單字

clarification 名 澄清；說明　　**clarifier** 名 淨化劑
clarifying 形 澄清的

這樣用動詞 ─ 使用率破表的相關片語

✋ **provide clarification** 做出說明
The detective **provides** further **clarification** of the arrest.
那位警探針對逮捕行動做了更進一步的說明。

2 explain [ɪk`splen] 動 解釋；闡明；辯解

MP3 261

三態變化 explain → explained → explained

例句 He explained his plan in detail and got approved by his boss.
他詳細解釋了他的計畫，並獲得老闆的贊同。

本是同根生 相同字根的延伸單字

explanation 名 解釋 **explanandum** 名 【哲】待解釋的詞
explainable 形 可說明的 **explanatory** 形 解釋的

這樣用動詞 使用率破表的相關片語

explain away 為⋯辯解；搪塞
Nicole noticed blood on her husband's suit, but he **explained** it **away**.
妮可注意到她丈夫的西裝上有血跡，但是被他搪塞過去了。

3 interpret [ɪn`tɜprɪt] 動 解釋；說明；口譯

MP3 262

三態變化 interpret → interpreted → interpreted

例句 We have to interpret this behavior in a psychology perspective.
我們必須以心理學的角度來解釋這個行為。

本是同根生 相同字根的延伸單字

interpretation 名 解釋 **interpreter** 名 口譯員
interpretable 形 可闡明的 **interpretive** 形 解釋的

這樣用動詞 使用率破表的相關片語

be interpreted as 被理解為；被看作
The suspect's silence **was interpreted as** an admission of guilt.
那位嫌疑犯的沉默被視為默認罪行。

4 specify [`spɛsə͵faɪ] 動 指定；說明；列入清單

MP3 263

三態變化 specify → specified → specified

例句▶ The instructions specify when and the number of pills you should take each day.
說明書上說明了這藥應該要什麼時候服用，還有一天要服用幾顆。

本是同根生 → 相同字根的延伸單字

specification 名 詳述；規格　　**specifics** 名 細節
specificity 名 明確性；具體性　　**specifically** 副 明確地；具體地

5 demonstrate [`dɛmən,stret] 動 示範；說明
MP3 264

三態變化 demonstrate → demonstrated → demonstrated

例句▶ My assistance will later demonstrate how to operate the machine for you.
我的助理等等會為你們示範如何操作儀器。

本是同根生 → 相同字根的延伸單字

demonstration 名 示範；證明　　**demonstrator** 名 示威運動者

6 illustrate [`ɪləstret] 動 舉例說明；圖解
MP3 265

三態變化 illustrate → illustrated → illustrated

例句▶ You should illustrate more on your abilities during the interview.
面試時，你應該多加說明你的能力。

本是同根生 → 相同字根的延伸單字

illustration 名 說明；插圖　　**illustrator** 名 插圖畫家
illustrative 形 說明性的　　**illustratively** 副 說明性地

7 show [ʃo] 動 出示；說明；展示　名 展覽
MP3 266

三態變化 show → showed → showed/shown

例句▶ The king showed mercy to the prisoners.
國王寬恕了那些囚犯們。

本是同根生─**相同字根的延伸單字**

showing 名 陳列；裝飾；放映　**showup** 名 （口）揭發
showiness 名 顯眼；炫耀　**showroom** 名 陳列室
showy 形 炫燿的；引人注目的　**showily** 副 顯眼地；賣弄地

這樣用動詞─**使用率破表的相關片語**

a show of …的流露；展現
A crowd of more than 5,000 has gathered in **a show of** strength and assertion.
已經有五千多人聚集起來，以顯示他們的力量和主張。

for show 假象；裝樣子
The change in your husband is just **for show**.
你丈夫的轉變只是假象罷了。

show up 露面；出席
Those reporters waited till five o'clock, but that superstar did not **show up**.
記者們一直等到了五點，但是那位巨星始終沒有露面。

a show of hands 舉手表決
Mary asked for **a show of hands** concerning each of the projects.
瑪麗要求對每個案子進行舉手表決。

be running the show 操縱局勢
The sales team made it clear who **is** now **running the show**.
業務團隊清楚地表明了現在是誰在掌控一切。

steal the show 大出風頭
It was that Taiwanese girl who **stole the show** on the first day of the golf competition.
高爾夫球比賽的第一天，那位臺灣女孩就大出風頭。

Part 1

Part 2

Part 3

Part 4

學會看見優點：尊重、欣賞與珍視

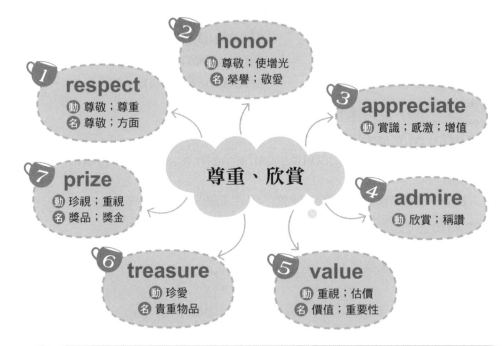

2 **honor**
動 尊敬；使增光
名 榮譽；敬愛

1 **respect**
動 尊敬；尊重
名 尊敬；方面

3 **appreciate**
動 賞識；感激；增值

尊重、欣賞

7 **prize**
動 珍視；重視
名 獎品；獎金

4 **admire**
動 欣賞；稱讚

6 **treasure**
動 珍愛
名 貴重物品

5 **value**
動 重視；估價
名 價值；重要性

---

1 **respect** [rɪ`spɛkt] 動 尊敬；尊重 名 尊敬；方面 (MP3 267)

💬 **三態變化** respect → respected → respected

例句▶ The mayor is highly respected by every resident.
那位市長很受市民的敬重。

本是同根生 相同字根的延伸單字

respectability 名 體面   **respectable** 形 值得尊敬的
respectful 形 尊重人的   **respectfully** 副 尊敬地

這樣用動詞 使用率破表的相關片語

👍**in respect of** 關於（某人／事／物）
In respect of his memory, I think we should keep from speaking.
有關他的回憶，我想我們都應該避免提起。

pay one's respects 問候；致意
Please **pay my respects** to your wife.
請代我向你太太問候。

2 honor [ˋɑnɚ] 動 尊敬；使增光 名 榮譽；敬愛
MP3 268

三態變化 honor → honored → honored

例句 Ancient Egyptians honor the dead by mummification.
古埃及人會將屍體製成木乃伊，以示對死者的尊重。

本是同根生 相同字根的延伸單字

honoree 名 領獎人；（宴會）主賓　　**honorarium** 名 報酬；謝禮
honorific 名 敬語 形 尊敬的　　**honorary** 形 名譽上的
honorable 形 受人尊敬的　　**honorably** 副 光榮地

這樣用動詞 使用率破表的相關片語

do the honors 盡地主之誼；履行某種社交義務
Who wants more tea? Shall I **do the honors**?
誰還想要茶？讓我來盡地主之誼好嗎？

have the honor 有⋯榮幸
May I **have the honor** to date you?
我有這個榮幸和你約會嗎？

on my honor 我發誓
I didn't take your money, **on my honor**, for God's sake!
看在老天的份上，我發誓，我沒拿你的錢！

3 appreciate [əˋpriʃ‚et] 動 賞識；感激；增值
MP3 269

三態變化 appreciate → appreciated → appreciated

例句 Sam appreciates poetry, so he determines to become a famous poet.
山姆很喜歡詩歌，因此立志成為著名詩人。

appreciation 名 感激；貨幣增值　　**appreciator** 名 鑑賞者
appreciatory 形 有鑑賞力的　　**appreciable** 形 可估計的
appreciative 形 表示讚賞的　　**appreciatively** 副 讚賞地

這樣用動詞 → 使用率破表的相關片語

🍎 **be appreciative of** 欣賞；感激
I **am appreciative of** your paintings for the wedding.
我很欣賞你為婚禮所創作的圖畫。

---

4 ▶ admire [əd`maɪr] 動 欣賞；稱讚；崇敬　MP3 270

💬 **三態變化** admire → admired → admired

例句▶ Eveyone admired the way he dealt with the problem.
　　　大家都很欣賞他處理事情的方式。

本是同根生 → 相同字根的延伸單字

admiration 名 讚賞；敬佩　　**admirer** 名 欽佩者；讚賞者
admirable 形 令人欽佩的　　**admiring** 形 讚美的
admirably 副 極好地　　**admiringly** 副 佩服地

這樣用動詞 → 使用率破表的相關片語

🍎 **admire for (sth.)** 讚賞（某事／物）
They **admired** Frank **for** his creativity in arts.
他們讚賞法蘭克在藝術方面的創造力。

---

5 ▶ value [`vælju] 動 估價；重視　名 價值；重要性　MP3 271

💬 **三態變化** value → valued → valued

例句▶ Tim values power more than anything.
　　　比起其他事情，提姆更重視權力。

本是同根生 ← 相同字根的延伸單字

valuation 名 評價；估定價格　　**valuableness** 名 貴重

valuator 名 評價者；估價者　　**valuable** 形 寶貴的

valueless 形 沒用的；無價值的　　**valuate** 動 對…估價

6　treasure [`trɛʒɚ] 動 珍愛　名 貴重物品；財富　MP3 272

三態變化 treasure → treasured → treasured

例句 ▶ Lily treasures both her family and friends.
莉莉很珍視她的家人和朋友。

本是同根生 ← 相同字根的延伸單字

treasurer 名 出納員；會計　　**treasury** 名 寶庫；寶藏

treasurership 名 會計員之職　　**treasurable** 形 貴重的

7　prize [praɪz] 動 珍視；重視　名 獎品；獎金　MP3 273

三態變化 prize → prized → prized

例句 ▶ His artworks are prized by a famous artist in Boston.
他的藝術作品很受一位波士頓藝術家的賞識。

本是同根生 ← 相同字根的延伸單字

prize-giving 名 頒獎儀式　　**prizewinner** 名 得獎人

prizewinning 形 得獎的　　**prized** 形 被視為最有價值的

發自內心的讚嘆：讚美與崇拜

2 praise
動 表揚；讚美
名 讚揚；歌頌

1 acclaim
動 稱讚；喝采
名 稱讚；喝采

3 commend
動 稱讚；推薦

讚嘆、崇拜

5 worship
動 崇拜；愛慕

4 laud
動 讚美；稱讚
名 讚美；讚歌

---

1 acclaim [əˋklem] 動 名 稱讚；喝采　　MP3 274

💬 **三態變化** acclaim → acclaimed → acclaimed

例句▶ Even the critics all acclaimed this new musical.
連批評家們全都稱讚這齣新的音樂劇。

本是同根生 相同字根的延伸單字

acclamation 名 歡呼；喝采　　　　**acclaimed** 形 受到讚揚的
acclamatory 形 喝采的

---

2 praise [prez] 動 表揚；讚美 名 讚揚；歌頌　　MP3 275

💬 **三態變化** parise → praised → praised

例句 ▶ The citizens all praised the girl for her courage.
市民全都讚賞那位小女孩的勇氣。

本是同根生 ⊷ 相同字根的延伸單字

praiseworthiness 名 值得讚揚　　**praiseful** 形 讚揚的
praiseworthy 形 值得稱頌的　　**praiseworthily** 副 值得稱許地

這樣用動詞 ⊷ 使用率破表的相關片語

👍 **in praise of** 頌揚；歌頌
The author decided to write a book **in praise of** country life.
那個作家決定寫一本讚頌鄉村生活的書。

3 **commend** [kə`mɛnd] 動 稱讚；推薦；委託 　MP3 276

💬 **三態變化** commend → commended → commended

例句 ▶ The teacher commended the students for their hard works.
老師稱讚了學生們的努力。

本是同根生 ⊷ 相同字根的延伸單字

commendation 名 稱讚；獎狀　　**commendable** 形 值得表揚的
commendatory 形 讚賞的　　**commendably** 副 很好地

這樣用動詞 ⊷ 使用率破表的相關片語

👍 **commend oneself to sb.** 被某人接受
He finally **commends himself to** the woman for his good manners.
因為他彬彬有禮，所以最後被那位女性接受了。

4 **laud** [lɔd] 動 讚美；稱讚 名 讚美；讚歌 　MP3 277

💬 **三態變化** laud → lauded → lauded

例句 ▶ He was lauded as a successful businessman and the founder of a charity.

他享受著成功商人以及慈善機構創辦人的美名。

本是同根生 → 相同字根的延伸單字

laudation 名 讚美；頌詞　　　　**laudatory** 形 表示讚美的

5 worship [`wɝʃɪp] 動 崇拜；愛慕 名 崇拜儀式

MP3 278

三態變化 worship → worship(p)ed → worship(p)ed

例句▶ Ancient Greeks worshiped many gods.
古希臘人信奉很多神祇。

本是同根生 → 相同字根的延伸單字

worshiper 名 參拜者；崇拜者　　　**worshipful** 形 崇拜的

這樣用動詞 → 使用率破表的相關片語

hero worship 英雄崇拜
Giving him respect just because he is famous is just **hero worship**.
因為有名就尊敬他，只是英雄崇拜的行為罷了。

worship the ground sb. walks on 極其崇拜某人；癡愛某人
She **worships the ground** her professor **walks on**.
她非常崇拜她的教授。

單字力 UP！還能聯想到這些

「正面情緒」相關字	cheerful 高興的；delighted 高興的；excited 興奮的；happy 高興的；passionate 熱情的；pleased 欣喜的；proud 得意的；satisfied 滿意的；high-spirited 情緒高昂的
「禮貌」相關字	courtesy 禮貌；amenities 禮節；mannerliness 客氣；humble 謙遜的；amiable 和藹的；politeness 文雅；civility 謙恭；modest 謙虛的；comity 禮讓

Unit 17 辨識善惡及是非：識別與分辨

1 identify
動 識別；鑑別；認同

2 recognize
動 認出；承認；賞識

3 tell
動 知道；告訴

識別、分辨

6 spot
動 認出；沾上污點
名 點；場所

5 distinguish
動 辨別；區別

4 know
動 知道；認識；瞭解

1 identify [aɪˋdɛntəˌfaɪ] 動 識別；鑑別；認同　MP3 279

💬 **三態變化** identify → identified → identified

例句▶ The victim was asked to identify the theif in the lineup.
受害者被要求從嫌疑犯當中指認小偷。

本是同根生 ─ 相同字根的延伸單字

identity 名 身分；個性；相同處　　**identifier** 名 鑑定人
identification 名 認出；身分證　　**identifiable** 形 可識別的
identical 形 完全相同的　　　　　**identically** 副 相等地

這樣用動詞 ─ 使用率破表的相關片語

👍 **identify...with** 認為…等同於
You shouldn't **identify** happiness **with** wealth.

你不該把幸福和財富劃上等號。

 **identify by** 根據…而認出

I can **identify** the man I met yesterday **by** this picture.

我可以憑這張照片認出我昨天遇見的那名男子。

2 recognize [ˋrɛkəgˏnaɪz] 動 認出；承認；賞識 MP3 280

三態變化 recognize → recignized → recognized

例句 A student recognized the killer's face in the restaurant.

　　有一位學生在餐廳裡認出了那個兇手。

本是同根生 相同字根的延伸單字

recognition 名 識別；認可　　　　**recognizer** 名 識別器
recognizance 名 具結　　　　　　**recognizable** 形 可辨識的
recognizably 副 可辨別地

這樣用動詞 使用率破表的相關片語

 **recognize sth. for what it is** 認識到某物是…

You should **recognize** money **for what it is**: a tool, nothing more.

你應該要了解金錢為何物：它只是一種工具，如此而已。

3 tell [tɛl] 動 告訴；知道；洩密；作證 MP3 281

三態變化 tell → told → told

例句 It is said that you can tell when people are lying or not from their eyes.

　　聽說你可以從眼神中分辨人們是不是在撒謊。

本是同根生 相同字根的延伸單字

teller 名 講話者；（銀行）出納員　　**tellable** 形 值得說的
telling 形 有效的；明顯的　　　　　**tellingly** 副 有效地；顯著地

這樣用動詞 ─ **使用率破表的相關片語**

🍎 **tell off** 斥責

Instead of **telling** us **off**, Jimmy asked us to write down our opinions.
吉米要求我們寫下各自的意見，以此取代斥責。

🍎 **tell the difference between A and B** 區別 A 與 B 的不同

It's easy to **tell the difference between** an ape **and** a monkey.
區別猿和猴是很簡單的。

---

4 **know** [no] 動 知道；認識；瞭解　MP3 282

💬 **三態變化 know → knew → known**

例句 ▶ Beth's parents didn't know the truth until she told them last night.
貝絲的父母直到她昨晚向他們說出事實之前，並不知道實情。

本是同根生 ─ **相同字根的延伸單字**

knowledge 名 知識；了解　　　**knowbie** 名 網路高手
knowable 形 能認知的　　　　**known** 形 知名的；已知的
knowing 形 心照不宣的　　　　**knowingly** 副 會意地

這樣用動詞 ─ **使用率破表的相關片語**

🍎 **know of** 知道

Do you **know of** any inexpensive hotel in this neighborhood?
你知道這附近有哪些便宜的飯店嗎？

---

5 **distinguish** [dɪˋstɪŋgwɪʃ] 動 辨別；區別　MP3 283

💬 **三態變化 distinguish → distinguished → distinguished**

例句 ▶ I still can't **distinguish between** the twins.
我還是區別不出那對雙胞胎。　　 distinguish between 辨別

本是同根生 ▸ 相同字根的延伸單字

distinguishability 名 可區別性　　**distinguishing** 形 有區別的
distinguishable 形 可辨識的　　**distinguished** 形 著名的

6 **spot** [spɑt] 動 (口) 認出；沾上污點　名 點；場所　MP3 284

三態變化 spot → spotted → spotted

例句 ▸ The lawyer spotted several questionable articles in the contract.
律師在合約中發現了一些有問題的條款。

本是同根生 ▸ 相同字根的延伸單字

spottiness 名 有污漬　　　　**spotted** 形 有斑點的
spotty 形 多斑點的；零星的　　**spotlit** 形 用聚光照明的

這樣用動詞 ▸ 使用率破表的相關片語

👍 **be rooted to the spot** 呆若木雞
Nick **was rooted to the spot** by surprise.
尼克因吃驚而呆站在那裡。

👍 **hit the high spots** 挑重點說明；挑重要的事做
I won't explain the entire plan. I'll just **hit the high spots**.
我不會詳細說明整個計畫，我只說重點。

 單字力 UP！還能聯想到這些

「種類」相關字	type 類型；group 群；sort 種類；kind 種類；nature 類別；category 類目；style 型；variety 類型
「觀點」相關字	controversy 爭議；point of view 觀點；example 例子；supporting point 支持論點；data 資料；editorial 社論；statistic 統計數據；exception (律) 反對；comment 評論

擁有一顆包容的心：容忍與寬恕

2 abide
動 容忍；遵守

1 tolerate
動 容忍；寬容

3 bear
動 負擔；忍受；懷有
名 熊

容忍、寬恕

6 forgive
動 寬恕；免除

4 endure
動 耐久；忍受

5 stand
動 站立；忍耐
名 站立；立場

Part **1**
Part **2**
Part **3**
Part **4**

1 tolerate [`tɑləˌret] 動 容忍；忍受；寬容　MP3 285

🗨 **三態變化** tolerate → tolerated → tolerated

例句▶ She cannot tolerate any disrespectful attitude.
她無法容忍任何不尊重的態度。

本是同根生 ── 相同字根的延伸單字

toleration 名 容忍；宗教自由　　　**tolerance** 名 寬大；忍耐力
tolerant 形 寬恕的；容忍的　　　**tolerable** 形 可容忍的

2 abide [ə`baɪd] 動 容忍；遵守；等候　MP3 286

🗨 **三態變化** abide → abided → abided

例句 He cannot abide the noise his neighbor makes anymore.
他再也無法忍受他鄰居製造的噪音。

本是同根生 → 相同字根的延伸單字

abidance 名 遵守；居住　　**abiding** 形 持久的
abidingly 副 永久地；持續地

這樣用動詞 → 使用率破表的相關片語

🍎 **abide by** 遵守（規則或法令等）
The mother taught her kids to **abide by** the traffic rules.
那名母親教她的小孩遵守交通規則。

---

3 **bear** [bɛr] 動 負擔；忍受；懷有 名 熊　　MP3 287

🗨 **三態變化** bear → bore → borne

例句 My uncle **bore** the love of his parents **in mind** when he studied abroad.
我叔叔出國時，把他父母對自己的愛銘記在心上。
bear sth. in mind 把…記在心上

本是同根生 → 相同字根的延伸單字

bearing 名 忍耐；舉止　　**bearable** 形 可忍受的
unbearable 形 不能容忍的

這樣用動詞 → 使用率破表的相關片語

🍎 **bear watching** 值得注意
This cut **bears watching** because it could become infected.
必須特別注意這個傷口，小心它受到感染。

🍎 **grin and bear it** 苦笑著忍受
When you hear bad news, just **grin and bear it**.
當你得知壞消息的時候，就苦笑著接受吧！

🍎 **bring sth. to bear**（把槍、砲）瞄準…；施加（影響、壓力等）
Annie **brings** the evidence **to bear** against the criminal.

安妮以證據來對那名罪犯施壓。

4 endure [ɪn`djʊr] 動 耐久；忍受；持續

三態變化 endure → endured → endured

例句▶ The art of life is to know how to enjoy a little and to endure much.
生命的藝術就是要知道如何享受並多加忍耐。

本是同根生 ┤相同字根的延伸單字

endurance 名 忍耐（力）　　　　**enduring** 形 持久的
endurable 形 可忍受的　　　　**enduringly** 副 耐久地

5 stand [stænd] 動 站立；忍耐 名 站立；立場

三態變化 stand → stood → stood

例句▶ I cannot stand people picking their noses in front of me.
我不能忍受別人在我面前挖鼻孔。

本是同根生 ┤相同字根的延伸單字

standoff 名 僵持；（比賽）平局　　**stand-down** 名 （軍）撤退
stand-in 名 替身 形 替身的　　　**standing** 名 地位 形 站立的

這樣用動詞 ┤使用率破表的相關片語

👆stand one's ground 堅持立場
The United States **stands** their political **ground** on this issue.
美國對這件議題所採取的政治立場很堅定。

👆stand by one's assertion 堅持己見
Adam **stands by his assertion** that we need to drastically reduce costs.
亞當堅持己見，要我們大幅削減開支。

👆stand against 抵抗

The superhero **stands against** crime and evil.
那名超級英雄起身對抗犯罪與邪惡。

6 forgive [fəˋgɪv] 動 寬恕；免除（債務等） MP3 290

三態變化 forgive → forgave → forgiven

例句 ▶ I found it diffucult to **forgive and forget**.
我覺得要不念舊惡是件很不容易的事。 forgive and forget 不念舊惡

本是同根生 ← 相同字根的延伸單字

forgiveness 名 寬恕；饒恕 　　**forgivable** 形 可寬恕的
forgiving 形 寬大的；容許失誤的 　　**forgivingly** 副 寬大地

這樣用動詞 ← 使用率破表的相關片語

forgive me 對不起，請原諒
Forgive me for asking, but how much did you pay for your bag?
請原諒我問一下，你的袋子花了多少錢？

單字力 UP！還能聯想到這些

「寬容」相關字	tolerant 忍受的；unprejudiced 公平的；liberal 開明的；lenient 寬大的；generous 慷慨的；forgiving 寬容的；humane 有人情味的；merciful 仁慈的
「和平」相關字	volunteer 志工；harmony 和諧；balanced 平衡的；devote 奉獻；peace 和平；world peace 世界和平；dove 鴿子；reconciliation 和解
「法院」相關字	judge 法官；jury 陪審團；witness 證人；suspect 嫌犯；defendant 被告；bail 保釋；lawsuit 訴訟；hearing 公聽會
「人體缺陷」相關字	physical defect 身體缺陷；deformity 畸形；midget 侏儒；hypoplasia（器官等）發育不全；amputee 被截肢者

察覺、看穿

1 detect 動 察覺；看穿
2 pierce 動 刺穿；穿入
3 penetrate 動 穿透；看穿
4 perforate 動 穿孔於；打洞
5 pry 動 打聽；窺探 名 窺探；愛打聽者

1 detect [dɪˋtɛkt] 動 察覺；看穿；查出

MP3 291

💬 **三態變化** detect → detected → detected

例句 Dolphins can produce sound waves that cannot be detected with human ears.
海豚可以發出人耳無法察覺的聲波。

本是同根生 相同字根的延伸單字

detective 名 偵探 形 偵探的　　**detection** 名 探知；發現
detector 名 發現者；探測器　　**detectable** 形 可看穿的

這樣用動詞 使用率破表的相關片語

📖 **detect (sth.) in** 在…當中察覺到（某事）
I **detect** a bit of sarcasm **in** her comments.
我在她的評論中感受到一絲嘲諷。

② pierce [pɪrs] 動 刺穿；穿入　同義 puncture

🗨 三態變化 pierce → pierced → pierced

例句▶ Tina's thumb **was pierced through** by a nail.
蒂娜的拇指被釘子刺破了。　 pierce through 突破；穿過

本是同根生 ←相同字根的延伸單字

piercer 名 刺穿者；鑽孔器　　　　**piercing** 形 銳利的；刺骨的
piercingly 副 刺透地；敏銳地

這樣用動詞 ←使用率破表的相關片語

👍 **a piercing look** 犀利的眼神
My teacher gave me **a piercing look**.
我的老師用犀利的眼神看著我。

👍 **piercing question** 直指要害的問題
The officer was asked lots of **piercing questions** by the legislator.
這位官員被立法委員問到許多尖銳的問題。

👍 **pierce sb. to the core** 深深打動某人
The funeral scene of the film **pierced** Judy **to the core**.
電影中的喪禮情景深深打動了茱蒂。

③ penetrate [ˋpɛnəˌtret] 動 穿透；看穿；滲透

🗨 三態變化 penetrate → penetrated → penetrated

例句▶ The rain **penetrated through** my clothes to my skin.
我被雨水淋得全身都濕透了。　 penetrate into/through 貫穿；穿透；滲入

本是同根生 ←相同字根的延伸單字

penetrability 名 穿透性　　　　**penetration** 名 滲透；洞察力
penetrating 形 有穿透力的　　　**penetrative** 形 敏銳的

這樣用動詞 ←使用率破表的相關片語

👍 **be penetrated with discontent** 深為不滿

The boss **is penetrated with discontent** over Edward's carelessness.
老闆對艾德華的粗心極為不滿。

🍎**peaceful penetration** 和平滲透
The authority believes that international marriage is a kind of **peaceful penetration**.
那位專家認為異國婚姻是一種和平滲透的方式。

4 **perforate** [`pɝfə͵ret] 動 穿孔於；打洞 MP3 294

💬 **三態變化** perforate → perforated → perforated

例句▶ His liver was perforated in the car accident.
他的肝臟在這場車禍中被刺穿了。

本是同根生 ─ 相同字根的延伸單字

perforation 名 穿孔；貫穿   **perforator** 名 剪票鋏
perforated 形 穿孔的   **perforative** 形 貫穿的

5 **pry** [praɪ] 動 打聽；窺探 名 窺探；愛打聽者 MP3 295

💬 **三態變化** pry → pried → pried

例句▶ If you ask too many private questions, people would think that you are prying.
如果你問太多私人的問題，人們通常都會認為你在打聽隱私。

本是同根生 ─ 相同字根的延伸單字

pryer 名 窺探者；追根究底的人   **prying** 形 愛打聽的

這樣用動詞 ─ 使用率破表的相關片語

🍎**pry into** 打聽；探聽（別人的私事）
I don't like my neighbor to **pry into** my private life.
我不喜歡鄰居打聽我的私事。

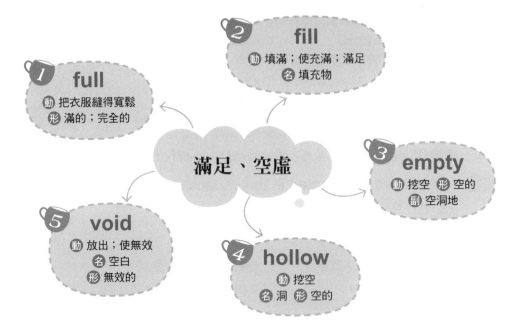

① **full** [fʊl] 動 把衣服縫得寬鬆 形 滿的；完全的 MP3 296

💬 三態變化 full → fulled → fulled

例句 The hotel is **full up** – there are no vacancies.
那間飯店客滿了，空房已一間不剩。 full up 全滿的；吃飽的

本是同根生 相同字根的延伸單字

fullness 名 充滿；完全；豐滿 **fully** 副 完全地；徹底地

這樣用動詞 使用率破表的相關片語

📖 **be full of** 充滿…的
My room **is full of** the fragrance of flowers.
我的房間充滿了花的香味。

📖 **in full** 全部地

· 194 ·

The owner insists that the expense be paid **in full**.
物主堅持這筆費用必須一次付清。

🍎 **come to a full stop** 完全停止
It looks like the argument between the two men **has come to a full stop**.
看來這兩個男人間的爭吵已經完全結束了。

🍎 **to the full** 充份地；完全地
To understand the movie **to the full**, you must read the book.
如果你想要完全理解這部電影，就要先讀完這本書。

2 **fill** [fɪl] 動 填滿；使充滿；滿足 名 填充物   MP3 297

🗨 **三態變化 fill → filled → filled**

例句▶ Our garage **is filled with** cartons and car supplies.
我們的倉庫塞滿了紙箱和車用品。 be filled with 充滿…

本是同根生—相同字根的延伸單字
filling 名 餡料；填充物   **gold-filled** 形 包金的

這樣用動詞—使用率破表的相關片語

🍎 **fill sb. in** 向某人提供（額外或漏聽的資訊）
I'll **fill** you **in** later after finishing the meeting.
會議結束後，我會告訴你最新消息的。

🍎 **fill in/out** 填寫
If you **fill in** the questionnaire, we'll send you some samples of our latest product.
如果您填寫這張問券，我們將會寄給您最新產品的試用品。

3 **empty** [`ɛmptɪ] 動 挖空 形 空的 副 空洞地   MP3 298

🗨 **三態變化 empty → emptied → emptied**

例句▶ She emptied her mind and tried to fall asleep at midnight.

Part 1

Part 2

Part 3

Part 4

深夜時，她淨空心思並試著入睡。

emptiness 名 空虛；空曠　　　　**emptying** 名 倒空

emptysis 名 【醫】咳血　　　　**emptily** 副 空虛地；空空地

be empty of 缺乏

Those words she said **are empty of** meaning.

她說的話毫無意義。

feel empty 感到空虛

After crying all day, I **felt empty** inside.

在哭了一整天之後，我的內心感到很空虛。

4 hollow [ˋhɑlo] 動 挖空 名 洞；坑 形 空的　MP3 299

三態變化 hollow → hollowed → hollowed

例句 ▶ I **hollowed out** a nest in the tree trunk.

我在樹幹挖了一個巢。　hollow out 挖出；挖空

hollowness 名 空虛　　　　**hollowware** 名 凹形器皿

hollowly 副 空心地；凹陷地

beat (sb.) hollow 徹底擊敗（某人）

If she hadn't been sick, she would **have beaten** him **hollow**.

如果她沒有生病，就一定能徹底打敗他。

ring/sound hollow 不切實際；聽起來不真實

The dialogue in the movie **rings hollow** because no one talks like that in real life.

那部電影裡的對話聽起來很不自然，因為真實生活中沒有人會這樣說話。

5 void [vɔɪd] 動 放出；使無效 名 空白 形 無效的 MP3 300

三態變化 void → voided → voided

例句 After the metting, the board has decided to void the contract.
會議過後，董事會決議將合約作廢。

本是同根生 — 相同字根的延伸單字

voider 名 放棄；取消者　　　　**voidance** 名 宣告無效；廢除
voidable 形 可使無效的　　　　**voided** 形 有空間的

這樣用動詞 — 使用率破表的相關片語

null and void 無法律效力的
The lawyer declared their marriage **null and void**.
律師宣告他們的婚姻無效。

feel a void in one's life 感到生活空虛
Henry **felt a void in his life** after he got divorced.
亨利離婚之後，感到生活很空虛。

單字力 UP！還能聯想到這些

「孔洞」相關字	hole 洞；cave 洞穴；cavern 巨大的山洞；cavity 凹洞；cavitas 空洞；opening 穴；tunnel 隧道；cavum 腔
「數量多」相關字	abundant 大量的；enough 充足的；sufficient 充足的；ample 充足的；plentiful 豐富的；exuberant 豐富的；brimming 盈滿的；rich 豐饒的
「水」相關字	liquid 液體；fluid 流體；watery 含水的；flowing 流動的；drench 滂沱大雨；tempest 暴風雨；blizzard 暴風雪

內心想法形成：包含與構成

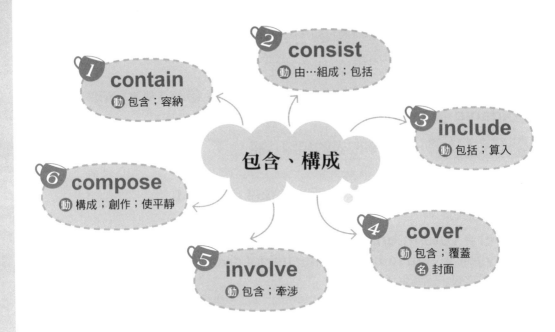

2 **consist** 動 由⋯組成；包括

1 **contain** 動 包含；容納

3 **include** 動 包括；算入

6 **compose** 動 構成；創作；使平靜

包含、構成

4 **cover** 動 包含；覆蓋 名 封面

5 **involve** 動 包含；牽涉

---

1 contain [kən`ten] 動 包含；容納；控制

MP3 301

💬 **三態變化** contain → contained → contained

例句▶ You should avoid food that contains a lot of fat and sugar.
你應該要盡量避免吃含有很多脂肪和糖的食物才對。

本是同根生 →相同字根的延伸單字

containment 名 圍堵；抑制　　**container** 名 容器；貨櫃
contained 形 從容的；被控制的　　**containerize** 動 裝入貨櫃

---

2 consist [kən`sɪst] 動 由⋯組成；包括

MP3 302

💬 **三態變化** consist → consisted → consisted

例句▶ I taught my nephew that a year **consists of** twelve months.
我教外甥，一年是由十二個月所組成的。　consist of 由…組成

本是同根生──相同字根的延伸單字

consistency 名 一致性；符合　　　**consistent** 形 一致的
consistently 副 始終如一地

這樣用動詞──使用率破表的相關片語

consist in 存在於
The beauty of this town **consists in** the warmth of the people.
這個小鎮的美就在於居民的人情味。

consist with 與…相符
What she said did not **consist with** the facts.
她說的與事實不符。

3 **include** [ɪnˋklud] 動 包括；算入 **同義** enclose **MP3 303**

三態變化 include → included → included

例句▶ The tour includes a visit to the Science Museum.
這次遊覽包括參觀科學博物館。

本是同根生──相同字根的延伸單字

included 形 被包括的　　　　　**inclusive** 形 包含的
inclusively 副 包含地　　　　　**including** 介 包括

4 **cover** [ˋkʌvɚ] 動 包含；覆蓋；掩護 名 封面 **MP3 304**

三態變化 cover → covered → covered

例句▶ The brochure covers all the information you need while touring the city.
這本小冊子包含了遊覽這個城市所需要的全部資訊。

相同字根的延伸單字

coverage 名 覆蓋範圍；新聞報導　　**covering** 形 做掩護的

covered 形 掩藏著的；有蓋的

這樣用動詞 使用率破表的相關片語

📖**cover up** 掩蓋

Her behavior just **covers up** for her nervousness.

她的行為只是在掩蓋她的緊張。

📖**cover oneself behind** 躲在…後面

The thief got nervous and **covered himself behind** a tree.

小偷感到緊張，便躲到了樹後面。

5 **involve** [ɪn`vɑlv] 動 包含；牽涉；使專注　MP3 305

🗨 三態變化 involve → involved → involved

例句 I can't believe that such a good kid **was involved in** the theft.

我不敢相信這麼乖的孩子竟會捲入偷竊事件。　be involved in 捲入

本是同根生 相同字根的延伸單字

involvement 名 連累；參與　　**involved** 形 有關的

6 **compose** [kəm`poz] 動 構成；創作；使平靜　MP3 306

🗨 三態變化 compose → composed → composed

例句 The team **is composed of** five boys and five girls.

這個隊伍是由五男五女所組成的。　be composed of 組成

本是同根生 相同字根的延伸單字

composition 名 著作；作曲　　**composer** 名 作曲家；作家

composite 名 合成物　　**compositional** 形 創作的

composed 形 沉著的　　**composedly** 副 鎮定地

發芽、培育

1 **germinate** 動 發芽；形成

2 **develop** 動 發展；生長

3 **support** 動 扶養；支持 / 名 支柱；贊成

4 **nourish** 動 滋養；支持

5 **foster** 動 領養；養育

---

1 germinate [`dʒɝmə,net] 動 發芽；形成；產生 MP3 307

三態變化 germinate → germinated → germinated

例句▶ The seeds germinate if the temperature is warm enough.
溫度夠高時，種子便會發芽。

本是同根生 →(相同字根的延伸單字)

germination 名 萌芽；發展　　　　**germinator** 名 使發芽的人或物
germinative 形 發芽的

---

2 develop [dɪ`vɛləp] 動 發展；生長；進步 MP3 308

三態變化 develop → developed → developed

例句▶ We should develop stable foreign relations with neighboring countries.
我們應該與鄰近國家締結穩定的外交關係。

本是同根生 ─ 相同字根的延伸單字

development 名 發展；進化　　**developing** 形 發展中的
developed 形 已發展的；已開發的

這樣用動詞 ─ 使用率破表的相關片語

👆**develop into** 發展成為
The small town has **developed into** a big city now.
這小鎮現在已發展成為大都市。

👆**develop by leaps and bounds** 發展極其迅速；突飛猛進
The city has been **developed by leaps and bounds** these years.
近幾年來，這座城市發展得極其迅速。

---

3 **support** [sə`port] 動 扶養；支持 名 支柱；贊成 ^{MP3} 309

💬 三態變化 support → supported → supported

例句▶ The government supported the unions in their demand for the minimum wage.
政府支持這些工會組織提出的最低工資要求。

本是同根生 ─ 相同字根的延伸單字

supporter 名 扶養者；支持者　　**supportable** 形 可扶養的
supportive 形 支援的　　　　　**supportably** 副 能扶育的

這樣用動詞 ─ 使用率破表的相關片語

👆**be for (sb./sth.)** 支持（某人／事／物）
Every one of the employees **is for** the CEO.
所有的員工都站在總裁這一邊。

4 nourish [`nɜɪʃ] 動 滋養；支持；懷抱（希望等） MP3 310

三態變化 nourish → nourished → nourished

例句 Alice has nourished the hope of becoming a singer since she was little.
愛麗絲從小時候開始，就夢想成為一位歌手。

本是同根生—**相同字根的延伸單字**

nourishment 名 營養品　　　　**nourishing** 形 有營養的

5 foster [`fɔstɚ] 動 領養；養育；培養 MP3 311

三態變化 foster → fostered → fostered

例句 She fosters her interest in music by going to concerts.
她以多聽演奏會來培養對音樂的興趣。

本是同根生—**相同字根的延伸單字**

fosterer 名 養父；養母　　　　**fosterling** 名 養子；養女
fosterage 名 助長；養育

單字力 UP！還能聯想到這些

「種子」相關字	seed 種子；seed coat 種皮；embryo 胚；ovule 胚珠；endosperm 胚乳；pippy 多種子的；gymnosperms 裸子植物
「園藝工具」相關字	axe 斧頭；sickle 鐮刀；pitchfork 乾草叉；spade 鏟；scythe 長柄大鐮刀；shovel 鐵鍬；trowel 小鏟子；hoe 鋤頭；fork 耙；rake 草耙

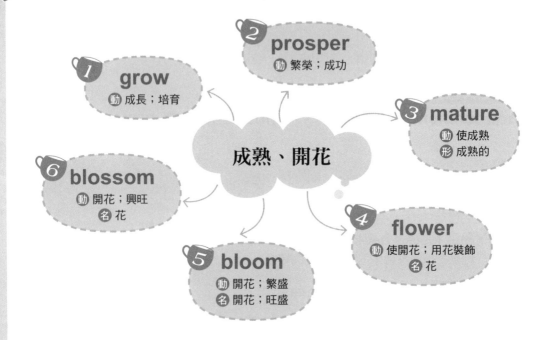

2 prosper 動 繁榮；成功

1 grow 動 成長；培育

3 mature 動 使成熟 形 成熟的

成熟、開花

6 blossom 動 開花；興旺 名 花

5 bloom 動 開花；繁盛 名 開花；旺盛

4 flower 動 使開花；用花裝飾 名 花

---

1 grow [gro] 動 成長；培育；種植 同義 evolve

MP3 312

🗨 **三態變化** grow → grew → grown

例句 ▶ My son wants to be a scientist when he **grows up**.
我兒子長大後想當一位科學家。 grow up 成長；逐漸形成

本是同根生 ┤相同字根的延伸單字

growth 名 生長；種植 　　　　**grower** 名 栽培者；生長物
grownup 名 成年人 　　　　　　**grown** 形 成熟的；長大了的

這樣用動詞 ┤使用率破表的相關片語

🍎**grow out of** 因長大而丟棄；產生於
Lucy **grew out of** the bad habit of biting her fingernails.
露西長大後就沒有咬手指甲的壞習慣了。

2 prosper [`prɑspə] 動 繁榮；成功；使昌盛 MP3 313

三態變化 prosper → prospered → prospered

例句 With the advent of the new chairman, the company began to prosper.
隨著新主席的到來，公司也開始興旺起來了。

本是同根生—相同字根的延伸單字

prosperity 名 繁榮；興旺　　　　**prosperous** 形 繁榮的
prosperously 副 繁榮地

這樣用動詞—使用率破表的相關片語

live in prosperity 過富足的生活
We must be temperate while **living in prosperity**.
在過富足生活的同時，我們必須懂得節制。

3 mature [mə`tjur] 動 使成熟；到期 形 成熟的 MP3 314

三態變化 mature → matured → matured

例句 Wine and judgment mature with age.
酒陳味香，人老識深。

本是同根生—相同字根的延伸單字

maturity 名 成熟；完善　　　　**maturation** 名 成熟
maturative 形 有助成熟的　　　　**maturely** 副 成熟地

4 flower [`flauə] 動 使開花；用花裝飾 名 花 MP3 315

三態變化 flower → flowered → flowered

例句 This tree will flower every other year.
這棵樹每兩年會開花一次。

Part 1
Part 2
Part 3
Part 4

flowerage 名 開花；（總稱）花類　　**flowery** 形 用花裝飾的
flowered 形 開花的；多花的　　**flowerless** 形 無花的

5　bloom [blum] 動 開花；繁盛　名 開花；旺盛　　MP3 316

三態變化 bloom → bloomed → bloomed

例句 ▶ Cherry blossoms bloom in early spring.
櫻花會於早春時盛開。

本是同根生 → 相同字根的延伸單字

blooming 形 開著花的；興旺的　　**bloomy** 形 盛開的

這樣用動詞 → 使用率破表的相關片語

👍 **in the bloom of** 在…的最佳時期
Tommy is **in the bloom of** youth.
湯米現在正值青春時期。

6　blossom [`blasəm] 動 開花；興旺　名 花　　MP3 317

三態變化 blossom → blossomed → blossomed

例句 ▶ After several failures, my wish of becoming a writer is **blossoming out**.
歷經了幾次失敗後，成為作家的夢想便開始在我內心萌芽。
blossom out 開花；成長

本是同根生 → 相同字根的延伸單字

blossomy 形 花盛開的

這樣用動詞 → 使用率破表的相關片語

👍 **in blossom** 盛開
All kinds of flowers in my garden are **in** full **blossom**.
我花園裡的花都正盛開著。

2 influence
動 影響
名 影響；權勢

1 affect
動 影響；使感動

3 pulsate
動 悸動；脈動

影響、感動

5 touch
動 感動；觸摸
名 觸覺；接觸

4 impress
動 留下印象；使感動

1 **affect** [əˋfɛkt] 動 影響；使感動；感染

MP3
318

💬 三態變化 affect → affected → affected

例句▶ Weather and climate both affect the growing speed of all plants.
天氣和氣候都會影響植物的成長速度。

本是同根生 ─（相同字根的延伸單字）

affection 名 影響；感情　　　　**affectation** 名 做作；假裝
affective 形 由感情引起的　　　**affecting** 形 感人的

這樣用動詞 ─（使用率破表的相關片語）

🗂 **keep one's affection for** 保持對⋯的愛
How did you **keep your affection for** your boyfriend while you were

studying abroad?

當你在國外念書的時候，是如何維持對男朋友的愛呢？

🍎 **transfer one's affections to sb.** 移情於某人

The bad news is that her boyfriend has already **transferred his affections to** another girl.

壞消息就是，她的男朋友已經移情別戀了。

🍎 **without affectation** 不加虛飾的

I like my new friend because she is sincere and quite **without affectation.**

我喜歡我的新朋友，因為她為人誠懇，也毫不做作。

2 influence [`ɪnfluəns] 動 影響 名 影響；權勢

MP3 319

💬 三態變化 influence → influenced → influenced

例句 ▶ You shouldn't be influenced by anyone before making important decisions.

在做重要決定時，你不應該被任何人影響。

本是同根生 ← 相同字根的延伸單字

influential 形 有影響的；有權勢的

這樣用動詞 ← 使用率破表的相關片語

🍎 **have an influence on** 對⋯有影響

Global warming definitely **has an influence on** the changing climate.

全球暖化必定會影響氣候變化。

🍎 **expand one's influence** 擴張某人的勢力

Mr. Edison tried to **expand his influence** in this small town by buying lots of houses here.

埃迪生先生想要藉由購買很多房子，來擴張他在這個小鎮的勢力。

🍎 **lessen the influence of** 削弱⋯的影響、勢力

It is said that walking may **lessen the influence of** genes on obesity.

聽說健走會減低肥胖基因所帶來的影響。

3 **pulsate** [`pʌl,set] 動 悸動;脈動

MP3 320

三態變化 pulsate → pulsated → pulsated

例句 Jessica's heart rapidly pulsated as her crush stared at her.
當暗戀對象看著潔西卡時,她的心臟總是跳動地很快。

本是同根生 相同字根的延伸單字

pulse 名 脈搏;心態　　　　　**pulsation** 名 脈動;悸動
pulsimeter 名 脈搏計　　　　**pulsatile** 形 悸動的

4 **impress** [ɪm`prɛs] 動 留下印象;使感動

MP3 321

三態變化 impress → impressed → impressed

例句 The applicant tried very hard to impress the interviewers.
那位應徵者努力想留給面試官深刻的印象。

本是同根生 相同字根的延伸單字

impression 名 印象;壓印　　　**impressionist** 名 印象派藝術家
impressible 形 易感動的　　　**impressive** 形 感人的

5 **touch** [tʌtʃ] 動 感動;觸摸 動 觸覺;接觸

MP3 322

三態變化 touch → touched → touched

例句 The viwers were all touched by the movie.
所有觀眾都被這部電影感動了。

本是同根生 相同字根的延伸單字

touching 形 令人同情的;動人的　　**touchy** 形 易怒的;敏感的
touchable 形 可觸的　　　　　　**touchingly** 副 動人地

這樣用動詞 使用率破表的相關片語

get in touch with 與…聯繫

I attempted to **get in touch with** an old friend on Facebook.
我試圖用臉書聯繫一位老朋友。

🍎**touch up on sth.** 稍加修潤（某事）；修改（某事）
Larry needs to **touch up on** his skills if he wants to succeed.
如果賴瑞想成功的話，他就必須使自己的技術更上一層樓。

🍎**put the touch on** （口）想向…借錢
Maria **put the touch on** me, but I told her to forget about it.
瑪麗亞想要向我借錢，但是我告訴她不用想了。

🍎**true as touch** 的確；一點都沒錯
It is **true as touch** a very good book, and I enjoy reading it every time.
那的確是一本好書，我每次翻閱時都很喜愛。

單字力 UP！還能聯想到這些

「內心」相關字	mind 內心；spirit 精神；consciousness 意識；intellect 智力；psychology 心理學；inner peace 內在的安寧
「心臟」相關字	heartbeat 心跳；atrium 心房；ventricle 心室；valve 瓣膜；heart attack 心臟病；palpitation 心悸；angina 心絞痛；cardiology 心臟內科；cardiovascular 心臟血管科
「感染」相關字	virus 病毒、bacteria 細菌；infection 感染；wound 傷口；inflammation 發炎；parasites 寄生蟲；pathogen 病原體
「療癒」相關字	cure 治癒；treatment 治療；heal 醫治；medicine 藥物；meditation 冥想；recover 復原；psychiatrist 心理醫師；counselor 諮商師；therapist 治療師

Part
1

Part
2

Part
3

Part
4

平靜、緩和

2 soothe
動 使平靜；緩和

1 calm
動 使平靜
形 平靜的

3 console
動 安慰；撫慰

7 tranquilize
動 使鎮定；鎮定

4 conciliate
動 安撫；調解

6 mollify
動 緩和；使安靜

5 pacify
動 使平靜；撫慰

1 **calm** [kɑm] 動 使平靜；鎮靜下來 形 平靜的 MP3 323

三態變化 calm → calmed → calmed

例句 We will discuss what you are going to do after you **calm** yourself **down**.
等你冷靜下來之後，我們再來討論你之後需要做什麼。
calm down 鎮定下來；平靜下來

本是同根生 相同字根的延伸單字

calmness 名 平靜；鎮靜　　　**calmative** 名 鎮靜劑 形 鎮靜的
calmly 副 平靜地；冷靜地

這樣用動詞 使用率破表的相關片語

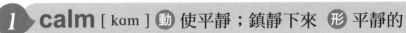 **break the calm (of sth.)** 打破平靜

Their fight **broke the calm of** the college campus.
他們的爭吵打破了校園的平靜。

dead calm 死一般的寂靜
The sea was **dead calm** – there was nothing moving at all.
海上一片死寂，全無動靜。

eye sb. with frosty calm 冷若冰霜地打量某人
My father **eyed** me **with frosty calm** and said nothing.
我父親冷若冰霜地打量著我，一句話也沒有說。

an uneasy calm 令人不安的平靜
There was **an uneasy calm** on the sea, as if a storm was coming.
海上一片令人不安的平靜，彷彿是暴風雨的前兆。

2 soothe [suð] 動 使平靜；緩和；撫慰

MP3 324

三態變化 soothe → soothed → soothed

例句 ▶ She took an aspirin to soothe her heahche.
她吃了一顆阿斯匹靈來緩解頭痛。

本是同根生 → 相同字根的延伸單字

soothing 形 撫慰的；鎮靜的　　　**soothfast** 形 真實的
soothingly 副 撫慰地

這樣用動詞 → 使用率破表的相關片語

soothe down 平靜下來
It's not easy to **soothe down** a crying kid.
要讓一個哭鬧的小孩安靜下來是不容易的。

soothe with 用…安撫
I found it easy to **soothe** my younger brother **with** sweets.
我發現用糖果就能輕鬆安撫我弟弟。

3 console [kən`sol] 動 安慰；撫慰；慰問
MP3 325

三態變化 console → consoled → consoled

例句 ▶ The doctor consoled the patient with soft words.
醫生用溫柔的話語安慰病人。

本是同根生 · 相同字根的延伸單字

consolation 名 安慰；慰藉　　　**consolable** 形 可告慰的
consolatory 形 慰藉的　　　**consoling** 形 可安慰的

這樣用動詞 · 使用率破表的相關片語

✍ **console sb. for/on a loss** 對某人遭受的損失給予安慰
My father **consoled** me **for my loss** and took me to travel overseas.
我父親帶我出國旅遊，以安慰我的損失。

✍ **console oneself with** 以…自我安慰
Although you failed, you can **console yourself with** the thought that you tried.
雖然你失敗了，但至少可以安慰自己說你已經試過了。

4 conciliate [kən`sɪlɪˌet] 動 安撫；調解；使和好
MP3 326

三態變化 conciliate → conciliated → conciliated

例句 ▶ You may **conciliate** an angry kid **with** a piece of candy.
你可以用糖果來撫慰發脾氣的小孩。　　conciliate with 用…調解或撫慰

本是同根生 · 相同字根的延伸單字

conciliation 名 安撫；調解　　　**conciliator** 名 調解人
conciliatory 形 安撫的；調和的

5 pacify [`pæsəˌfaɪ] 動 使平靜；撫慰；使講和
MP3 327

三態變化 pacify → pacified → pacified

例句▶ The police tried to pacify the outrageous crowd.
警方試圖安撫憤怒民眾的情緒。

本是同根生 ─►相同字根的延伸單字

pacifist 名 和平主義者　　　　**pacifism** 名 和平主義
pacificator 名 調解人；仲裁者　　**pacification** 名 講和
pacifiable 形 可安撫的　　　　**pacificatory** 形 安撫的
pacific 形 愛好和平的；和解的　**pacifically** 副 和平地

---

6 mollify [`mɑlə,faɪ] 動 緩和；減輕；使安靜　MP3 328

💬 三態變化 mollify → mollified → mollified

例句▶ After the quarral, he tried to mollify her with an apology.
吵架之後，他試著以道歉的方式來安撫她。

本是同根生 ─►相同字根的延伸單字

mollification 名 減輕；撫慰　　**mollifier** 名 安慰者；緩和劑
mollifying 形 使緩和的

---

7 tranquilize [`træŋkwɪ,laɪz] 動 使鎮定；鎮定　MP3 329

💬 三態變化 tranquilize → tranquilized → tranquilized

例句▶ He tranquilized the baby by rocking the cradle.
他搖著搖籃，安撫了小寶寶。

本是同根生 ─►相同字根的延伸單字

tranquilizer 名 鎮定劑　　　　**tranquility** 名 穩定；安寧
tranquilness 名 安靜　　　　　**tranquil** 形 平穩的
tranquilly 副 平靜地

Unit 26 心中的一把尺：仲裁與裁判

2 **arbitrate**
動 仲裁；調停

1 **umpire**
動 仲裁；任裁判
名 仲裁人

3 **referee**
動 任裁判；鑑定
名 裁判

仲裁、判定

5 **meddle**
動 干涉；管閒事

4 **mediate**
動 調停解決；傳達；調解

1 **umpire** [`ʌmpaɪr] 動 仲裁；擔任裁判 名 仲裁人
MP3 330

三態變化 umpire → umpired → umpired

例句 I tried to umpire a dispute in the last meeting.
上個會議當中，我試著仲裁一場爭執。

本是同根生 相同字根的延伸單字

umpireship 名 裁判之職權　　　**umpirage** 名 裁決；公斷

這樣用動詞 使用率破表的相關片語

act as (an) umpire 擔任仲裁者
My mom wanted me to **act as an umpire** in the dispute with my two sisters.
我母親要我充當仲裁人，解決我兩個妹妹之間的爭端。

2 arbitrate [`ɑrbə,tret] 動 仲裁；調停；公斷

三態變化 arbitrate → arbitrated → arbitrated

例句 He was asked to arbitrate the dispute between the management and the union.
他被請去幫資方和工會之間的爭端進行仲裁。

本是同根生 相同字根的延伸單字

arbitration 名 仲裁；公斷   **arbitrary** 形 武斷的
arbitrational 形 仲裁的   **arbitrable** 形 可調停的

這樣用動詞 使用率破表的相關片語

resort to arbitration 訴諸仲裁
The case should **resort to arbitration** since it is not negotiable.
由於這個案件無法成功協商，所以只能訴諸仲裁。

a binding arbitration 有約束力的裁決
Including **a binding arbitration** clause in a contract is very important.
將有約束力的仲裁條款寫入合約中是很重要的。

3 referee [,rɛfə`ri] 動 擔任裁判；鑑定 名 裁判

三態變化 referee → refereed → refereed

例句 A retired basketball player was hired to referee the match.
一位退休的籃球選手被僱來擔任比賽裁判。

本是同根生 相同字根的延伸單字

reference 名 提及；參考文獻   **referendum** 名 公民投票
referential 形 指示的   **referable** 形 可參考的

這樣用動詞 使用率破表的相關片語

make reference to 提及
You should **make reference to** your plan in your proposal.
你應該在提案當中提及你的計畫。

👍**give references** 註明（引用資料的）出處
The author should **give references** at the end of the article.
這名作者應該在文章最後註明文獻出處。

👍**have no reference to** 與…無關
We all agree that this argument **has no reference to** the theme.
我們全都同意，這場爭論與主題無關。

4 **mediate** [`midɪ‚et] 動 調停解決；傳達；調解 MP3 333

💬 **三態變化** mediate → mediated → mediated

例句▶ The expert negotiator was trying to mediate an end to the war.
那位談判專家試著促成戰爭結束。

本是同根生 → 相同字根的延伸單字

mediation 名 調停；斡旋　　**mediator** 名 調停者
mediative 形 調停的　　**mediately** 副 居中；間接地

5 **meddle** [`mɛdl̩] 動 干涉；管閒事 MP3 334

💬 **三態變化** meddle → meddled → meddled

例句▶ **Meddling in** others' business often gets you in trouble.
干預別人的事有時候會讓你惹上麻煩。　meddle in 干涉

本是同根生 → 相同字根的延伸單字

meddler 名 愛管閒事者　　**meddling** 名 干預；干涉
meddlesome 形 愛管閒事的

這樣用動詞 → 使用率破表的相關片語

👍**meddle in everything** 插手所有事
My neighbor, Mr. Wang, likes to **meddle in everything**.
我的鄰居王先生什麼事情都要管。

② **forecast**
動 預測；預言
名 預測

① **predict**
動 預言；預報

③ **prophesy**
動 預言；預告；傳教

預言、預測

⑤ **prognosticate**
動 預測

④ **adumbrate**
動 預示；畫輪廓

① **predict** [prɪ`dɪkt] 動 預言；預報 同義 foretell　MP3 335

💬 **三態變化** predict → predicted → predicted

例句▶ Timely snow predicts a bumper harvest.
瑞雪兆豐年。

本是同根生→相同字根的延伸單字

prediction 名 預言；預報　　　**predictor** 名 預言者
predictable 形 可預言的　　　**predictably** 副 可預見地

這樣用動詞→使用率破表的相關片語

📖**a daring prediction** 大膽的預測
It's **a daring prediction** to say that he will win the game.
說他會贏得那場比賽，是個大膽的預測。

🍎 **make prediction about** 對…做出預測
The meteorologist **made predictions about** when the typhoon would strike the island.
氣象學者針對颱風登陸的時間做了預測。

🍎 **predict one's future** 預測某人的未來
It is hard to **predict a person's future** at first sight.
要在第一眼見到他人時就預測出對方的未來是很難的。

🍎 **a stock price prediction** 股價預測
Making **a stock price prediction** is difficult for many investors.
預測股價對許多投資客來說是困難的。

2 **forecast** [`for,kæst] 動 預測；預言 名 預測 MP3 336

💬 三態變化 forecast → forecast(ed) → forecast(ed)

例句▷ The professor forecasted that half of the class will fail because of their low attendance records.
教授預測，半數的學生將會因為出席率過低而被當掉。

本是同根生 ─ 相同字根的延伸單字

forecaster 名 預測者　　　**forecasting** 名 預測方法

這樣用動詞 ─ 使用率破表的相關片語

🍎 **weather forecast** 天氣預報
The **weather forecast** tells us that tomorrow will be cloudy.
天氣預報說，明天會是多雲的天氣。

3 **prophesy** [`prɑfə,saɪ] 動 預言；預告；傳教 MP3 337

💬 三態變化 prophesy → prophesied → prophesied

例句▷ Some people believe that modern events were prophesied in ancient times.
有些人相信，古代就預言了現代會發生的所有事情。

prophecy 名 預言；預言能力　　　　**prophet** 名 先知
prophetical 形 預言性質的　　　　　**prophetically** 副 預兆地

這樣用動詞 ► 使用率破表的相關片語

🍎**a self-fulfilling prophecy** 自我應驗的預言
After thinking negatively for weeks, her failure became **a self-fulfilling prophecy**.
歷經數週的負面思考後，她的失敗成了自我應驗的預言。

🍎**beyond prophecy** 無法預言的
Sometimes I'd rather believe that everyone's life is **beyond prophecy**.
有時候我寧可相信每個人的命運都是無法預言的。

🍎**a prophetic sign of good/evil** 吉／凶兆
Sarah took the black cat as **a prophetic sign of evil**.
莎拉視黑貓為凶兆。

4 **adumbrate** [`ædʌm.bret] 動 預示；畫輪廓　　🔊MP3 338

💬 **三態變化** adumbrate → adumbrated → adumbrated

例句 ► The social unrest adumbrated the longterm strike.
　　　 社會不滿的現象預示了此次的長期罷工。

本是同根生 ► 相同字根的延伸單字

adumbration 名 預示；輪廓　　　**adumbrant** 形 預示的
adumbrative 形 預示的

這樣用動詞 ► 使用率破表的相關片語

🍎**the adumbration of** …的光景
The report gave **the adumbration of** future developments.
那份報告顯示出未來發展的光景。

5 prognosticate [prɑɡˋnɑstɪˏket] 動 預測

MP3 339

🗣 **三態變化** prognosticate → prognosticated → prognosticated

例句 There is nothing on the internet that can prognosticate perfectly.
人們無法用網路來預測任何事情。

本是同根生 → 相同字根的延伸單字

prognosis 名 預知;【醫】預後　　**prognostication** 名 前兆
prognostic 形 預兆的　　**prognose** 動 【醫】預測

Part 1　Part 2　Part 3　Part 4

✏ 單字力 UP！還能聯想到這些

「命運」相關字	destiny 天命;fate 命運;kismet 命運;providence 天佑;prophet 先知;doom 命定(失敗);karma 因果報應;doomsday 世界末日 chance 機運;luck 運氣
「算命」相關字	astrology 占星術;horoscope 星象算命;numerology 八字;tarot card 塔羅牌;psychic 靈媒;fortune teller 算命師;superstition 迷信;palm reading 手相;physiognomy 面相;constellation 星座;blood type 血型;birthday stone 誕生石;palm prints 掌紋
「決定」相關字	choice 抉擇;goal 目標;purpose 目的;intention 意向;persistence 堅持;firm 堅定的;destination 目的地;steady 堅定的;flabby 軟弱的;aim 目標
「能力」相關字	ability 能力;aptitude 才能;capability 能力;talent 才能;capacity 能力;competence 能力;intelligence 理解力;skill 技術;strength 長處

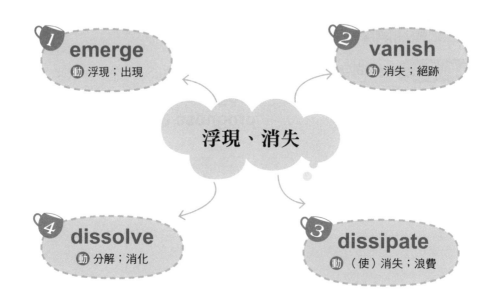

1 emerge
動 浮現；出現

2 vanish
動 消失；絕跡

浮現、消失

4 dissolve
動 分解；消化

3 dissipate
動（使）消失；浪費

---

1 emerge [ɪˋmɝdʒ] 動 浮現；出現 同義 appear
MP3 340

💬 三態變化 emerge → emerged → emerged

例句 The dolphins must regularly **emerge from** the sea to breathe.
海豚必須不斷地從海底浮出海面來呼吸。 emerge from 浮現

本是同根生 →相同字根的延伸單字

emergence 名 出現；露出　　　**emergency** 名 突發事件
emerging 形 新興的　　　　　　**emergent** 形 緊急的

這樣用動詞 →使用率破表的相關片語

📖 **emerge from** 脫離；浮現
The man was the only one who **emerged from** the accident.
那個男人是唯一在這場意外中逃過一劫的人。

👍 **emerge out of** 浮現

The frightened animal slowly **emerged out** of the cave.
那隻受驚的動物自洞穴中緩慢地出現。

👍 **emerge out of the blue** 突然出現

The unexpected money **emerged out of the blue**.
突然出現了一筆意外之財。

👍 **emerge in an endless stream** 層出不窮

Annoying things **have emerged in an endless stream** recently.
最近討人厭的事情層出不窮。

2 vanish [ˋvænɪʃ] 動 消失；絕跡 同義 **perish**
MP3 341

🗩 **三態變化** vanish → vanished → vanished

例句 ▶ Electronic industries had either shrunk or vanished in the face of global competition.
電子工業在全球化競爭之下，不是規模縮小就是消失不見。

本是同根生──相同字根的延伸單字

vanishment 名 消失 　　　**vanished** 形 消亡的

這樣用動詞──使用率破表的相關片語

👍 **vanish away** 消失

The food **vanished away** in no time at all.
食物轉眼間就被吃光了。

👍 **vanish behind** 被…遮住

The sun **vanished behind** the clouds.
雲層遮住了太陽。

👍 **vanish into the blue** 消失得無影無蹤

The money in my purse **vanished into the blue**.
我錢包裡的錢不翼而飛了。

Part 1

Part 2

Part 3

Part 4

3 dissipate [`dɪsə,pet] 動 （使）消失；浪費 MP3 342

💬 三態變化 dissipate → dissipated → dissipated

例句▶ He prayed everyday to dissipate fear haunting in his mind.
他藉由每天禱告，來消除心中盤旋的恐懼。

本是同根生 →相同字根的延伸單字

dissipation 名 浪費；消散　　　**dissipator** 名 放蕩者
dissipative 形 浪費的；分散的　　**dissipated** 形 沈迷酒色的

4 dissolve [dɪˋzɑlv] 動 分解；使融化；消失 MP3 343

💬 三態變化 dissolve → dissolved → dissolved

例句▶ The report says that this iceberg will **dissolve into** water.
報導說這座冰山將全部融化成水。　dissolve into 融化成…

本是同根生 →相同字根的延伸單字

dissolver 名 溶解裝置　　　**dissolvent** 名 溶劑
dissolvable 形 可溶解的　　**dissolving** 形 消溶的

這樣用動詞 →使用率破表的相關片語

👍**dissolve in** 溶解於…
The teacher explained the reason why salt can **dissolve in** water.
老師講解了鹽之所以能溶於水的原因。

Part 3

正向健康態度

與「正面積極」有關的動詞

哪時候可以用這些動詞呢？

想表達出「正面」的意思，或描述人的「積極」態度時。

名 名詞	動 動詞	形 形容詞
副 副詞	介 介係詞	片 片語

動詞有三態——原形、過去式、過去分詞。而規則動詞與不規則動詞的差別，就在於過去式以及過去分詞的變化；「規則動詞」的過去式與過去分詞只要在動詞後面加「-ed」即可，而「不規則動詞」的過去式與過去分詞，因為沒有規則可循，就只能一個一個記起來囉。

Unit 01 培養創造能力：製作與建設

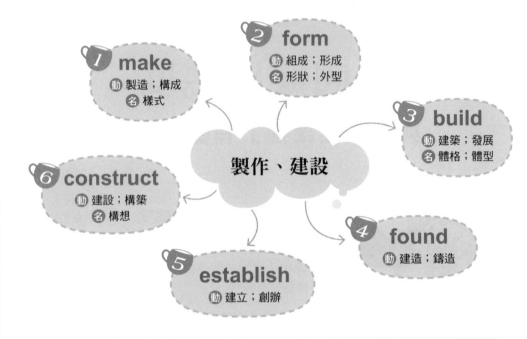

1 make [mek] 動 製造；構成；開始做 名 樣式 (MP3 344)

三態變化 make → made → made

例句▶ The decision made her very popular with the staff.
這項決定使她在員工中很受歡迎。

本是同根生→相同字根的延伸單字

maker 名 製造者

making 名 製造；組合

makeover 名 美容；改觀

makeshift 形 權宜的

這樣用動詞→使用率破表的相關片語

make after 追逐；跟隨
That little girl cried because the dog **made after** her.
那個小女孩會哭，是因為她被一隻狗追著跑。

🍎 **make over** 改造；改製（衣服）；轉讓（財產）
This building has been **made over** into a restaurant.
這棟建築物已經被改造成一間餐廳。

🍎 **make sth. up** 構成；虛構；彌補；和解
I knew you **made that up**. You have to tell me the truth.
我知道那件事情是你虛構的，你必須告訴我實情。

🍎 **make out** 寫出來；開列；聲稱
Please **make out** a list of the groceries.
請把所需要的日常生活用品整理在一張清單上。

2 **form** [fɔrm] 動 組成；形成 名 形狀；外型 MP3 345

🗨 **三態變化** form → fromed → formed

例句▶ This report formed the basis of the hypothesis.
這篇報告奠定了此假設的基礎。

本是同根生 →相同字根的延伸單字

formation 名 形成；結構　　　**format** 名 格式；形式
formal 形 正式的；有條理的　　**formally** 副 正式地

這樣用動詞 →使用率破表的相關片語

🍎 **form up** 排隊；列隊
The teacher asked those kids to **form up** in line.
老師要求那群孩子們排好隊伍。

3 **build** [bɪld] 動 建築；發展 名 體格；體型 MP3 346

🗨 **三態變化** build → buildt → buildt

例句▶ His ambition is to build his own house.
他的雄心是建造一棟屬於自己的房子。

Part 1

Part 2

Part 3

Part 4

builder 名 施工人員；建築商　　　**building** 名 建築；房屋
buildup 名 組織；發展；增強

這樣用動詞 → 使用率破表的相關片語

👆**build up** 建設；建立；發展
It's hard for him to **build up** a sense of confidence.
對他而言，要建立自信心是很困難的一件事。

---

4 **found** [faʊnd] 動 建造；鑄造　同義 institute

💬 三態變化 found → founded → founded

例句▶ The town was founded by English settlers in 1790.
　　　這座城鎮是英國移民於一七九〇年建立的。

本是同根生 → 相同字根的延伸單字

founder 名 創建者；創辦者　　　**foundation** 名 基礎；基金會
founded 形 有基礎的　　　　　　**foundational** 形 基礎的

這樣用動詞 → 使用率破表的相關片語

👆**found (up) on** 建立在…之上；以…為根據
We need to **found** the argument **on** the history.
我們的論點必須以歷史為根據。

---

5 **establish** [ə`stæblɪʃ] 動 建立；創辦

💬 三態變化 establish → established → established

例句▶ The personality of a child is well-established at birth.
　　　一個孩子的個性已在出生時大致確定。

本是同根生 → 相同字根的延伸單字

established 形 已創立的　　　　**establishment** 名 創立

establishmentarian 名 擁護現有權力機構者

【這樣用動詞】→使用率破表的相關片語

👍**establish (oneself) as** 確立（某種地位）；決定當…

That franchiser **established** the brand **as** the most famous within the whole country.

那位連鎖商幫這家牌子確立了全國最知名品牌的地位。

6 construct [kən`strʌkt] 動 建設；構築 名 構想 MP3 349

💬 **三態變化** construct → constructed → constructed

【例句】▶ It took the team three years to construct the stadium.
那個團隊花了三年的時間蓋好體育館。

【本是同根生】→相同字根的延伸單字

construction 名 建設；建築物　　**constructer** 名 建設者
constructive 形 建設性的　　**constructively** 副 建設性地

【這樣用動詞】→使用率破表的相關片語

👍**be under construction** 修建中的
We are happy to know that the new railway **is under construction**.
得知新鐵路正在修建中，我們感到很高興。

👍**construct sth. from** 以…建造某物
He **constructed** the building **from** wood and stone.
他以木頭和石頭建造出這棟房子。

✏️ **單字力 UP！還能聯想到這些**

「建設」相關字	construct 建設；employment 受僱；skyscraper 摩天大樓；labor 勞工；position 位置；ceramic tile 磁磚；brick 磚頭；cement 水泥；manufacture 製造；scaffold 鷹架

2 **start**
動 開始；創辦
名 起始；啟動

1 **begin**
動 開始；始於

3 **cease**
動 停止；結束；終止
名 停息

6 **quit**
動 離開；解除
形 了結的

開始、停止

4 **stop**
動 停止；阻擋；逗留

5 **halt**
動 終止
名 停止

---

1 begin [bɪˋgɪn] 動 開始；始於　同義 initiate　MP3 350

🗨 **三態變化** begin → began → begun

例句▶ He is about to begin his term as President.
他即將開始他的總統任期。

本是同根生 ─ 相同字根的延伸單字

beginner 名 初學者；新手　　　**beginning** 名 開端

這樣用動詞 ─ 使用率破表的相關片語

👆**to begin/start with** 首先
This actor is popular for many reasons. **To begin with**, he can sing as well as dance.
這名演員出名的原因很多，而首要原因是因為他能歌善舞。

📖**begin on** 著手；開始做
The scientists **have begun on** a technical innovation.
科學家已經開始著手於一項科技革新。

📖**begin to see the light** 開始理解
I don't understand algebra at all, but I'm **beginning to see the light** after your explanation.
我完全不懂代數，但經過你的解釋後我好像有點懂了。

2 **start** [start] 動 開始；創辦；出發 名 起始；啟動 MP3 351

💬 **三態變化** start → started → started

例句 ▶ He is thinking of starting a newspaper.
他打算創辦一家報社。

本是同根生 ⤑ 相同字根的延伸單字

starter 名 開端；開胃菜 　　　　**starting** 名 出發；開始

這樣用動詞 ⤑ 使用率破表的相關片語

📖**at the start** 最初；開始；在起跑點
Vicky was lonely **at the** very **start** when she moved to the USA.
薇琪剛搬到美國的時候，感到很寂寞。

📖**get/have the start of sb.** 佔某人上風；比某人先走一步
She **got the start of** her opponents by winning the first round.
她因為贏了第一場的比賽而居上風。

📖**from start to finish** 自始至終；徹頭徹尾
The movie was thrilling **from start to finish**.
這部電影從頭到尾都讓我感到毛骨悚然。

📖**start off** 開始；動身；出發
We should **start off** at six in the morning to the airport.
我們應該要在早上六點動身前往機場。

📖**start up** 突然站起；驚起；開辦；開始
I **started up** from my chair because of the strange sound.

我因為被那個奇怪的聲音嚇到，突然從椅子中站起來。

3 cease [sis] 動 停止；結束；終止 名 停息

三態變化 cease → ceased → ceased

例句 The protest finally ceased as the government decided to amend the law.
政府決定修改法律時，抗議活動才終於停止了。

本是同根生 → 相同字根的延伸單字

ceasefire 名 停火協議；停戰　　**cessation** 名 停止；中斷
ceaseless 形 不停的　　**ceaselessly** 副 不停地

這樣用動詞 → 使用率破表的相關片語

cease from 停止
They **ceased from** quarrelling at this point.
此刻，他們停止了爭鬥。

4 stop [stap] 動 停止；阻擋；中止；逗留 名 停止

三態變化 stop → stopped → stopped

例句 They stopped dead in their tracks when they saw the bull charging towards them.
他們看到公牛衝過來時，猛地呆站在原地。

本是同根生 → 相同字根的延伸單字

stoppage 名 停止；罷工；止付　　**stopping** 名 停止
stopper 名 制止者；阻塞物　　**stopple** 名 塞子
stopcock 名 水龍頭；活塞

這樣用動詞 → 使用率破表的相關片語

stop by 短暫停留；順道

Please **stop by** the library to borrow some books for me.
請順道幫我從圖書館借幾本書回來。

5 **halt** [hɔlt] 動 使終止；終止 名 停止 同義 pause MP3 354

三態變化 halt → halted → halted

例句 The captain halted the troop for a while.
上尉命令部隊先停止前進。

本是同根生 相同字根的延伸單字

halter 名 （馬等的）韁繩　　　　**halting** 形 蹣跚的；躊躇的
haltingly 副 蹣跚地；躊躇地

這樣用動詞 使用率破表的相關片語

come to a halt 突然停止
His research **came to a halt** because of an unexpected reduction in funding.
他的研究因為資金無預警地被刪減而中止了。

6 **quit** [kwɪt] 動 離開；解除 ；辭職 形 了結的 MP3 355

三態變化 quit → quit → quit

例句 He quit his job and decided to travel around the world.
他辭了職，決定來趟環遊世界的旅行。

本是同根生 相同字根的延伸單字

quitter 名 輕易放棄的人　　　　**quittance** 名 免除；赦免

這樣用動詞 使用率破表的相關片語

be quit of sth. 擺脫某事
My brother was glad to **be quit of** the trouble.
我哥哥很高興他擺脫了麻煩。

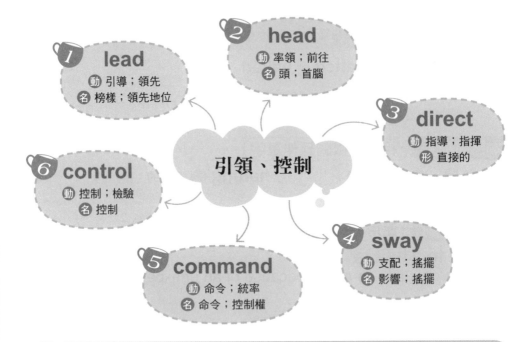

2 **head**
動 率領；前往
名 頭；首腦

1 **lead**
動 引導；領先
名 榜樣；領先地位

3 **direct**
動 指導；指揮
形 直接的

引領、控制

6 **control**
動 控制；檢驗
名 控制

4 **sway**
動 支配；搖擺
名 影響；搖擺

5 **command**
動 命令；統率
名 命令；控制權

---

1 **lead** [lid] 動 引導；領先 名 榜樣；領先地位 〔MP3 356〕

🗨 **三態變化** lead → led → led

例句 ▶ I was leading after the first half of the race.
我跑了一半賽程之後便領先了。

本是同根生 ─〈相同字根的延伸單字〉

leader 名 領袖；領導者　　　　　**leadership** 名 領導者地位
leading 形 指導的；領導的　　　　**leaded** 形 【印】行間空格大的

這樣用動詞 ─〈使用率破表的相關片語〉

🔖 **lead away** 帶走
That little boy **was led away** from the hospital in tears.
那個小男孩含著淚水，從醫院被帶走了。

🍎 **lead to** 導致；通向
All roads **lead to** Rome.
條條大路通羅馬。

🍎 **lead off** 領先；開始
The superstar **led off** the concert with her hit song.
那位巨星以她大受歡迎的曲目開始這場演唱會。

2 **head** [hɛd] 動 率領；前往 名 頭；首腦 MP3 357

💬 **三態變化** head → headed → headed

例句 Several police cars headed the procession.
有好幾輛警車為遊行隊伍開路。

本是同根生 → 相同字根的延伸單字

header 名 收割機；（書的）頁眉　**headache** 名 頭痛
heading 名 標題；題目　　　**headline** 名 （報紙等）標題
headless 形 無頭的；無領導人的　**heady** 形 輕率的；任性的

這樣用動詞 → 使用率破表的相關片語

🍎 **head for** 前往；出發
Excuse me. Is this ship **heading for** Hawaii?
不好意思，請問這艘船開往夏威夷嗎？

🍎 **out of one's head** （口）精神失常；過於激動
Linda must be **out of her head** to marry such a man.
琳達肯定是昏了頭，才會嫁給這種男人。

3 **direct** [dəˋrɛkt] 動 指導；指揮 形 直接的 MP3 358

💬 **三態變化** direct → directed → directed

例句 Ang Lee directed this Oscar-winning film.
李安是這部奧斯卡得獎片的導演。

direction 名 方向；方位　　　**director** 名 導演；指示器
directed 形 經指導的；定向的　　**directly** 副 直接地

這樣用動詞 →使用率破表的相關片語

👌 **direct to** 指向；對著
All inquiries should **be directed to** the customer services.
所有疑問都煩請向客服部詢問。

---

④ **sway** [swe] 動 支配；搖擺　名 影響；搖擺　　MP3 359

💬 三態變化 sway → swayed → swayed

例句▶ He sways the smallest but the richest country in the world.
他統治著世界上最小卻最富有的國家。

本是同根生 →相同字根的延伸單字

swayback 名 背部過份下凹　　**swaybacked** 形 背部特凹的

---

⑤ **command** [kə`mænd] 動 命令；統率　名 命令　　MP3 360

💬 三態變化 command → commanded → commanded

例句▶ The colonel commanded his soldiers to hold fire.
上校命令士兵們先不要開火。

本是同根生 →相同字根的延伸單字

commander 名 指揮官　　　　　**commandment** 名 法令；戒律
commandant 名 司令；指揮官　　**commanding** 形 指揮的
commandable 形 可指揮的　　　**commandeer** 動 強行徵募

這樣用動詞 →使用率破表的相關片語

👌 **in command of** 指揮
Allen was placed **in command of** the fleet.

亞倫被任命為艦隊司令。

🍎**at one's command** 可自由支配
The heir has a large amount of money **at her command**.
那位繼承人有許多錢可以自由使用。

🍎**chain of command** 指揮鏈
The only way to get things done is to follow the **chain of command**.
唯一能將事情處理好的方式就是遵從指揮。

Part **1**

6 **control** [kən`trol] 動 控制；檢驗 名 控制 MP3 361

💬 三態變化 control → controlled → controlled

例句▶ Her family had controlled the company for more than a decade.
她的家族管理這間公司已有十年之久。

本是同根生 ┼ 相同字根的延伸單字

controller 名 管制者；控制器　　**controllership** 名 職位；任期
controlled 形 被控制的　　**controllable** 形 可管理的

這樣用動詞 ┼ 使用率破表的相關片語

🍎**control one's temper** 控制脾氣
You must learn to **control your temper**.
你得學會控制自己的脾氣。

🍎**out of control** 失去控制；不受控制
The machine started spinning **out of control**.
那台機器突然失控地旋轉了起來。

 **單字力 UP！還能聯想到這些**

「君主」相關字	monarchy 君主政體；liege 王侯；lord 貴族；ruler 統治者；sovereign 元首；potentate 統治者；chief 領袖；tyrant 暴君；authoritarian 獨裁主義者；absolutist 專制主義者

① improve
動 改善；改進

② promote
動 促進；提升

③ progress
動 前進；進步

改善、成長

⑦ perfect
動 使完美；使熟練
形 完美的

④ advance
動 前進；提前
名 前進

⑥ enhance
動 增加；提高；誇張

⑤ increase
動 增加；繁殖
名 增加

---

① ▶improve [ɪm`pruv] 動 改善；改進；增加 | MP3 362

💬 **三態變化** improve → improved → improved

例句 ▶ The best way to improve your language abilities is to live in countries that speak the language.
增進語言能力最好的方法就是到講那項語言的國家居住。

本是同根生 ← 相同字根的延伸單字

improvement 名 改進；改善　　**improver** 名 改進者
improvability 名 可改進　　　**improved** 形 改進過的
improvable 形 可改良的　　　**improvably** 副 可改善地

這樣用動詞 ← 使用率破表的相關片語

🍎 **improve on** 改善

The engineer tried to **improve on** the newly-developed machine.
那名工程師試圖改良新開發的機器。

2 promote [prə`mot] 動 促進；提升 同義 boost

💬 三態變化 promote → promoted → promoted

例句▶ The President aims to promote the cooperation between the two countries.
總統想要促進兩國間的合作關係。

本是同根生 ➤相同字根的延伸單字

promotion 名 促進；促銷　　**promoter** 名 促進者
promotive 形 增進的；推銷的　　**promotional** 形 增進的

這樣用動詞 ➤使用率破表的相關片語

📖 **be on one's promotion** 為求升遷而小心謹慎；有希望晉升
Adam checks this project carefully because he **is on his promotion**.
亞當為求升遷而小心謹慎，仔細地確認這份企劃的內容。

📖 **be promotive of** 有益於
We all know that exercise **is promotive of** health.
我們都知道運動有益於健康。

3 progress [prə`grɛs] 動 前進；進步

💬 三態變化 progress → progressed → progressed

例句▶ We need to **progress to** the next question on the list.
我們必須往下進行，處理清單裡的下一個問題了。
progress to 發展成…；向…發展

本是同根生 ➤相同字根的延伸單字

progression 名 前進；發展　　**progressist** 名 進步論者
progressivity 名 進展性　　**progressional** 形 進步的

progressive 形 先進的 　　　　　**progressively** 副 前進地

4 **advance** [əd`væns] 動 前進；提前 名 前進

🗨 **三態變化** advance → advanced → advanced

例句 The procession **advanced on** to the next place.
遊行隊伍向下一個地點前進。　 advance on 朝…前進

本是同根生 →相同字根的延伸單字

advancer 名 前進者　　　　　**advancement** 名 進展；前進
advanced 形 高級的；先進的　　**advancing** 形 前進的；行進的

這樣用動詞 →使用率破表的相關片語

👍**in advance** 預先
I reserved seats **in advance** before we went to the restaurant.
在我們去餐廳前，我已經預訂好座位了。

👍**with the advance of** 隨著…的增加
With the advance of technology, our life is becoming more and more convenient.
隨著科技的進步，我們的生活也越來越便利了。

5 **increase** [ɪn`kris] 動 增加；繁殖 名 增加

🗨 **三態變化** increase → increased → increased

例句 It was reported that thefts have been increased over these years.
根據報導，最近幾年竊案頻傳。

本是同根生 →相同字根的延伸單字

increaser 名 增加者　　　　　**increased** 形 增加的
increasable 形 可增加的　　　**increasingly** 副 漸增地

· 240 ·

這樣用動詞 → 使用率破表的相關片語

📖 **increase by** 增加⋯

The price of vegetables will **increase by** 15% next week.
下週的菜價將上漲百分之十五。

6 **enhance** [ɪnˋhæns] 動 增加;提高;誇張 `MP3 367`

💬 **三態變化** enhance → enhanced → enhanced

例句 ▶ They tried to enhance the company's reputation by funding charities.
他們試著以資助慈善機構來提高他們公司的聲譽。

本是同根生 → 相同字根的延伸單字

enhancement 名 提高;增加　　**enhancer** 名 增加;美化
enhanced 形 增大的;增強了的

7 **perfect** [pɚˋfɛkt] 動 使完美;使熟練　形 完美的 `MP3 368`

💬 **三態變化** perfect → perfected → perfected

例句 ▶ She decided to study abroad to perfect her tennis skills.
她決定要為增進網球技術而到國外留學。

本是同根生 → 相同字根的延伸單字

perfection 名 盡善盡美;完美　　**perfective** 名 完成式
perfectibility 名 可完善性　　**perfectible** 形 可完善的
perfectly 副 完美地

這樣用動詞 → 使用率破表的相關片語

📖 **perfect oneself in** 完全掌握;熟練;精通

To my surprise, Carl has **perfected himself in** English.
令我驚訝的是,卡爾已完全精通英語了。

2 **stimulate**
動 刺激；激勵

1 **motivate**
動 給…動機；激發

3 **activate**
動 啟動；使活躍；有活力

促起、推動

6 **spur**
動 鞭策；疾馳
名 馬刺；刺激

4 **push**
動 推；推行
名 推動；進取心

5 **propel**
動 推進；驅使

---

1 **motivate** [`motə,vet] 動 給…動機；激發 MP3 369

三態變化 motivate → motivated → motivated

例句 ▶ He tried to motivate his team members to attain the goal.
他試著激發隊友們達成目標。

本是同根生 →相同字根的延伸單字

motivation 名 行為動機　　　　**motivator** 名 動力
motive 名 動機；目的　　　　**motivity** 名 動力
motiveless 形 無動機的　　　　**motivated** 形 有動機的
motivational 形 誘導的　　　　**motivationally** 副 促進地

2 stimulate [`stɪmjəˌlet] 動 刺激；激勵；促使 MP3 370

三態變化 stimulate → stimulated → stimulated

例句 The boss's encouragement will **stimulate** us **into** selling more products.

老闆的鼓勵將激勵我們賣出更多產品。　　stimulate into 激勵

本是同根生 相同字根的延伸單字

stimulation 名 刺激；激勵　　**stimulus** 名 促進因素
stimulant 名 刺激物；興奮劑　　**stimulative** 形 刺激的

3 activate [`æktəˌvet] 動 啟動；使活躍；有活力 MP3 371

三態變化 activate → activated → activated

例句 You have to click on the link to activate your account.

你必須點進去連結才能開通你的帳戶。

本是同根生 相同字根的延伸單字

activity 名 活動；行動　　**activation** 名 啟動；活化
activator 名 催化劑　　**active** 形 活躍的；積極的
activated 形 活性化的　　**activable** 形 【化】能被活化的

4 propel [prə`pɛl] 動 推進；推動；驅使 MP3 372

三態變化 propel → propelled → propelled

例句 They are all propelled by their ambitions.

他們都為野心所驅策。

本是同根生 相同字根的延伸單字

propeller 名 推進器；螺旋槳　　**propellant** 名 推進物
propellent 形 推進的

Part 1

Part 2

Part 3

Part 4

5 **push** [pʊʃ] 動 推；推行；增加 名 推動；進取心 MP3 373

🗨 三態變化 push → pushed → pushed

例句▶ That upset boy **pushed away** his mother and went out.
那個生氣的男孩推開他的媽媽，然後走了出去。 push away 推開

本是同根生 ┤相同字根的延伸單字

pusher 名 推動者　　　　　**pushup** 名 伏地挺身
pushpin 名 大頭釘　　　　　**pushing** 形 急切的
pushy 形 愛出風頭的　　　　**pushful** 形 有進取心的

這樣用動詞 ┤使用率破表的相關片語

👆 **push sb. around** 將某人呼來喚去；擺佈
You'll regret it if you keep **pushing** him **around** like that.
你再繼續那樣擺佈他的話，一定會後悔的。

👆 **push ahead** （堅定地）繼續進行
The victims have decided to **push ahead** with the legal action.
受害者們決定繼續採取法律行動。

6 **spur** [spɝ] 動 鞭策；疾馳 動 馬刺；刺激 MP3 374

🗨 三態變化 spur → spurred → spurred

例句▶ The mother knows how to **spur on** her son when he is down.
那位母親懂得如何在兒子情緒低落的時候激勵他。 spur on 激勵

本是同根生 ┤相同字根的延伸單字

spurred 形 裝有馬刺的　　　　**spurt** 動 衝刺；噴射

這樣用動詞 ┤使用率破表的相關片語

👆 **on the spur of the moment** 一時興起
My brother bought a new stereo **on the spur of the moment**.
我的哥哥一時衝動，買了一臺新的立體音響。

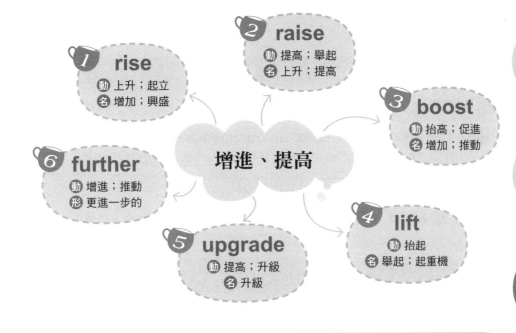

2 raise 動 提高；舉起 名 上升；提高

1 rise 動 上升；起立 名 增加；興盛

3 boost 動 抬高；促進 名 增加；推動

6 further 動 增進；推動 形 更進一步的

增進、提高

5 upgrade 動 提高；升級 名 升級

4 lift 動 抬起 名 舉起；起重機

Part 1

Part 2

Part 3

Part 4

1 rise [raɪz] 動 上升；起立；增加 名 增加；興盛 ᴹᴾ³ 375

💬 **三態變化** rise → rose → risen

例句▶ Skyscrapers are rising throughout the city.
城市裡紛紛建造了一座座的摩天大樓。

本是同根生 ├ 相同字根的延伸單字

riser 名 造反者；起床者 　　**risetime** 名 上升時間
rising 形 上升的；增大的 　　**risen** 形 升起的；復活的

這樣用動詞 ├ 使用率破表的相關片語

📖**on the rise** 在增漲
The numbers demonstrate that pregnancy out of wedlock is **on the rise**.
數據指出，未婚懷孕的現象有增加的趨勢。

・245・

👍 **give rise to** 引起

Especially in summer, unhygienic conditions will **give rise to** diseases.

衛生條件不好就會導致疾病，夏天的時候尤其明顯。

2 **raise** [rez] 動 提高；舉起；養育 名 上升；提高 _{MP3 376}

💬 **三態變化** raise → raised → raised

例句 ▶ The good news **raised up** our spirit and helped us focus.

好消息振奮了我們的精神，幫助我們專心。 raise up 舉起；抬起

本是同根生 ⊷ 相同字根的延伸單字

raiser 名 飼養者；栽培者 **hair-raising** 形 令人恐懼的

3 **boost** [bust] 動 抬高；促進 名 增加；推動 _{MP3 377}

💬 **三態變化** boost → boosted → boosted

例句 ▶ The surfer boosts his confidence by joining and winning surfing competitions.

那位衝浪家藉著參加與贏得衝浪比賽，來增加自己的自信心。

本是同根生 ⊷ 相同字根的延伸單字

booster 名 支持者 **boosterism** 名 積極支持

這樣用動詞 ⊷ 使用率破表的相關片語

👍 **boost up** 增強；抬高物價；向上推

Your words of encouragement **boosted up** my confidence.

你那番鼓勵的話增強了我的信心。

4 **lift** [lɪft] 動 抬起 名 舉起；起重機；（英）電梯 _{MP3 378}

💬 **三態變化** lift → lifted → lifted

例句▶ Don't be shy. **Lift up** your head and smile at everybody.
別害羞，抬起頭來對大家笑一個。　lift up 升起；抬起

本是同根生─•相同字根的延伸單字

liftoff 名 起飛時刻；發射　　　　**lifter** 名 舉重運動員；起重機
liftable 形 可舉起的

這樣用動詞─•使用率破表的相關片語

👍**lift off** 發射；起飛
The rocket is due to **lift off** at noon next Monday.
火箭發射的時間訂於下週一的中午。

5 upgrade [`ʌp`gred] 動 提高；升級 名 升級　MP3 379

💬 **三態變化** upgrade → upgraded → upgraded

例句▶ You can **upgrade to** the full version when you pay for it.
當您付費之後，就能升級到完整的版本。　upgrade to 升級到…

本是同根生─•相同字根的延伸單字

upgradable 形 可升級的

6 further [`fɝðɚ] 動 增進；推動 形 更進一步的　MP3 380

💬 **三態變化** further → furthered → furthered

例句▶ Additional training is one of the ways to further your career.
參加額外的訓練是促進事業發展的方式之一。

本是同根生─•相同字根的延伸單字

furtherance 名 推進　　　　**furthermost** 形 最遠的
furthest 形 最大程度的　　　**furthermore** 副 此外

govern
動 管理；決定；統治；執行

manage
動 管理；處理；應付過去

管理、主宰

4 **officiate**
動 執行職務；主持宗教儀式

3 **administrate**
動 管理；支配

1 **govern** [`gʌvən] 動 管理；決定；統治；執行

MP3 381

🗣 **三態變化** govern → governed → governed

例句▶ The Prime Minister is the one who really governs the country.
首相才是真正握有管理國家實權的人。

本是同根生 → 相同字根的延伸單字

governance 名 統治；管理　　　**government** 名 政府
governorship 名 州長任期　　　**governor** 名 州長；董事
governable 形 可統治的　　　**governmental** 形 政府的

這樣用動詞 → 使用率破表的相關片語

👍 **be close enough for government work** 普通的
I didn't do the best job of mending your shirt, but it's close enough for government work.

我沒有將你的襯衫縫補得很完美，不過這樣應該就夠好了。

2 manage [`mænɪdʒ] 動 管理；處理；應付過去
MP3 382

🗨 **三態變化** manage → managed → managed

例句 He manages the company for his father.
他替他父親經營著公司。

本是同根生 → 相同字根的延伸單字

management 名 管理　　　　**manager** 名 經理
managership 名 經理地位　　**managerial** 形 經理人的；管理的
managing 形 管理的　　　　**manageable** 形 易處理的；可控制的

這樣用動詞 → 使用率破表的相關片語

✍ **manage on one's income** 靠某人的收入過日子
Jenny didn't want to **manage on her father's income**.
珍妮不想靠她父親的收入過日子。

✍ **manage without** 不需…而能應付過去
Please don't bother me, I cannot **manage without** a good night's sleep.
請不要打擾我，不好好睡覺的話，我就無法做好事情。

3 administrate [əd`mɪnə,stret] 動 管理；支配
MP3 383

🗨 **三態變化** administrate → administrated → administrated

例句 The economy has been well administrated by the government.
政府對於振興經濟管理良好。

本是同根生 → 相同字根的延伸單字

administration 名 管理　　　　**administrator** 名 行政官員
administrable 形 可管理的　　　**administrant** 名 行政的　形 管理人
administrative 形 管理的　　　　**administratively** 副 行政上

4 **officiate** [ə`fɪʃ⟨ɪˌet] 動 執行職務；主持宗教儀式  MP3 384

📣 **三態變化** officiate → officiated → officiated

📝 **例句** A licensed officiant is required to be present to officiate at a wedding.
婚禮當中，必須要有一位有資格的公證人來主持。

本是同根生 → 相同字根的延伸單字

officiousness 名 強行干預　　**officious** 形 多管閒事的
officiously 副 多管閒事地

這樣用動詞 → 使用率破表的相關片語

👍 **officiate as** 擔任主持人或仲裁人
He was asked to **officiate as** a judge at the contest.
他被邀請擔任一場比賽的裁判。

✏️ 單字力 UP！還能聯想到這些

「皇室」相關字	king 國王；queen 皇后；prince 王子；princess 公主；knight 騎士；emperor 皇帝；general 將軍；army 軍隊
「城堡」相關字	castle 城堡；fort 堡壘；bailey 城堡外牆；tower 塔樓；moat 護城河；gatehouse 警衛室；watchtower 崗樓；keep 要塞；palace 皇宮；chamber 寢室；stairwell 樓梯；cellar 地窖；chapel 小禮拜堂；manor 莊園
「職稱」相關字	chairman 委員長；chief executive officer, CEO 執行長；president 董事長；general manager 總經理；director 主任；associate manager 副理；assistant manager 協理；secretary 秘書；staff 職員
「外交」相關字	diplomat 外交官；diplomatic allies 邦交國；border 邊界；territory 領土；consulate 領事館；visa exemption 免簽；passport 護照；consolidate 鞏固；bootleg 走私

Unit 08 統治的藝術：統治與支配

1 **rule**
動 統治
名 規則

2 **dominate**
動 支配；統治

3 **predominate**
動 主宰；支配

統治、支配

5 **preside**
動 擔任主席；管轄

4 **rein**
動 統治；控制；駕馭
名 控制

Part 1
Part 2
Part 3
Part 4

---

1 rule [rul] 動 統治 名 規則 同義 dominate
MP3 385

🗣 三態變化 rule → ruled → ruled

例句▶ The king ruled over the kingdoms for only one year.
那位國王統治王國的時間只有短短的一年而已。

本是同根生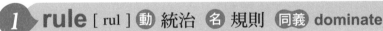—相同字根的延伸單字

ruler 名 尺；統治者 **rulership** 名 職權；統治者地位
ruling 名 統治；支配 **ruled** 形 【紙】有橫隔線的

這樣用動詞—使用率破表的相關片語

👆**rule out** 排除
As a scientist, I don't **rule out** that possibility.
身為一個科學家，我不排除那種可能性。

2 dominate [`dɑmə,net] 動 支配；統治

三態變化 dominate → dominated → dominated

例句 This view was **dominated over** the academic circles at one time.

此觀點在學術界一度佔有支配地位。　dominate over 佔支配地位

本是同根生　相同字根的延伸單字

domination 名 支配；控制　　　**dominator** 名 支配者
dominance 名 優勢；統治地位　　**dominant** 形 佔優勢的
dominative 形 支配的

3 predominate [prɪ`dɑmə,net] 動 主宰；支配

三態變化 predominate → predominated → predominated

例句 The new king soon began to predominate over the whole kingdom.

新的國王不久就開始支配整個王國了。

本是同根生　相同字根的延伸單字

predomination 名 支配　　　　**predominance** 名 優勢
predominant 形 占優勢的　　　**predominately** 副 有影響力地
predominantly 副 佔主導地位地

4 rein [ren] 動 統治；控制；駕馭 名 控制

三態變化 rein → reined → reined

例句 My teacher told me to learn to **rein in** my temper next time.

我的老師告訴我下次要學會控制我的脾氣。　rein in/up （以韁繩）勒住；控制

本是同根生　相同字根的延伸單字

reinsman 名 御者；騎師　　　　**reinless** 形 不受限制的

這樣用動詞──使用率破表的相關片語

give reins to / throw (up) the reins to 放棄而交給…統治、主宰
Try to control yourself, and don't **give reins to** your anger.
試著控制好你自己，不要讓怒火主宰你的行為。

hold/take the reins 統馭；支配；控制
It's impossible for a young king to **hold the reins of** government.
一個年輕的國王很難掌握政權。

assume/drop the reins of government 掌握／放棄政權
If the emperor dies, his son will **assume the reins of government**.
如果皇帝過世，他的兒子將繼而掌控政權。

under/in the reign of 在…的統治下；在…朝代
The civilians were helpless **under the reign of** the tyrant.
百姓在暴君的統治下，感到很無助。

rein back on 控制；減少
The manager **reined back on** expenses and demanded others do likewise.
這位經理減少了支出，並要求其他人都這樣做。

Part 1

Part 2

Part 3

Part 4

---

5 preside [prɪˋzaɪd] 動 擔任主席；管轄　MP3 389

三態變化 preside → presided → presided

例句▶ The mayor **presided at** the annual gala in town.
市長主持了小鎮的年度盛會。　preside at sth. 主持（某會議或典禮）

本是同根生──相同字根的延伸單字

president 名 總統（常大寫）；校長
presidential 形 總統制的
presidency 名 總統職位；總統任期

presidence 名 管理
presidial 形 會長的

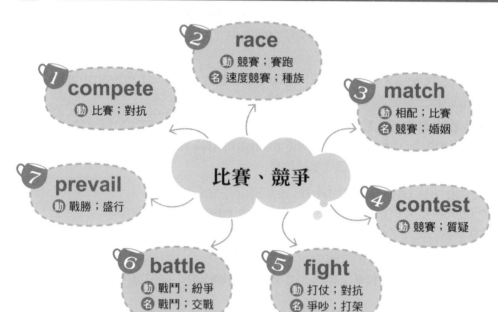

② **race**
動 競賽；賽跑
名 速度競賽；種族

③ **match**
動 相配；比賽
名 競賽；婚姻

① **compete**
動 比賽；對抗

⑦ **prevail**
動 戰勝；盛行

比賽、競爭

④ **contest**
動 競賽；質疑

⑥ **battle**
動 戰鬥；紛爭
名 戰鬥；交戰

⑤ **fight**
動 打仗；對抗
名 爭吵；打架

---

1 **compete** [kəm`pit] 動 比賽；對抗；比得上 **MP3 390**

💬 **三態變化** compete → competed → competed

例句▶ Nobody can **compete with** Tom's creativity. You should see his paintings.

湯姆的創造力無人可比，你真應該看看他的畫作。 **compete with** 與…競爭

本是同根生→ 相同字根的延伸單字

competition 名 競賽；敵手　　　**competence** 名 能力；勝任
competitiveness 名 競爭力　　　**competitor** 名 競爭者
competitive 形 競爭的　　　**competent** 形 稱職的
competently 副 勝任地　　　**competitively** 副 競爭地

這樣用動詞 → 使用率破表的相關片語

📖 **compete against** 和…競賽
They like to **compete against** each other in basketball.
他們彼此之間喜歡以籃球競爭。

2 **race** [res] 動 競賽；賽跑 動 速度競賽；種族 〔MP3 391〕

💬 **三態變化** race → raced → raced

例句 ▶ I don't like to **race with** Cindy because she runs so much faster than me.
我不喜歡和辛蒂比賽，因為她跑得比我快多了。 race with 和…比賽

本是同根生 → 相同字根的延伸單字

racer 名 賽跑者；比賽用車　　**racism** 名 種族主義
raceway 名 跑道　　　　　　**racecourse** 名 賽馬場

這樣用動詞 → 使用率破表的相關片語

📖 **race up to** 朝著…跑過去
They **raced up to** the door and opened it cautiously.
他們跑到門前，並小心地將門打開。

3 **match** [mætʃ] 動 相配；比賽 名 競賽；婚姻 〔MP3 392〕

💬 **三態變化** match → matched → matched

例句 ▶ The color of the shoes just doesn't **match with** your new dress.
這雙鞋的顏色和你的新洋裝並不搭。 match with 使相配

本是同根生 → 相同字根的延伸單字

matchmaker 名 媒人　　　**matching** 形 相同的；相配的
matched 形 相配的；敵得過的　　**matchless** 形 無敵的

👍 **match up to** 比得上⋯

No one can **match up to** Eva in running.

就跑步而言，沒人能比得上伊娃。

4 ▶ **contest** [kən`tɛst] 動 競賽；對⋯提出質疑 MP3 393

💬 **三態變化** contest → contested → contested

例句 ▶ As a protest, the party has decided not to contest this election.

為了表示抗議，該黨已經決定不參加此次選舉。

本是同根生 →•相同字根的延伸單字

contestant 名 角逐者；對手　　　**contestation** 名 爭論

contestable 形 爭論的

這樣用動詞 →•使用率破表的相關片語

👍 **in a contest with** 爭奪

Our small business is **in a contest with** a large international company over market share.

我們的小公司正在與那家大型的國際企業爭奪市場佔有率。

5 ▶ **fight** [faɪt] 動 打仗；作戰；對抗 名 爭吵；打架 MP3 394

💬 **三態變化** fight → fought → fought

例句 ▶ You should **fight for** the salary you deserve.

你應該好好爭取你應得的薪水。　**fight for** 為⋯而戰

本是同根生 →•相同字根的延伸單字

fighter 名 戰士；戰鬥機　　　**fightback** 名 反擊

fightable 形 有戰鬥力的　　　**fighting** 形 戰鬥的

6 battle [`bætl̩] 動 戰鬥；紛爭 名 戰鬥；交戰 MP3 395

三態變化 battle → battled → battled

例句 ▶ She has been battling cancer for over a year.
她已經和癌症抗爭了一年多的時間。

本是同根生 ─ 相同字根的延伸單字

battlement 名 城垛　　　　　**battlefield** 名 戰場
battlefront 名 前線　　　　　**battleship** 名 戰艦
battlewagon 名 戰鬥艦　　　　**battle-scarred** 形 經百戰磨練的

這樣用動詞 ─ 使用率破表的相關片語

battle it out 決一勝負
The two teams are going to **battle it out** this morning in the playoff.
這兩支隊伍即將在今天早上的決賽中一決勝負。

7 prevail [prɪ`vel] 動 戰勝；盛行 同義 win MP3 396

三態變化 prevail → prevailed → prevailed

例句 ▶ We have to believe that good will **prevail over** evil.
我們必須相信善良終將戰勝邪惡。　　prevail over 勝過

本是同根生 ─ 相同字根的延伸單字

prevalence 名 盛行　　　　　**prevalent** 形 普遍的
prevailing 形 主要的；流行的　　**prevailingly** 副 主要地

這樣用動詞 ─ 使用率破表的相關片語

prevail on 說服；誘使
Can you **prevail on** Mr. White to support the program?
你能說服懷特先生支持這項計畫嗎？

Part 1
Part 2
Part 3
Part 4

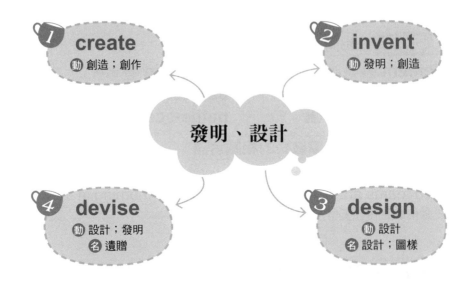

1 **create** 動 創造；創作

2 **invent** 動 發明；創造

4 **devise** 動 設計；發明 / 名 遺贈

3 **design** 動 設計 / 名 設計；圖樣

發明、設計

1 **create** [krɪˋet] 動 創造；創作；產生

MP3 397

💬 **三態變化** create → created → created

例句▶ The main purpose of industry is to create wealth.
工業的主要宗旨是創造財富。

本是同根生 ●相同字根的延伸單字

creation 名 創作品；創造 　　**creativity** 名 創造力
creature 名 生物 　　**creative** 形 有創意的

這樣用動詞 ●使用率破表的相關片語

👍**in all creation** 究竟；到底
How **in all creation** did you balance your family and career?
你究竟是如何在事業和家庭之間取得平衡的？

2 invent [ɪn`vɛnt] 動 發明；創造；捏造；虛構
MP3 398

三態變化 invent → invented → invented

例句 ▶ He invented a new type of stethoscope.
他發明了一種新型聽診器。

本是同根生 ─ 相同字根的延伸單字

invention 名 發明；創造　　　**inventor** 名 發明家
inventive 形 發明的；創造的　　**inventively** 副 有創造力地

3 design [dɪ`zaɪn] 動 設計 名 設計；圖樣
MP3 399

三態變化 design → designed → designed

例句 ▶ She designed a new logo for her company.
她為公司設計了一個新的商標。

本是同根生 ─ 相同字根的延伸單字

designer 名 設計師　　　**designed** 形 故意的

這樣用動詞 ─ 使用率破表的相關片語

by design 故意地；蓄意地
He did that **by design**, not by accident.
他是故意那麼做的，並不是不小心的。

4 devise [dɪ`vaɪz] 動 設計；發明 名 遺贈
MP3 400

三態變化 devise → devised → devised

例句 ▶ They've devised a plan for keeping traffic out of the city center.
他們想出了一個能讓市區不塞車的計劃。

本是同根生 ─ 相同字根的延伸單字

devisor 名 【律】遺贈者　　　**devisee** 名 【律】受遺贈者
devisal 名 計畫　　　　　　**devisable** 形 可設計的

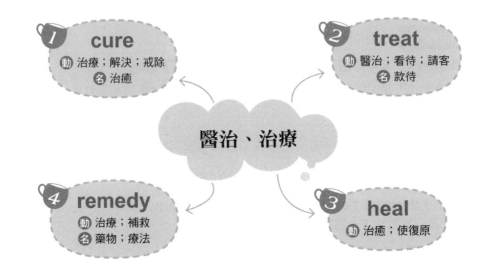

1 **cure** 治療；解決；戒除 名 治癒

② 治療；解決；戒除 名 治癒

2 **treat** 醫治；看待；請客 名 款待

② 醫治；看待；請客 名 款待

4 **remedy** 治療；補救 名 藥物；療法

② 治療；補救 名 藥物；療法

3 **heal** 治癒；使復原

② 治癒；使復原

醫治、治療

1 **cure** [kjur] 動 治療；解決；戒除 名 治癒 (MP3 401)

三態變化 cure → cured → cured

例句 No medicine can cure a man of discontent.
沒有任何藥能夠治療不知滿足的人。

本是同根生 相同字根的延伸單字

curer 名 治療者   **curet** 名 醫療用刮匙

curative 形 治病的   **incurable** 形 醫不好的

這樣用動詞 使用率破表的相關片語

cure sb. of sth. 治癒某人的病；糾正某人的壞習慣
The doctor used special medicine to **cure** him **of** the skin disease.
醫生用特效藥來治療他的皮膚病。

②　treat [trit] 動 醫治；看待；請客 名 款待　MP3 402

🗨 三態變化 treat → treated → treated

例句▶ Don't treat them as children. They all know what to do.
別把他們當作小孩子，他們全都知道該做什麼。　treat as 當作

本是同根生 ▸ 相同字根的延伸單字

treatment 名 治療；對待　　　treatise 名 專著；論文
treaty 名 條約；協定　　　　　treatable 形 能治療的

這樣用動詞 ▸ 使用率破表的相關片語

🍎treat of 論及；涉及
The magazine treats of the current social problems.
這本雜誌的內容涉及現今的社會問題。

🍎treat with 處理；應付
Laura decided to treat her competitors with friendliness.
蘿拉決定友善對待她的競爭對手。

🍎treat to 款待
I will be delighted to treat you to dinner.
能請你吃晚餐的話，我會很開心。

🍎trick or treat 不給糖果就搗亂
Children like to play the game called Trick or Treat on Halloween.
小朋友在萬聖節時都喜歡玩「不給糖果就搗亂」的遊戲。

🍎Dutch treat 各付己帳
How about we make it a Dutch treat at the restaurant today?
今天我們就各付各的用餐費，如何？

③　heal [hil] 動 治癒；使復原；（傷口）癒合　MP3 403

🗨 三態變化 heal → healed → healed

例句▶ It takes a long time to heal a broken heart.
破碎的心靈需要很長的時間才能癒合。

healer 名 治療者；治療物　　　　**healing** 形 有療效的；康復中的
healable 形 能治癒的

這樣用動詞 → 使用率破表的相關片語

👍 **heal up** 痊癒
The doctor assures Tom that the wound will **heal up** in three days.
醫生向湯姆保證，傷口三天後就會痊癒。

👍 **heal over** 癒合；彌合
The wound on your leg will take months to **heal over**.
你腳上的傷需要幾個月的時間才會痊癒。

4 remedy [`rɛmədɪ] 動 治療；補救　名 藥物；療法　MP3 404

三態變化 remedy → remedied → remedied

例句 ▶ She tried to remedy the mistake, but failed eventually.
她試著補救過錯，但最後還是失敗了。

本是同根生 → 相同字根的延伸單字

remediation 名 矯正　　　　**remedial** 形 治療的；改善的
remediless 形 醫不好的　　　　**remedially** 副 補救地

這樣用動詞 → 使用率破表的相關片語

👍 **past/beyond remedy** 無藥可救；病入膏肓
The mistake you made was **past remedy**; it couldn't be put right.
你所犯的錯誤已無藥可救，無法彌補了。

Unit 12 貨比三家：比較與測量

contrast
動 和…對比
名 對比；對照

compare
動 比較；對比；相比；匹敵

比較、測量

measure
動 測量
名 測量；措施

equal
動 等於
形 相等的

differentiate
動 使有差異；區分

1 compare [kəmˋpɛr] 動 比較；對比；相比；匹敵 MP3 405

💬 **三態變化** compare → compared → compared

例句▶ How does the capability of your new car **compare with** the old one?

與舊車相比，你的新車性能如何？ compare with 與…相比

本是同根生 ➝ 相同字根的延伸單字

comparison 名 比較；比喻   **comparative** 形 比較的
compared 形 對照的；比較的   **comparable** 形 比得上的；相似的
comparatively 副 對比地；相當   **comparably** 副 可比較地

這樣用動詞 ➝ 使用率破表的相關片語

👆 **compare to** 把…比作

The poet **compared** the girl **to** a flower.
詩人把那位女孩比作一朵花。

② contrast [kən`træst] 動 和⋯對比；使對照
MP3 406

💬 **三態變化** contrast → contrasted → contrasted

例句 ▶ He came to a final conclusion by contrasting these two results.
他將這兩個結果比較之後，得到了最終結論。

本是同根生 ─ 相同字根的延伸單字

contrasting 形 對比鮮明的　　**contrastive** 形 對比的
contrasty 形 【攝】明暗差別強烈的

這樣用動詞 ─ 使用率破表的相關片語

👍 **in contrast with** 對比
In contrast with his brother, Tim is shorter.
與他哥哥相比，提姆比較矮。

③ measure [`mɛʒɚ] 動 測量 名 測量；措施
MP3 407

💬 **三態變化** measure → measured → measured

例句 ▶ He's gone to be measured for a new suit.
他為了訂作一套新的西裝，而去量尺寸了。

本是同根生 ─ 相同字根的延伸單字

measurement 名 測量；尺寸　　**measurable** 形 可測量的；重大的
measured 形 量過的；慎重的　　**measureless** 形 不可量的；無限的
measurably 副 可測地

這樣用動詞 ─ 使用率破表的相關片語

👍 **measure up to** 符合

The score did not **measure up to** my mom's expectation.
成績沒有達到我母親的預期。

🍎**beyond measure** 極其；無法估計的
His relief was **beyond measure**.
他極度地悲傷。

🍎**for good measure** 附加地；額外增添
The vendor gave me an extra melon **for good measure**.
小販多給我了一顆甜瓜。

4 **differentiate** [ˌdɪfəˈrɛnʃɪˌet] 動 使有差異；區分 MP3 408

💬 **三態變化** differentiate → differentiated → differentiated

例句▶ This company does not differentiate between men and women.
這家公司對男女都一視同仁。

本是同根生──相同字根的延伸單字

difference 名 差異；分歧
differentia 名 差異 形 差別的
differential 形 鑑別性的
differently 副 不同地

differentiability 名 可辨性
different 形 不同的；各種的
differentiable 形 可區分的
differ 動 不同；相異

這樣用動詞──使用率破表的相關片語

🍎**differ with** 與…意見不一
Sandy **differs with** Mark on the proposed decoration of the office.
對於已提出的辦公室擺設，珊蒂與馬克的意見不同。

🍎**differ from** 不同於
I am tolerant of people whose opinions **differ from** mine.
我能寬容與自己意見不一樣的人。

🍎**differ in** 在…方面不同
Jim figures out that cultures **differ in** various countries as he travels around.

Part 1

Part 2

Part 3

Part 4

在吉姆遊覽世界各地時，便發覺各國的文化都不同。

5 equal [`ikwəl] 動 等於 形 相等的

🗣 **三態變化** equal → equal(l)ed → equal(l)ed

例句▶ Both men and women are protesting for equal rights of the sexes.
男人和女人都正在為爭取性別的平等權進行抗議。

本是同根生→**相同字根的延伸單字**

equivalent 名 相等之物　　equalization 名 均等

equalitarianism 名 平等主義　　equalizer 名【電】均衡器

equability 名 平和；穩定　　equivalently 副 相等地

equally 副 公平地；平均地　　equalize 動 使平等

這樣用動詞→**使用率破表的相關片語**

👍 **be equal to** 相等於
The sum of two plus four **is equal to** six.
二加四的總合是六。

單字力 UP！還能聯想到這些

「度量」相關字	length 長度；height 高度；width 寬度；weight 重量；depth 深度；scale 秤；measuring cup 量杯
「計算單位」相關單字	kilometer 公里；centimeter 公分；millimeter 公釐；kilogram 公斤；gram 克；pound 磅；milliliter 毫升；liter 公升；meter 公尺

Unit 13 永遠的開心果：娛樂與滿足

2 amuse
動 使歡樂；消遣

1 entertain
動 使歡樂；款待；請客

3 delight
動 高興；喜愛
名 欣喜；樂事

娛樂、滿足

7 immerse
動 使浸沒；使埋首於

4 satisfy
動 使滿意；符合

6 content
動 使滿意
形 滿足的

5 gratify
動 使高興；滿足

Part 1
Part 2
Part 3
Part 4

---

1 **entertain** [ˌɛntɚˈten] 動 使歡樂；款待；請客　MP3 410

 **三態變化** entertain → entertained → entertained

例句 After the exhibition, Vicky **entertained** me **to** dinner.
看完展覽後，薇琪招待我去吃晚餐。　entertain sb. to/at 招待某人

本是同根生 →相同字根的延伸單字

entertainment 名 娛樂；餘興　　**entertainer** 名 表演者
entertaining 形 使人愉快的　　**entertainingly** 動 有趣地

---

2 **amuse** [əˈmjuz] 動 使歡樂；消遣；提供娛樂　MP3 411

 **三態變化** amuse → amused → amused

· 267 ·

例句 ▶ I was amused with his behavior at the Christmas party.
我覺得他在聖誕派對的時候很好笑。
be amused with/by/at 覺得有趣；引以為樂

本是同根生 → 相同字根的延伸單字

amusement 名 樂趣；娛樂活動 　　**amusive** 形 有趣的；愉快的
amused 形 被逗樂的 　　**amusing** 形 引人發笑的
amusingly 副 好笑地

---

3 **delight** [dɪˋlaɪt] 動 高興；喜愛 名 欣喜；樂事 MP3 412

🗨 三態變化 delight → delighted → delighted

例句 ▶ The circus delighted the audience and gradually became famous.
那團馬戲團娛樂了觀眾，並漸漸出了名。

本是同根生 → 相同字根的延伸單字

delightful 形 令人愉快的 　　**delighted** 形 高興的
delightsome 形 可愛的 　　**delightedly** 副 欣喜地
delightfully 副 討人喜歡地

這樣用動詞 → 使用率破表的相關片語

👆**to the delight of** 使…喜悅
To the delight of everyone, I was named the editor of the book.
讓大家開心的是，我被指名為這本書的編輯。

👆**take delight in** 享受
I **took delight in** teasing my sister when we were kids.
小時候，我以逗弄我妹妹為樂。

👆**be delighted by/with** 高興的；喜歡的
I **was delighted by** the response to our activity.
我們的活動收到這樣的效果，讓我非常高興。

4 satisfy [`sætɪsˌfaɪ] 動 使滿意；滿足；符合；履行 ^{MP3 413}

三態變化 satisfy → satisfied → satisfied

例句▶ The team's performance did not satisfy the coach.
隊伍的表現令教練很不滿意。

本是同根生 ─（相同字根的延伸單字）

satisfaction 名 滿意；滿足感　　**satisfied** 形 感到滿意的
satisfying 形 令人滿意的　　**satisfiable** 形 可使滿足的
satisfactory 形 符合要求的　　**satisfyingly** 副 使人滿意地

這樣用動詞 ─（使用率破表的相關片語）

👍 **be satisfied of** 說服；使確信；使信服
My father **was not satisfied of** the truth of the story.
我父親不相信這套說詞的真實性。

👍 **to the satisfaction of sb. / to one's satisfaction** 使某人滿意
To the satisfaction of everybody, the war came to an end.
所有人都很高興戰爭終於結束了。

5 gratify [`grætəˌfaɪ] 動 使高興；滿足（慾望等） ^{MP3 414}

三態變化 gratify → gratified → gratified

例句▶ She was gratified to see how successful her son had become.
看到兒子如此成功，她感到非常高興。

本是同根生 ─（相同字根的延伸單字）

gratification 名 滿意；喜悅　　**gratifier** 名 使滿足之人事物
gratifying 形 令人滿足的　　**gratifyingly** 副 令人滿意地

6 content [kən`tɛnt] 動 使滿意 形 滿意的 ^{MP3 415}

三態變化 content → contented → contented

例句▶ Ben **contented himself with** one glass of wine since he has to go to work tomorrow.

因為明天要上班,所以班只小酌了一杯酒而已。

content oneself with 使自己滿足於…

本是同根生 ─→ **相同字根的延伸單字**

contention 名 論點;爭論 　　**contentious** 形 有異議的

contented 形 滿足的;知足的 　　**contentedly** 副 安心地

這樣用動詞 ─→ **使用率破表的相關片語**

👍**be content with** 滿足的;滿意的

We must **be content with** our life and cherish what we already have.

我們必須要對生活知足,並且珍惜所擁有的。

👍**to one's heart's content** 盡情地

She likes to party **to her heart's content** on every weekend.

每逢週末,她總是盡情地狂歡。

7 **immerse** [ɪˋmɝs] 動 使浸沒;使埋首於;使深陷 🔊MP3 416

💬**三態變化** immerse → immersed → immersed

例句▶ My mom likes to **immerse** herself **in** a good book after work.

我母親下班後,喜歡讓自己沉浸在一本好書裡。 immerse in 使浸沒於

本是同根生 ─→ **相同字根的延伸單字**

immersion 名 浸沒;專心 　　**immersible** 形 可浸入的

immersed 形 浸入的;專注的

1　thank
動 感謝；感激

2　acknowledge
動 感謝；承認

Part
1

感謝、受恩惠

Part
2

4　indebt
動 使受恩惠；使負債

3　oblige
動 使感激；迫使；幫忙

Part
3

1 **thank** [θæŋk] 動 感謝；感激　名 感謝；謝辭　MP3 417

Part
4

💬 **三態變化** thank → thanked → thanked

例句▶ Thank you **for** telling me the truth.
　　謝謝你告訴我真相。　thank sb. for 感謝某人⋯

本是同根生 —•相同字根的延伸單字

thankful 形 感激的；欣慰的　　　**thankless** 形 忘恩的
thankworthy 形 值得感謝的　　　**thankfully** 副 感激地

這樣用動詞 —•使用率破表的相關片語

📖**thanks to** 幸虧；由於
Thanks to your help, I finally finished my task.
多虧有你的幫忙，我終於完成了我的工作。

· 271 ·

🍎**be thankful for** 因…感謝某人
I **am thankful** to the doctor **for** the timely rescue.
我很感謝醫生的及時搶救。

🍎**be grateful to** 感謝
I **am** deeply **grateful to** you for your kindness.
我非常感謝你們的善心。

2 **acknowledge** [ək`nɑlɪdʒ] 動 感謝；承認

💬 **三態變化** acknowledge → acknowledged → acknowledged

例句▶ The actress waved to acknowledge the cheers of the crowd.
那位女演員揮手對大眾的歡呼聲表示感謝。

本是同根生 ← **相同字根的延伸單字**

acknowledgement 名 致謝 　　**acknowledged** 形 公認的

這樣用動詞 ← **使用率破表的相關片語**

🍎**acknowledge sth. as** 承認
Can you **acknowledge** the gossip **as** true?
你承認這個八卦是真的嗎？

🍎**in acknowledgement of** 領謝；答謝
The old lady sent me flowers **in acknowledgement of** my assistance.
那位老太太送我花，以答謝我的協助。

🍎**be generally acknowledged to be** 公認
Ryan **was generally acknowledged to be** an excellent instructor.
萊恩是大家公認的優良教練。

3 **oblige** [ə`blaɪdʒ] 動 使感激；迫使；幫忙

💬 **三態變化** oblige → obliged → obliged

例句▶ The situation **obliges** us **to** make a decision.
這種情況迫使我們馬上做決定。　oblige to 迫使

· 272 ·

本是同根生 →**相同字根的延伸單字**

obliger 名 施惠於人者　　　**oblige** 名 受惠而應報答者
obliging 形 樂於助人的　　　**obliged** 形 感激的

這樣用動詞 →**使用率破表的相關片語**

feel obliged to 有責任做…
As a leader, Mike **felt obliged to** cancel the agreement.
身為一個領導人，麥克覺得有責任要取消協議。

4 **indebt** [ɪn`dɛt] 動 使受恩惠；使負債

MP3 420

三態變化 indebt → indebted → indebted

例句 He was indebted to his friend for a large sum.
他欠了他朋友一大筆錢。

本是同根生 →**相同字根的延伸單字**

indebtedness 名 負債　　　**indebted** 形 感激的；負債的

單字力 UP！還能聯想到這些

「社會福利」相關字	foundation 基金會；social worker 社工；allowance 津貼；welfare 福利；orphanage 孤兒院；nursing home 療養院；social insurance 社會保險
「正面情緒」相關字	cheerful 高興的；delighted 高興的；excited 興奮的；happy 高興的；passionate 熱情的；pleased 欣喜的；proud 得意的；satisfied 滿意的；high-spirited 情緒高昂的
「數量多」相關字	abundant 大量的；enough 充足的；sufficient 充足的；ample 充足的；plentiful 豐富的；exuberant 豐富的；brimming 盈滿的；rich 豐饒的

Part 1

Part 2

Part 3

Part 4

Unit 15 熱誠好客的心：歡迎並表現善意

1 welcome
動 歡迎 名 歡迎
形 受歡迎的

2 greet
動 問候；向…致意

3 salute
動 敬禮；祝賀
名 敬禮

5 behave
動 表現；行為檢點

4 wave
動 揮手表示
名 波浪

問候、歡迎

1 welcome [`wɛlkəm] 動 名 歡迎 形 受歡迎的 ᴹᴾ³ 421

💬 **三態變化** welcome → welcomed → welcomed

例句▷ Welcome back home, my dear son. How was your trip?
我親愛的兒子，歡迎回家，你的旅程如何？ welcome back 歡迎歸來

本是同根生 → 相同字根的延伸單字

welcoming 形 歡迎的   **unwelcome** 形 不受歡迎的

這樣用動詞 → 使用率破表的相關片語

📖 **overstay one's welcome** 因待太久而不再受歡迎
One more minute, then we'll go. We don't want to **overstay our welcome**!
再一分鐘我們就走，我們可不想因為待太久而變得不受歡迎！

🍎 **welcome in** 款待；歡迎

We are so happy to **welcome in** several new members of the department.

能歡迎部門的幾位新成員，我們非常開心。

2 ▶ **greet** [grit] 動 問候；向…致意 同義 hail 　MP3 422

💬 **三態變化** greet → greeted → greeted

例句 ▶ The owner of the restaurant **greeted** the guests **with** a smile.

餐廳老闆以微笑歡迎顧客。　greet with 以…歡迎

本是同根生 ⇥ 相同字根的延伸單字

greeting 名 問候；祝賀；祝辭　　　**greeter** 名 接待員

這樣用動詞 ⇥ 使用率破表的相關片語

🍎 **nod to sb. in greeting** 向某人點頭打招呼

At the party, the host **nodded to** us **in greeting**.

在派對上，主辦者向我們點頭打招呼。

3 ▶ **salute** [sə`lut] 動 敬禮；祝賀 名 敬禮 　MP3 423

💬 **三態變化** salute → saluted → saluted

例句 ▶ Our ears were **saluted by** a loud knock at the door.

巨大的敲門聲響傳入我們的耳中。　salute by 迎接

本是同根生 ⇥ 相同字根的延伸單字

salutation 名 招呼；行禮　　　**salutatorian** 名 畢業生致詞代表
salutary 形 有益的；有利的　　　**salutatory** 形 歡迎的

這樣用動詞 ⇥ 使用率破表的相關片語

🍎 **salute with** 致意

Soldiers must **salute with** their right hand when they see their supervisors.

當士兵看見長官時，必須舉右手敬禮。

4 wave [wev] 動 揮手表示 名 揮手；波浪
MP3 424

三態變化 wave → waved → waved

例句 It's difficult to **wave down** a taxi during the rush hour.
在尖峰時刻是很難招到計程車的。 wave down 揮手示意（車輛、司機）停下

本是同根生 相同字根的延伸單字

waverer 名 猶豫不決的人 **wavelet** 名 小浪
waveringly 副 猶豫不決地 **waver** 動 躊躇；猶豫

這樣用動詞 使用率破表的相關片語

wave aside 對…置之不理
The mayor **waved aside** all opposition and insisted on his project.
市長不顧所有的反對意見，還是堅持執行他的計畫。

5 behave [bɪˋhev] 動 表現；行為檢點
MP3 425

三態變化 behave → behaved → behaved

例句 **Behave yourself** and be polite when you go visit others.
去拜訪別人時要守規矩和有禮貌。 behave oneself 行為規矩些

本是同根生 相同字根的延伸單字

behavior 名 行為；舉止 **behaviorism** 名 行為主義
behaviorist 名 行為主義者 **behavioral** 形 行為的

這樣用動詞 使用率破表的相關片語

behave sensibly about sth. 明智地處理某事
The manager got a promotion because he **behaves sensibly about** everything.
那位經理因為能明智地處理所有事情，所以得到了升遷。

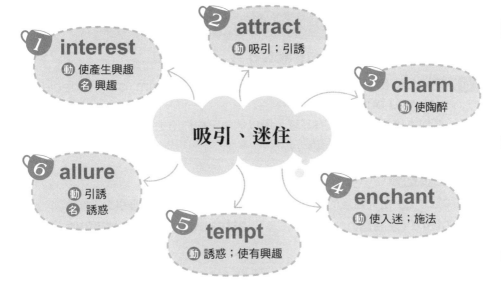

1 interest [`ɪntərɪst] 動 使產生興趣 名 興趣

MP3
426

🗨 三態變化 interest → interested → interested

例句▶ Chemistry has never interested my brother.
我的哥哥從來都沒有對化學感興趣過。

本是同根生 →相同字根的延伸單字

interested 形 感興趣的　　　　interesting 形 有趣的
interestedly 副 抱持興趣地　　interestingly 副 有趣地

這樣用動詞 →使用率破表的相關片語

👍 have interest in 對…有興趣
It's not the weather. I just **have** no **interest in** camping.
不是天氣的問題，我就是對露營沒興趣而已。

📖 **with interest** 感興趣地
Surprisingly, the kids are listening to my story **with interest**.
孩子們竟然津津有味地在聽我的故事，令我感到很驚訝。

2 attract [əˋtrækt] 動 吸引；引起注意；引誘
MP3 427

💬 **三態變化** attract → attracted → attracted

📝 例句 ▶ Patrick thought you **were attracted to** him, so he decided to ask you out.
派屈克覺得你對他很有好感，所以他決定約你出去。
be attracted to 對…有好感

本是同根生 ➔ 相同字根的延伸單字

attractor 名 引人注意的人　　　**attraction** 名 吸引力
attractive 形 有魅力的　　　　 **attractable** 形 可被吸引的

3 charm [tʃɑrm] 動 使陶醉；施法 名 吸引力
MP3 428

💬 **三態變化** charm → charmed → charmed

📝 例句 ▶ The tourists **were charmed with** the beauty of nature.
旅客們都被大自然的美麗迷住了。　be charmed with 被…迷住；令人陶醉

本是同根生 ➔ 相同字根的延伸單字

charmer 名 有魅力的人　　　**charmed** 形 著迷的
charming 形 迷人的；嬌媚的　　**charmingly** 副 迷人地

這樣用動詞 ➔ 使用率破表的相關片語

📖 **charm off** 治癒
The magician said that he could **charm off** any disease.
那名魔術師說他可以治癒任何疾病。

📖 **charm a secret out of sb.** 哄誘某人說出秘密
Danny is trying to **charm a secret out of** his opponent.
丹尼正試圖引誘對手說出秘密。

4 enchant [ɪn`tʃænt] 動 使入迷；施法

MP3 429

🗨 **三態變化** enchant → enchanted → enchanted

例句▶ All the people were enchanted by his beautiful voice.
所有人都被他美妙的歌聲吸引了。

本是同根生 ─ 相同字根的延伸單字

enchantment 名 魅力；著魔　　**enchanter** 名 巫師
enchantress 名 巫婆　　　　　**enchanting** 形 迷人的
enchanted 形 著魔的；入迷的　　**enchain** 動 吸引住；束縛

Part 1

5 tempt [tɛmpt] 動 誘惑；使有興趣；打動

MP3 430

🗨 **三態變化** tempt → tempted → tempted

例句▶ Nothing could tempt me to do such a bad thing.
沒有任何東西能誘使我去做那樣的壞事。　 tempt to 引誘

本是同根生 ─ 相同字根的延伸單字

temptation 名 誘惑；誘惑物　　**temptability** 名 可誘惑性
tempting 形 誘惑人的　　　　　**temptingly** 副 迷人地

Part 2
Part 3

6 allure [ə`lɪʊr] 動 引誘 名 誘惑；魅力

MP3 431

🗨 **三態變化** allure → allured → allured

例句▶ That man tried to allure Luna into signing the illegal document.
那個男人試圖誘使露娜簽下這份不合法的文件。　 allure sb. into 誘使某人⋯

本是同根生 ─ 相同字根的延伸單字

allurement 名 誘惑力　　　　**alluring** 形 迷人的
alluringly 副 誘人地；嫵媚地

Part 4

1 fascinate [`fæsn,et] 動 迷住；強烈吸引 MP3 432

三態變化 fascinate → fascinated → fascinated

例句 Languages have always fascinated our professor.
語言一直都令我們教授著迷。

本是同根生 相同字根的延伸單字

fascination 名 迷戀；魅力　　**fascinating** 形 迷人的
fascinated 形 著迷的　　　　**fascinatingly** 副 迷人地

2 preoccupy [pri`ɑkjə,paɪ] 動 使入神；搶先佔有 MP3 433

三態變化 preoccupy → preoccupied → preoccupied

例句▶ Rising crime rate is the main issue preoccupying the community.
整個社區都很擔心上升的犯罪率。

本是同根生→（相同字根的延伸單字）

preoccupation 名 入神　　　　**preoccupancy** 名 極忙碌
preoccupied 形 入神的

這樣用動詞→（使用率破表的相關片語）

📖 **one's preoccupation with** 某人全神貫注於
Ben's preoccupation with business left him little time for his family.
班全神貫注於事業，因此沒什麼時間陪伴家人。

3 entice [ɪn`taɪs] 動 誘惑；誘使；慫恿
MP3 434

🗨 **三態變化** entice → enticed → enticed

例句▶ Those adverts entice customers into buying things they don't need.
那些廣告誘使顧客購買他們並不需要的東西。

本是同根生→（相同字根的延伸單字）

enticement 名 引誘　　　　**enticing** 形 引誘的；迷人的
enticingly 副 誘人地

4 infatuate [ɪn`fætʃʊ͵et] 動 使沖昏頭；癡迷於
MP3 435

🗨 **三態變化** infatuate → infatuated → infatuated

例句▶ He was infatuated with his own importance.
他因自大而感到飄飄然。

本是同根生→（相同字根的延伸單字）

infatuation 名 醉心；熱戀　　　　**infatuated** 形 癡迷的
infatuatedly 副 著迷地

5 captivate [`kæptə،vet] 動 迷住；迷惑

三態變化 captivate → captivated → captivated

例句▶ All the audience was captivated by his speech.
所有聽眾都被他的演講深深打動。

本是同根生 相同字根的延伸單字

captivation 名 魅力；迷惑　　　　**captivity** 名 囚禁
captive 名 俘虜；囚徒　　　　**captivating** 形 迷人的

這樣用動詞 使用率破表的相關片語

in captivity 囚禁

According to the news, that criminal will be held **in captivity**.
根據新聞報導，那名罪犯將會被囚禁起來。

6 bewitch [bɪ`wɪtʃ] 動 迷惑；蠱惑；使陶醉

三態變化 bewitch → bewitched → bewitched

例句▶ He was bewitched by the princess's beauty.
他被公主的美貌迷住了。

本是同根生 相同字根的延伸單字

bewitchment 名 誘惑力　　　　**bewitching** 形 使著迷的
bewitchingly 副 迷人地

Unit 18 與環境融合：融合與結合

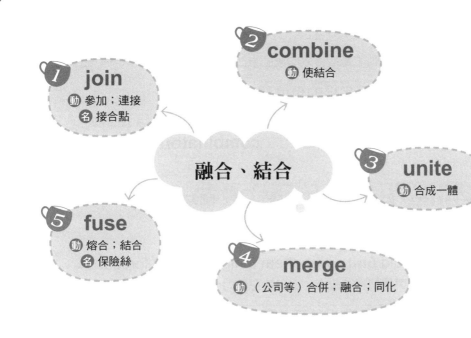

Part 1

② **combine**
動 使結合

① **join**
動 參加；連接
名 接合點

③ **unite**
動 合成一體

融合、結合

⑤ **fuse**
動 熔合；結合
名 保險絲

④ **merge**
動 （公司等）合併；融合；同化

Part 2

Part 3

---

① join [dʒɔɪn] 動 參加；連接；會合　名 接合點
^{MP3 438}

Part 4

🗨 **三態變化** join → joined → joined

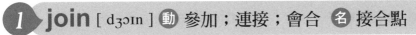

例句 ▶ He decided to join a swimming club to improve his skills.
他決定加入游泳俱樂部以增進泳技。

本是同根生 ▸ 相同字根的延伸單字

joiner 名 接合者　　　　　　　**joint** 名 關節　形 連接的
joinable 形 可結合的　　　　　**jointed** 形 有接縫的；有關節的

這樣用動詞 ▸ 使用率破表的相關片語

👆 **join up** 入伍；聯合起來
My younger brother **joined up** in 2015, right after his graduation.
我的小弟是在二〇一五年，也就是他剛畢業時入伍的。

2 **combine** [kəm`baɪn] 動 使結合；兼具；聯合 MP3 439

三態變化 combine → combined → combined

例句 Dieting **combined with** exercise is the most effective way to lose weight.

結合飲食與運動才是最有效的減肥方法。 combine with 與…結合

本是同根生 相同字根的延伸單字

combination 名 結合 **combinative** 形 結合的
combined 形 組合的；聯合的 **combinatorial** 形 【數】組合的

3 **unite** [ju`naɪt] 動 合成一體；團結 同義 conjoin MP3 440

三態變化 unite → united → united

例句 You should **unite with** them to fight the evil forces.

你們應該與他們團結起來，去對抗惡勢力。 unite with 與…聯合

本是同根生 相同字根的延伸單字

union 名 結合；工會 **united** 形 聯合的；團結的
unionized 形 組工會的 **unionize** 動 加入公會

4 **merge** [mɜdʒ] 動 （公司等）合併；融合；同化 MP3 441

三態變化 merge → merged → merged

例句 The boss has decided to **merge** the branch **with** the headquarters.

老闆決定將此分店併入總部。 merge with 合併

本是同根生 相同字根的延伸單字

merger 名 歸併；（公司等的）合併 **mergence** 名 歸併
merged 形 合併的

5 fuse [fjuz] 動 熔合；結合 名 保險絲

MP3
442

三態變化 fuse → fused → fused

例句 After a few disputes, their ideas finally fused.
幾場爭論過後，他們的意見終於達成一致。

本是同根生 → 相同字根的延伸單字

fusion 名 熔化；融合
fused 形 接上保險絲的

fuselage 名 【航空】機身
fusional 形 熔合的

這樣用動詞 → 使用率破表的相關片語

fuse with 將⋯結合
I didn't know that metal could **fuse with** glass.
我之前都不知道金屬可以與玻璃融合在一起。

blow a fuse 勃然大怒；大發雷霆
He **blew a fuse** when his business partner turned on him.
當生意夥伴突然批評他時，他便勃然大怒。

Part
1

Part
2

Part
3

Part
4

單字力 UP！還能聯想到這些

「實驗器材」相關字	cylinder 量筒；dropper 滴管；beaker 燒杯；funnel 漏斗；buret 試管；vial 藥水瓶；scale 彈簧秤；stopper 試管塞
「團體」相關字	cooperation 合作；collaboration 共同研究；company 公司；association 協會；legion 軍隊；regiment 軍團；tribe 部落；organization 組織
「集會」相關字	order 規程；seat 席位；propose 提議；overture 提議；draft 草案；bill 法案；motion 動議；harmonize 協調；bias 偏見

Unit 19 助人為快樂之本：幫助與服務

① help 幫助；促進 **名** 幫忙；助手

② assist 幫助；援助

幫助、服務

④ serve 服務；供應；適用；發球

③ aid 幫助；支援 **名** 幫助；幫手

---

① help [hɛlp] **動** 幫助；促進 **名** 幫忙；助手　MP3 443

三態變化 help → helped → helped

例句 The volunteers are all willing to **help out**.
志工們都很樂意幫助別人。　help out 幫助…解決困難

本是同根生 ← 相同字根的延伸單字

helper 名 幫手；助手　　　　**helping** 形 援助的
helpful 形 有幫助的　　　　　**helpfully** 副 有用地

這樣用動詞 ← 使用率破表的相關片語

help (sb.) with 幫忙（某人）做…
Amy asked her big sister to **help** her **with** the lessons.
愛咪請她的大姐教她功課。

2 assist [ə`sɪst] 動 幫助；援助 同義 sustain
MP3 444

🗨 三態變化 assist → assisted → assisted

例句▶ Can you **assist in** the training of the rookies this term?
你能幫忙一起訓練這期的新人嗎？ assist in 協助；幫忙

本是同根生──相同字根的延伸單字

assistance 名 協助；援助　　**assistant** 名 助理
assistantship 名 助教獎學金；助教職務

這樣用動詞──使用率破表的相關片語

🍎**assist at** 參加；出席
There will be 50 people to **assist at** our wedding party.
將會有五十人參加我們的婚禮派對。

3 aid [ed] 動 幫助；支援 名 幫助；幫手
MP3 445

🗨 三態變化 aid → aided → aided

例句▶ Eating enough vegetables and fruits can **aid in** filtering and cleaning toxins from the body.
攝取足夠的的蔬果可以幫助我們過濾並清除體內的毒素。
aid in 在…方面給予幫助

本是同根生──相同字根的延伸單字

aidance 名 協助　　　　**aide** 名 （美）助手；副官
aidman 名 【軍】救護兵　　**aidant** 形 有幫助的

這樣用動詞──使用率破表的相關片語

🍎**with the aid of** 借助於
We can find the lake **with the aid of** a compass.
我們可以運用指南針尋找那座湖。

🍎**provide aid to** 幫助
We should all **provide aid to** the poorer members of society.
我們都應該幫助社會中的貧困人士。

4 serve [sɜv] **動** 服務；供應；適用；發球

三態變化 serve → served → served

例句▶ This glass can **serve as** an aquarium temporarily.
這個玻璃杯可暫時充當魚缸。　serve as 擔任；充當

本是同根生→相同字根的延伸單字

server 名 侍者；（電腦）伺服器　　**servant 名** 僕人

serviceman 名 檢修工；軍人　　**serve 動** 為…服務

這樣用動詞→使用率破表的相關片語

serve for 用作
The room will **serve for** a hostel tomorrow.
這間房間明天將作為接待處。

serve (one) right （某人）活該
It would **serve** him **right** if he got arrested.
如果他被逮捕了，那就是他活該。

serve one's purpose 適合某人的需要；令某人滿意
That second-hand car should **serve** our **purpose** just fine.
那輛二手車就足夠我們用了。

單字力 UP！還能聯想到這些

「服務」相關字	serve 供應；supply 提供；furnish 供應；present 呈獻；attend 照料；wait on 伺候；charge 照顧；nursing 看護；assistance 幫助
「服務業」相關字	flight attendant 空服員；tour guide 導遊；security 保安；taxi driver 計程車司機；chief 廚師；ticket seller 售票員；room service 客房服務；customer service 客服人員

Unit 20　偶爾也要適當贊同：贊成與同意

① **agree**
動 贊成；同意

② **accept**
動 同意；承認

贊成、同意

④ **grant**
動 同意；給予
名 准許

③ **consent**
動 同意；贊成
名 允諾

1 **agree** [ə`gri] 動 贊成；同意；接受　MP3 447

💬 **三態變化** agree → agreed → agreed

例句▶ Bob's doctor said that the food did not **agree with** him.
鮑伯的醫生說那樣的食物對他來說並不合適。　agree with 合適；同意

本是同根生—相同字根的延伸單字

agreement 名 同意；協定　　　**agreed** 形 同意的；意見一致的
agreeable 形 使人愉快的；一致的　　**agreeably** 副 令人愉快地；一致地

這樣用動詞—使用率破表的相關片語

agree on 對…達成協議
All the participants **agree on** the proposal except Mary.
除了瑪莉之外，所有的參與者都對此提案達成了協議。

2 **accept** [əkˋsɛpt] 動 同意；承認 同義 approve ᴹᴾ³ 448

💬 三態變化 accept → accepted → accepted

例句 Our business partner finally accepted all the terms listed on the agreement.
我們的合作夥伴終於同意合約上的所有條款。

本是同根生 相同字根的延伸單字

acceptability 名 可容許性 　　　　**acceptance** 名 接受；歡迎
acceptable 形 可接受的 　　　　**acceptably** 副 合意地

這樣用動詞 使用率破表的相關片語

👍 **accept as** 將…作為
The priest's speech **is accepted as** truth by those villagers.
那些村民將神父說的話當作是真理。

3 **consent** [kənˋsɛnt] 動 同意；贊成 名 允諾 ᴹᴾ³ 449

💬 三態變化 consent → consented → consented

例句 The whole family did not **consent to** their marriage.
整個家族都不贊成他們的婚事。 consent to sth. 同意某事

本是同根生 相同字根的延伸單字

consenter 名 贊同者 　　　　**consensus** 名 一致同意
consentient 形 贊同的 　　　　**consenting** 形 同意的

這樣用動詞 使用率破表的相關片語

👍 **age of consent** 合法年齡
Most jurisdictions set the **age of consent** in the range 14 to 18.
很多司法機關都將法定年齡設為十四歲至十八歲。

4 grant [grænt] 動 同意；給予；假定 名 准許

MP3 450

三態變化 grant → granted → granted

例句 He is a pious Christian who thinks that it is God that granted all his wishes.

他是個虔誠的基督徒，相信神實現了他所有的願望。

本是同根生 相同字根的延伸單字

grantee 名 受頒贈者　　　　　**grantor** 名 授予者

granted 連 假定；就算

這樣用動詞 使用率破表的相關片語

take sth. for granted 將⋯視為理所當然

It mustn't be **taken for granted** that she will help us.

不應該將她會幫忙我們這件事視為理所當然。

grant to 授與

The insurance company **granted** several thousand dollars **to** repair every victim's house.

保險公司撥了幾千元讓每個受災戶去修補房子。

grant (sb.) no quarter （對某人）不留情面

The boss **grants no quarter** when it comes to the quality of our work.

我們老闆在工作質量的要求方面，沒有迴旋餘地。

Part 1

Part 2

Part 3

Part 4

單字力 UP！還能聯想到這些

「贊成」相關字	approve 贊同；concur 同意；consent 同意；agree 贊成；approbate 讚賞；support 支持；welcome 欣然接受；undertake 同意；accept 認可
「諾言」相關字	commitment 承諾；acceptance【律】承諾；compliance 承諾；pledge 誓言；oath 誓言；undertaking 承諾；vow 誓約；asseveration 誓言

Unit 21 給自己多一點信心：允許並承諾

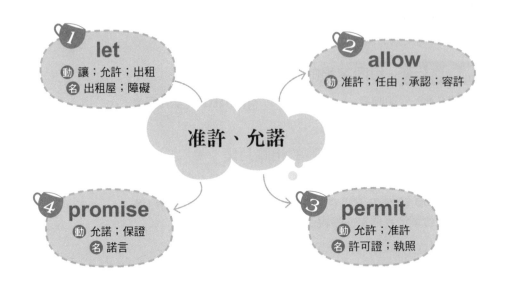

1. **let** 動 讓；允許；出租 名 出租屋；障礙

2. **allow** 動 准許；任由；承認；容許

准許、允諾

4. **promise** 動 允諾；保證 名 諾言

3. **permit** 動 允許；准許 名 許可證；執照

---

1 **let** [lɛt] 動 讓；允許；出租 名 出租屋；障礙

_{MP3 451}

💬 **三態變化** let → let → let

例句 Teachers usually wouldn't let the students join any outdoor activities before the college entrance exam.

接近大學入學考試時，老師們通常都不會讓學生參加任何課外活動。

本是同根生 相同字根的延伸單字

letting 名 租金　　　　　　　**letup** 名 （口）停止；減弱

這樣用動詞 使用率破表的相關片語

👍 **let out** 放行；洩露

Classes **let out** early today because of the upcoming typhoon.

為因應即將到來的颱風，今天比較早下課。

2 allow [ə`laʊ] 動 准許;任由;承認;容許
MP3 452

三態變化 allow → allowed → allowed

例句 It is not allowed to take any photographs in the gallery.
藝廊裡面禁止拍照。

本是同根生 ── 相同字根的延伸單字

allowance 名 允許;零用錢　　**allowable** 形 可允許的
allowably 副 可容許地　　**allowedly** 副 公認地

這樣用動詞 ── 使用率破表的相關片語

allow for 顧及
We should **allow for** slight changes to the program.
我們應顧及節目的小改變。

allow (sth.) full play 完整發展某事物
He proposed a good concept, which should **be allowed full play** in our campaign.
他提出了一項很棒的概念,應該要好好將這個概念應用到我們的宣傳上面。

3 permit [pə`mɪt] 動 允許;准許 名 許可證;執照
MP3 453

三態變化 permit → permitted → permitted

例句 The boss permitted his employees to take a day off whenever they are sick.
老闆允許員工身體不舒服時,都可以請假。

本是同根生 ── 相同字根的延伸單字

permission 名 允許;許可　　**permissible** 形 可允許的
permissive 形 許可的　　**permissibly** 副 可獲准地

這樣用動詞 ── 使用率破表的相關片語

permit of 允許
The project **permits of** no delay, so we need to hurry up.

因為這項提案不能延遲，所以我們的速度必須加快。

4 promise [`prɑmɪs] 動 允諾；保證 名 諾言

三態變化 promise → promised → promised

例句 ▶ He promised that he wouldn't spill out her secrets to anyone.
他向她保證，絕對不會洩漏她的秘密給任何人。

本是同根生 → 相同字根的延伸單字

promissory 形 約定的　　　　**promising** 形 有前途的；有希望的

這樣用動詞 → 使用率破表的相關片語

👆 **promise the moon** 答應做不到的事
His clients distrust him because he keeps **promising** them **the moon.**
因為他常常開空頭支票，所以顧客都不信任他。

✏ 單字力 UP！還能聯想到這些

「諾言」相關字	commitment 承諾；acceptance（律）承諾；compliance 承諾；pledge 誓言；oath 誓言；undertaking 承諾；vow 誓約；asseveration 誓言
「保證」相關字	guarantee 擔保；guarantor 擔保人；warrantee 被保證人；warranty 保證；exchange 交換；reparation 賠償；defect 缺點；merit 優點；refund 償還；return 歸還
「信念」相關字	conviction 信念；confidence 信心；reliance 信心；faith 信念；assurance 把握；certainty 確實；follower 追隨者；adherent 擁護者；disciple 信徒

1 **doubt** 動 不確定；懷疑 名 疑問

2 **hesitate** 動 猶豫；不願

3 **falter** 動 結巴地說話 名 顫抖；支吾

懷疑、決定

6 **determine** 動 確定；使下定決心

4 **settle** 動 解決；決定；定居

5 **decide** 動 決定；判決

Part 1
Part 2
Part 3
Part 4

1 **doubt** [daʊt] 動 不確定；懷疑 名 疑問；懷疑 MP3 455

💬 三態變化 doubt → doubted → doubted

例句▶ The jury doubted the credibility of the defendant.
陪審團對被告的可信度表示懷疑。

本是同根生 →相同字根的延伸單字

doubter 名 抱持懷疑者　　　　**doubtful** 形 可疑的
doubting 形 懷疑的　　　　　**doubtfully** 副 懷疑地

這樣用動詞 →使用率破表的相關片語

👍**have doubt about** 懷疑
No one **has** any **doubt about** your decision to study abroad.
沒有人質疑你出國留學的決定。

🍎**lay one's doubts** 消除某人的疑慮
We need to **lay** other colleagues' **doubts** at the meeting today.
我們必須在今天的會議上消除其他同事的疑慮才行。

2 **hesitate** [`hɛzə,tet] 動 猶豫；躊躇；不願

🗨 **三態變化** hesitate → hesitated → hesitated

例句▶ He never hesitated to do what he loves.
他從不會猶豫去做他想要做的事。

本是同根生→（相同字根的延伸單字）

hesitation 名 猶豫；疑慮　　　　**hesitant** 形 猶豫的
hesitative 形 支吾其詞的　　　　**hesitantly** 副 躊躇地

這樣用動詞→（使用率破表的相關片語）

🍎**hesitate about** 對…感到猶豫
Do it now! Don't **hesitate about** what you should do anymore.
現在就去做！對於該做的事情就別再猶豫。

3 **falter** [`fɔltə] 動 結巴地說話 名 顫抖；支吾

🗨 **三態變化** falter → faltered → faltered

例句▶ He faltered out a unreasonable excuse for making that big
mistake.
他支支吾吾地為了他犯下的大錯，說了一個不合理的藉口。

本是同根生→（相同字根的延伸單字）

faltering 形 顫抖的；支吾的　　　　**falteringly** 副 支吾地

這樣用動詞→（使用率破表的相關片語）

🍎**falter in** 遲疑；失敗
He did not **falter in** his effort to see the project through to the end.

對於將任務貫徹到底這件事,他沒有半點猶疑。

4 settle [`sɛtl̩] 動 解決;決定;定居
MP3 458

💬 三態變化 settle → settled → settled

例句▶ She settled the case within a month and impressed everyone in the office.
她在一個月內就解決了問題,讓辦公室所有人對她刮目相看。

本是同根生 ─ 相同字根的延伸單字

settler 名 移民者;解決者　　**settlement** 名 決定
settling 名 安裝固定　　**settled** 形 固定的;決定的

這樣用動詞 ─ 使用率破表的相關片語

🍎 **settle on** 選定;決定
Let's **settle on** a place to meet and then go to the concert together.
我們先選定要在哪裡碰面,再一起去聽音樂會。

🍎 **settle for** 勉強接受
My father doesn't **settle for** second best. He always wants the best.
我爸爸從來都不願屈居第二,而是凡事都想當第一。

5 decide [dɪ`saɪd] 動 決定;判決 同義 determine
MP3 459

💬 三態變化 decide → decided → decided

例句▶ What made you **decide on** this kind of idea?
是什麼讓你決定採用這種想法的呢?　decide on 決定

本是同根生 ─ 相同字根的延伸單字

decision 名 決定;判斷　　**decisive** 形 決定性的
decided 形 無疑的　　**deciding** 形 果斷的

Part 1

Part 2

Part 3

Part 4

👍 **be decided in** 堅決的
Ann is **decided in** her decision to quit the job for her baby.
安為了她的寶寶，而堅決辭去工作。

👍 **decide for** 做出有利於…的決定；贊成
The defendant will definitely go to jail if the jury don't **decide for** him.
如果陪審團做出不利於被告的判決，他就一定會進監獄。

6 determine [dɪˋtɝmɪn] 動 確定；使下定決心

💬 三態變化 determine → determined → determined

例句▶ Being in the film industry for 10 years, he has determined to be a director.
在電影業工作了十年，使他決定要成為一位導演。

本是同根生 · 相同字根的延伸單字

determination 名 決心　　　　determinism 名 決定論
determiner 名 【語】限定詞　　determined 形 堅決的
deterministic 形 決定論的　　determinedly 副 斷然地

這樣用動詞 · 使用率破表的相關片語

👍 **declare one's determination** 表明決心
The president made a speech in public to **declare his determination**.
總統公開發表演說，藉此表明他的決心。

✏️ 單字力 UP！還能聯想到這些

「辯論」相關字	controversy 爭議；point of view 觀點；example 例子；supporting point 支持論點；data 資料；editorial 社論；statistic 統計數據；exception （律）反對；comment 評論

① save
動 保留；解救；儲蓄

② preserve
動 保存；維持
名 蜜餞

保持、貯存

④ conserve
動 保藏；節省
名 蜜餞

③ stock
動 貯存；進貨
名 貯存；股票

Part 1

Part 2

Part 3

Part 4

① **save** [sev] 動 保留；解救；儲蓄；省去
_{MP3 461}

💬 三態變化 save → saved → saved

例句 ▶ It took me ten years to **save up** for a house in the countryside.
我花了十年的時間，才存下足夠的錢買一棟位於鄉間的房子。
save up 儲蓄；貯存

本是同根生 → 相同字根的延伸單字

saver 名 救助者；節儉者　　**saving** 名 挽救；存款
saveloy 名 乾臘腸　　**savable** 形 可救助的

這樣用動詞 → 使用率破表的相關片語

👆**save face** 保全面子
He needs to achieve the goal to **save face**. Otherwise he will be

embarrassed.

為了保全顏面，他必須達成目標，否則他將會很丟臉。

🍎 **save for a rainy day** 未雨綢繆

We should **save for a rainy day** in case of an emergency.

我們應該未雨綢繆，以防止突發狀況。

2 **preserve** [prɪˋzɝv] 動 保存；維持 名 蜜餞

💬 **三態變化** preserve → preserved → preserved

例句▶ I think that these traditional customs should be preserved.

　　我認為這些傳統習俗應該要保存下去。

本是同根生 ─ 相同字根的延伸單字

preservation 名 保存；保護　　**preserver** 名 保護者

preservable 形 能儲藏的　　**preservative** 形 保存的

這樣用動詞 ─ 使用率破表的相關片語

🍎 **preserve from** 保護事物不受害或損失

What can we do to **preserve** the files **from** damage?

我們應該如何保存，這些檔案才不會損壞？

3 **stock** [stɑk] 動 進貨；貯存 名 貯存；股票

💬 **三態變化** stock → stocked → stocked

例句▶ The hurricane is coming. We should **stock up** on solid food in advance.

　　颶風將會來襲，我們應該事先囤積些乾糧。　 stock up 囤積

本是同根生 ─ 相同字根的延伸單字

stockade 名 防禦柵欄　　**stockman** 名 庫存管理員

stockfish 名 曬乾的魚類　　**stocky** 形 矮胖的

這樣用動詞 → **使用率破表的相關片語**

keep/have in stock 囤貨

The boss **keeps** both kinds of goods **in stock**, so he never has a shortage.

老闆囤了兩款貨品，所以他從來不會缺貨。

be out of stock 無現貨的

I'm sorry. The black jacket you want **is out of stock**.

很抱歉，你要的黑色夾克目前缺貨。

take stock of 對⋯做出判斷

They must **take stock of** the situation and decide what to do next.

他們必須對情況做出判斷，決定下一步要怎麼走。

laughing stock 笑柄

I'll be the **laughing stock** of the neighborhood because of that mistake.

我會因為那個失誤而成為這一帶的笑柄。

---

4 **conserve** [kən`sɝv] 動 保藏；節省 名 蜜餞 MP3 464

三態變化 conserve → conserved → conserved

例句 ▶ We should conserve our customs and language.
我們應該要保存我們的習俗以及語言。

本是同根生 → **相同字根的延伸單字**

conservation 名 保存；節約　　**conservatism** 名 保守主義

conservatory 形 保存性的　　**conservative** 形 保守的

這樣用動詞 → **使用率破表的相關片語**

conserve for 保存

Get food dehydrated to **conserve** it **for** future use.

將食物風乾，可貯藏以備將來使用。

勝過、優於

1 better
動 改善；勝過
形 較好的

2 excel
動 優於；勝過

3 exceed
動 超過；勝出

4 surpass
動 超越；多於

5 top
動 勝過；達到頂端
形 頂尖的

---

1 better [`bɛtɚ] 動 改善；勝過 形 較好的
_{MP3}
MP3 465

三態變化 better → bettered → bettered

例句 He tried to better his life by working hard.
他試著以努力工作來改善生活品質。

本是同根生 相同字根的延伸單字

betterment 名 改善；改進 　　　　　**bettermost** 形（口）較大的
better-off 形 境況較好的

這樣用動詞 使用率破表的相關片語

go one better (than)（比…）做得更好
You just sang quite well, but I can **go one better**.
你唱得很不錯，但我能唱得更好。

🍎**had better** 應該；最好還是

It looks cloudy outside. You **had better** go home before it rains.

外面的天氣看起來陰陰的，下雨前你最好還是回家吧！

2 ▶ **excel** [ɪkˋsɛl] 動 優於；勝過；擅長 　MP3 466

🗨 **三態變化 excel → excelled → excelled**

例句▶ Although he lives alone, he's never **excelled at** cooking.

雖然他獨居，但他從來不善於煮飯。　excel at 擅長；優於

本是同根生 ┤ 相同字根的延伸單字

excellence 名 優秀；優點　　　**excellency** 名 美德
excellent 形 優良的；出色的　　**excellently** 副 優異地

3 ▶ **exceed** [ɪkˋsid] 動 超過；勝出 同義 outstrip 　MP3 467

🗨 **三態變化 exceed → exceeded → exceeded**

例句▶ The weight of your checked luggage should not exceed 20 kilos.

託運行李的重量不得超過二十公斤。

本是同根生 ┤ 相同字根的延伸單字

exceeding 形 極度的　　　　　**exceedingly** 副 極度地

這樣用動詞 ┤ 使用率破表的相關片語

🍎**exceed sb. by sth.** 因某事而贏過某人

Allen got the promotion because his work **exceeded** everyone **by** quality.

艾倫得到升遷是因為他的工作表現贏過了所有人。

4 **surpass** [sə`pæs] 動 超越；大於；勝過

三態變化 surpass → surpassed → surpassed

例句▶ The little girl surpasses the whole class in mathematics.
那位小女孩的數學贏過了全班的人。

本是同根生 → 相同字根的延伸單字

surpassing 形 超群的　　　　　　**surpassingly** 副 卓越地

5 **top** [tɑp] 動 勝過；達到頂端；高聳　形 頂尖的

三態變化 top → topped → topped

例句▶ Tell me when you see a man in yellow topping the hill.
如果你看到一個穿黃色外套的人到達山頂時，就告訴我一聲。

本是同根生 → 相同字根的延伸單字

topper 名 上等貨；高頂禮帽　　　　**topping** 形 第一流的
tops 形 最上等的；人緣最好的

這樣用動詞 → 使用率破表的相關片語

🍎**top off** 圓滿地完成某事
Let's **top off** the event with a drink.
讓我們乾杯，圓滿地結束這個活動吧！

🍎**top out** 達到頂點（並不再上升）
I think interest rates **have topped out** already.
我認為利率已經到最高點了。

🍎**get on top of** 熟悉掌握
I need to stop being lazy and **get on top of** my chores.
我必須停止懶散的作息，並掌握自己的例行工作。

🍎**off the top of one's head** 立即；馬上；不假思索地
If you ask me now, maybe I would say yes **off the top of my head**.
如果你現在問我，說不定我會馬上答應。

保護、抵擋

1 protect
動 保護；防護

2 keep
動 保持；遵守；飼養寵物

3 guard
動 保衛；監視；提防
名 警衛

6 harbor
動 包庇；入港停泊
名 海港

5 shelter
動 庇護；遮蔽
名 避難所；庇護

4 defend
動 防禦；辯護

Part 1
Part 2
Part 3
Part 4

1 protect [prə`tɛkt] 動 保護；防護 同義 shield
MP3 470

💬 三態變化 protect → protected → protected

例句▶ It's snowing outside. Bring a coat to protect yourself from catching cold.

外面在下雪，隨身帶件大衣以防受涼。 protect from 保護

本是同根生 →相同字根的延伸單字

protection 名 保護；警戒　　protector 名 保護者
protectory 名 育幼院　　protective 形 防護的
protected 形 受（法律）保護的　　protectively 副 防護地

這樣用動詞 →使用率破表的相關片語

📖under the protection of 在…的保護下

Children usually live **under the protection of** their parents.
小孩通常會在父母的保護下生活。

② **keep** [kip] 動 保持；遵守；飼養寵物

MP3 471

💬 三態變化 keep → kept → kept

例句 ▶ The police struggled to keep order.
警方奮力維持秩序。

本是同根生 → 相同字根的延伸單字

keeper 名 看守人；監護人　　　**keeping** 名 遵守；飼養

這樣用動詞 → 使用率破表的相關片語

🍎 **keep in touch** 保持聯絡
Be sure to **keep in touch** with us while you go abroad.
出國後記得要與我們保持聯絡。

🍎 **keep on** 繼續
You should **keep on** doing whatever makes you happy.
只要是能讓你開心的事情，你就應該繼續下去。

🍎 **keep sth. to oneself** 將某事放在心底不說
You don't need to **keep** the worries **to yourself**.
你不需要將憂慮的事都放在心裡不說。

③ **guard** [gɑrd] 動 保衛；監視；提防　名 警衛

MP3 472

💬 三態變化 guard → guarded → guarded

例句 ▶ You must **guard against** accidents when you are out.
當你外出時，必須嚴防意外發生。　guard against 預防

本是同根生 → 相同字根的延伸單字

guardian 名 【律】監護人　　　**guarded** 形 被防護的
guardable 形 可守衛的　　　**guardedly** 副 謹慎地

· 306 ·

4 ▶ defend [dɪˋfɛnd] 動 防禦；辯護　同義 safeguard　MP3 473

三態變化 defend → defended → defended

例句 ▶ This coat **defends against** cold and wetness.
這件外套能抵禦寒冷與溼氣。　defend against 抵禦

本是同根生 ─(相同字根的延伸單字)

defender 名 防衛者　　　　　　defense 名 防禦；防護
defendant 形 辯護的 名 被告　　defensive 形 防護的

5 ▶ shelter [ˋʃɛltɚ] 動 庇護；遮蔽　名 避難所；庇護　MP3 474

三態變化 shelter → sheltered → sheltered

例句 ▶ We should find somewhere to **shelter from** this sudden rain.
我們應該找個地方來躲這場驟雨。　shelter from 躲避

本是同根生 ─(相同字根的延伸單字)

shelterbelt 名 防風林帶　　　　sheltered 形 受保護的
shelterless 形 無所依靠的

6 ▶ harbor [ˋhɑrbɚ] 動 包庇；入港停泊　名 海港　MP3 475

三態變化 harbor → harbored → harbored

例句 ▶ According to the law, you'll be in jail if you harbor a criminal.
根據法律規定，若窩藏罪犯，你就必須坐牢。

本是同根生 ─(相同字根的延伸單字)

harborage 名 停泊處　　　　　　harborless 形 無住處的

Part 1
Part 2
Part 3
Part 4

Unit 26 天馬行空的思想：聯想與混合

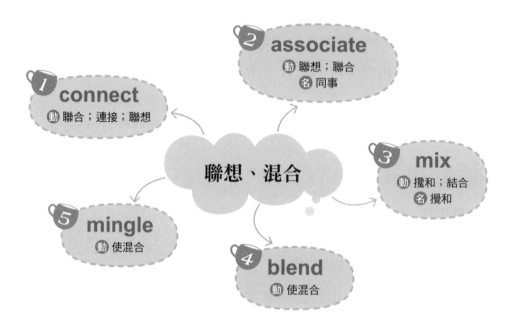

② **associate**
動 聯想；聯合
名 同事

① **connect**
動 聯合；連接；聯想

聯想、混合

③ **mix**
動 攪和；結合
名 攪和

⑤ **mingle**
動 使混合

④ **blend**
動 使混合

---

① **connect** [kəˋnɛkt] 動 聯合；連接；聯想　MP3 476

三態變化 connect → connected → connected

例句 You forget to connect the printer to your computer!
你忘了將印表機連線到電腦上了！

本是同根生 →相同字根的延伸單字

connection 名 連接　　　　**connecter** 名 連接器
connected 形 連貫的　　　　**connectible** 形 可聯結的
connective 形 連接的；聯合的　**connectedly** 副 連貫地

這樣用動詞 →使用率破表的相關片語

connect up 連接；連通；聯想到
You should **connect up** these two cords, and then the machine

should be running again.
你應該要連接這兩條電線，機器才會開始重新運轉。

2 associate [əˋsoʃɪˏet] 動 聯想；聯合 名 同事 MP3 477

三態變化 associate → associated → associated

例句 People often associate this brand with higher price and great quality.
人們看到這個牌子時，通常都會將之與高價和品質良好連上等號。

本是同根生 相同字根的延伸單字

association 名 協會；聯盟　　associator 名 夥伴；會員
associability 名 可聯想性　　associated 形 聯合的
associative 形 聯合的　　associable 形 可聯想的

3 mix [mɪks] 動 攪和；結合 名 攪和；混合物 MP3 478

三態變化 mix → mixed → mixed

例句 Mix up the butter with these eggs, and put it in the pan.
將奶油和這些蛋和在一起，攪拌好後放進平底鍋裡。　　mix up 混淆；調和

本是同根生 相同字根的延伸單字

mixture 名 混合物；混合　　mixer 名 攪拌器；調音裝置
mixable 形 可混合的　　mixed 形 混合的；摻雜的

這樣用動詞 使用率破表的相關片語

mix up 弄混；攪拌
The travel agent **mixed up** our flight tickets and gave you mine.
旅行社把我們的機票弄錯了，把我的機票給你了。

mix sb. up 使某人困惑
The directions on this brochure really **mixed** me **up**.
這本小冊子裡面的指示把我弄糊塗了。

4 **blend** [blɛnd] 動 使混合 名 混合 同義 admix

三態變化 blend → blended → blended

例句 To make the cake, you have to first blend the butter, sugar, and flour.
想要製作蛋糕的話，你就得先將奶油、糖和麵粉混合。

本是同根生 → 相同字根的延伸單字

blender 名 攪拌器　　　　　　**blending** 名 混合
blended 形 數種混合的

5 **mingle** [ˋmɪŋɡḷ] 動 使混合；混在一起；加入

三態變化 mingle → mingled → mingled

例句 You should mingle with other people and try to blend in.
你應該要多和其他人相處，並試著融入。

本是同根生 → 相同字根的延伸單字

minglement 名 混合　　　　　**mingle-mangle** 名 混合；混雜

單字力 UP！還能聯想到這些

「啟發」相關字	inspiration 啟發；hint 暗示；reflection 省思；fable 寓言；stimulation 鼓舞；invention 發明；observation 觀察
「思想」相關字	thought 想法；debate 辯論；radical 激進；prejudice 偏見；philosopher 哲學家；Plato 柏拉圖；Socrates 蘇格拉底；Utopia 烏托邦；individualism 個人主義

1 try
動 嘗試；努力
名 嘗試；努力

2 attempt
動 嘗試；企圖
名 努力；嘗試

嘗試、打算

4 intend
動 打算；意指

3 essay
動 企圖；嘗試
名 散文；小品文

---

1 try [traɪ] 動 名 嘗試；努力 同義 undertake

💬 三態變化 try → tried → tried

例句 This whole plan is a mess. Let's **try over**!
　　這整個計畫都雜亂無章，我們再重新試一次吧！ try over 再試一次

本是同根生 → 相同字根的延伸單字

tryout 名 預賽；試驗　　　　**trying** 形 令人厭煩的
trial 名 試驗；考驗　　　　**trier** 名 試驗者；審查員

這樣用動詞 → 使用率破表的相關片語

📖 **try sb. on/for one's life** 判某人死刑
The news said that the judge **tried** the criminal **on his life**.
新聞說法官判了那名罪犯死刑。

2 **attempt** [əˋtɛmpt] 動 嘗試；企圖 名 努力；嘗試 ^{MP3}482

💬 **三態變化** attempt → attempted → attempted

📝例句▶ The traitor **attempted to** kill the king, but he failed.
這名叛徒企圖殺害國王，但失敗了。　attempt to 試圖；企圖

本是同根生 ├ 相同字根的延伸單字

attempted 形 企圖的；未遂的

這樣用動詞 ├ 使用率破表的相關片語

👆**make an attempt on** 試圖
The unscrupulous man **made an attempt on** my integrity.
那個無恥的男人企圖損害我的正直。

👆**an attempted suicide** 自殺未遂
They found sleeping pills, so it looks like **an attempted suicide**.
他們找到了安眠藥，看起來是一起自殺未遂的案件。

👆**attempt the life of sb.** 試圖過某人的生活
Because he was always a dreamer, he wanted to **attempt the life of** a saint.
因為他一直都是個理想家，所以試圖過聖人的生活。

3 **essay** [ˋɛse] 動 企圖；嘗試 名 散文；小品文 ^{MP3}483

💬 **三態變化** essay → essayed → essayed

📝例句▶ The reporter **essayed** to publish the scandal but was paid with hush money to keep it as a secret.
那位記者企圖公開一件醜聞，但因收了封口費而只好保守秘密。

本是同根生 ├ 相同字根的延伸單字

essayist 名 散文家　　　　**essayistic** 形 小品的

4 intend [ɪnˋtɛnd] 動 打算；意指；想要

MP3
484

三態變化 intend → intended → intended

例句 Julia intends to climb up the corporate ladder.
茱莉亞想要在公司內部一路升遷。

本是同根生 →相同字根的延伸單字

intent 名 意圖 形 熱切的　　　intention 名 意向；目的
intendant 名 監督官　　　　　intended 形 打算中的

這樣用動詞 →使用率破表的相關片語

🖐 **carry out one's intention** 實現某人的心願
She sets the goal and is determined to **carry out** her **intention**.
她設立目標，並決心要實現自己的心願。

🖐 **intend for** 本意是…；打算…
She **intended** this cake **for** her friend's birthday party, but her sister ate it all.
她原本是為朋友的生日派對而準備這塊蛋糕的，但卻被她妹妹吃完了。

✏️ 單字力 UP！還能聯想到這些

「研究」相關字	research 研究；experiment 實驗；laboratory 實驗室；budget 預算；formula 公式；deductive method 演繹法；inductive method 歸納法；hypothesis 假說
「理想」相關字	ideal 理想；vision 憧憬；fancy 幻想；anticipation 期望；desire 渴望；hope 期望；ambition 野心；aspiration 抱負；expectancy 期望
「夢；夢想」相關字	dream 夢／夢想；night shift 夜班；moon 月亮；star 星星；insomnia 失眠；sleepwalk 夢遊；somniloquy 說夢話；lullaby 催眠曲；darkness 黑暗；ghost 鬼魂

Unit
28
多多益善：給予與捐贈

1 contribute
動 捐獻；貢獻；投稿

2 donate
動 捐獻；捐贈

給予、捐贈

3 give
動 捐贈；給；讓步

6 award
動 授予；判給
名 獎；獎品

4 bestow
動 給予；安放

5 allot
動 分配；指派

---

1 contribute [kənˋtrɪbjut] 動 捐獻；貢獻；投稿 (MP3 485)

💬 **三態變化** contribute → contributed → contributed

例句▶ Taking a walk **contributes to** your health.
散步有助於健康。 contribute to 有助於

本是同根生 → 相同字根的延伸單字

contribution 名 捐獻；投稿　　**contributor** 名 貢獻者
contributive 形 貢獻的　　**contributory** 形 捐助的

這樣用動詞 → 使用率破表的相關片語

👜 **make a contribution to/toward** 捐助；對…作出貢獻
My father **made a contribution toward** the construction of a local hospital for four years.

我爸爸捐助建本地醫院的工程已經四年了。

2 donate [`donet] 動 捐獻；捐贈；捐（血或器官） MP3 486

三態變化 donate → donated → donated

例句 They donated some clothes and shoes to the charity.
他們捐了一些衣服和鞋子到那個慈善機構。

本是同根生 相同字根的延伸單字

donation 名 贈與物　　　　donative 形 捐贈的

3 give [gɪv] 動 捐贈；給；讓步 同義 offer MP3 487

三態變化 give → gave → given

例句 He gave his life to science.
他為科學而奉獻了他的一生。

本是同根生 相同字根的延伸單字

giver 名 給予者　　　　giveaway 名 贈品
given 形 作為前提的；特定的

這樣用動詞 使用率破表的相關片語

give one's ears 付出任何代價；不惜代價
I would give my ears to have my health back.
為了恢復健康，我願意不惜代價。

give one's daughter away in marriage 把女兒嫁出去
At the end of July, the parents will give their daughter away in marriage.
在七月底，那對父母會把他們的女兒嫁出去。

give the case for/against sb. 作出有利／不利於某人的判決
The judge gave the case for the person who got hurt in this event.
法官做出了有利於受害者的判決。

Part 1

Part 2

Part 3

Part 4

4 **bestow** [brˋsto] 動 給予；安放 同義 gift

💬 三態變化 bestow → bestowed → bestowed

例句▶ The team bestowed so much time on the project.
這個團隊在此份企劃上花費了很多時間。

本是同根生 ⟶ 相同字根的延伸單字

bestowment 名 贈與　　　　　**bestowal** 名 授予

這樣用動詞 ⟶ 使用率破表的相關片語

👆**bestow sth. on sb.** 把某物給某人
Jenny decided to **bestow** the necklace **on** her daughter.
珍妮決定把這條項鍊送給她的女兒。

5 **allot** [əˋlɑt] 動 分配；指派；撥給 同義 distribute

💬 三態變化 allot → allotted → allotted

例句▶ The church **allotted** food and milk **to** the orphans.
教會把食物和牛奶分配給孤兒們。　allot sth. to sb. 把某物分配給某人

本是同根生 ⟶ 相同字根的延伸單字

allottee 名 受到分配者　　　　**allotment** 名 分配
allotted 形 專款的

這樣用動詞 ⟶ 使用率破表的相關片語

👆**allot sth. for** 指定某物用於（某一用途）
The government **allotted** millions of dollars **for** the development of a safety program.
政府撥出好幾百萬來發展一項安全計畫。

6 **award** [əˋwɔrd] 動 授予；判給 名 獎；獎品

💬 三態變化 award → awarded → awarded

例句▶ A prize will be awarded to the employee who sells the most products.
銷售最多產品的員工將會獲得一筆獎金。

本是同根生 → 相同字根的延伸單字

award-winning 形 獲獎的　　　　**awardee** 名 得獎人；受獎者

這樣用動詞 → 使用率破表的相關片語

be awarded for 因…而授予（獎章、獎品等）
The citizen **was awarded** a medal **for** his good conduct.
那位市民因行為良好而被授予了獎章。

單字力 UP！還能聯想到這些

「公益」相關字	non-profit 非營利；public welfare association 公益團體；public welfare image 公益形象；charity sale 公益拍賣；charitable auction 慈善拍賣；fundraising 募款
「數字」相關字	trillion（美）兆；billion 十億；million 百萬；half 一半；thousand 千；hundred 百；number 數字；minus 負數；cipher 阿拉伯數字；zero 零
「送禮節日」相關字	birthday 生日；Mother's Day 母親節；Father's day 父親節；Valentine's Day 情人節；Easter 復活節；Halloween 萬聖節；Thanksgiving Day 感恩節；Christmas 聖誕節
「善意行為」相關字	bow 鞠躬；smile 微笑；beam 眉開眼笑；relieve 使寬慰；clasp/shake hands 握手；comfort 安慰；do homage to 致敬
「頒獎典禮」相關字	award ceremony 頒獎典禮；master of ceremony 司儀；orchestra 樂隊；honor guard 儀隊；commendation 獎狀；praise 表揚；ranking 名次；host 主持人

NOTE

Part 4

心頭烏雲籠罩

與「負面消極」有關的動詞

哪時候可以用這些動詞呢？

遇到「負面」的情緒或事情，或
是敘述「消極」態度時。

名 名詞	動 動詞	形 形容詞
副 副詞	介 介係詞	片 片語

英文動詞與中文動詞最大的不同點其中之一，當然就是動詞變化囉。使用英文動詞時，一定要注意，動詞除了必須根據「時態」做變化，也會隨著不同的「人稱」以及「單數／複數」而有變化，像是主詞如果是現在式、第三人稱、單數的話，可別忘了在動詞後面加上「s」了喔！

心煩意亂怎麼辦：打擾與干涉

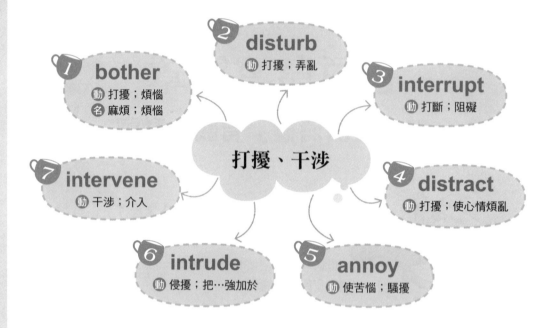

1 **bother** 動 打擾；煩惱 名 麻煩；煩惱
動 打擾；煩惱
名 麻煩；煩惱

2 **disturb** 動 打擾；弄亂

3 **interrupt** 動 打斷；阻礙

4 **distract** 動 打擾；使心情煩亂

5 **annoy** 動 使苦惱；騷擾

6 **intrude** 動 侵擾；把…強加於

7 **intervene** 動 干涉；介入

打擾、干涉

---

1 **bother** [`bɑðɚ] 動 打擾；煩惱 名 麻煩；煩惱 MP3 491

🗨 **三態變化** bother → bothered → bothered

例句▶ The complexities of interpersonal relations bothered her.
複雜的人際關係曾使她困擾不已。

本是同根生 ─相同字根的延伸單字

botheration 名 煩惱；苦惱　　**bothersome** 形 麻煩的
bothered 形 煩惱的

這樣用動詞 ─使用率破表的相關片語

👍 **find sth. without bother** 不費力地找到某物
Thanks for your help. I **found** my wallet **without bother**.
謝謝你的幫忙，讓我輕鬆就找到了我的錢包。

🍎**give sb. much bother** 給某人帶來麻煩
Sorry for **giving** you so **much bother**. I won't do that again.
很抱歉給你帶來那麼多的麻煩，我不會再犯了。

2 disturb [dɪsˋtɜb] 動 打擾；弄亂 同義 pester MP3 492

💬 **三態變化** disturb → disturbed → disturbed

例句▶ They were charged with disturbing public peace.
他們被指控擾亂公共治安。

本是同根生 ─相同字根的延伸單字

disturber 名 打擾者　　　　　**disturbance** 名 騷擾；憂慮
disturbed 形 煩躁的；心理失常的　**disturbing** 形 煩擾的
disturbingly 副 不安地；動搖地

這樣用動詞 ─使用率破表的相關片語

🍎**cause/make/raise a disturbance** 作亂；鬧事
The death of the president **caused** quite **a disturbance** among the people.
總統的死亡引起民眾一片騷亂。

🍎**disturb the peace** 擾亂治安
The war **disturbed the peace** of the country.
這場戰爭擾亂了國家的和平。

3 interrupt [ˌɪntəˋrʌpt] 動 打斷；阻礙；插嘴 MP3 493

💬 **三態變化** interrupt → interrupted → interrupted

例句▶ You should stop interrupting her and let her explain what just happened.
你不應該再打斷她，讓她解釋剛剛到底發生什麼事吧。

interrupter 名 阻礙者　　**interruption** 名 打斷中止
interrupted 形 被阻止的；中斷的　　**interruptedly** 副 中斷地

4 distract [dɪˋstrækt] 動 打擾；使心情煩亂 MP3 494

💬 三態變化 distract → distracted → distracted

例句 ▶ Stop chitchatting! You're distracting me from my work.
不要聊天了！這樣我無法專心工作。

本是同根生 → 相同字根的延伸單字

distraction 名 分心；分心的事物　　**distractible** 形 易分心的
distractive 形 分散注意力的　　**distracted** 形 心煩意亂的

5 annoy [əˋnɔɪ] 動 使苦惱；惹惱；騷擾 MP3 495

💬 三態變化 annoy → annoyed → annoyed

例句 ▶ My father **is annoyed about** the way my brother talks.
我父親正為我哥哥的說話態度感到生氣。
be annoyed about sth. 因某事感到煩惱／生氣

本是同根生 → 相同字根的延伸單字

annoyance 名 煩擾；惱怒　　**annoyed** 形 氣惱的；惱怒的
annoying 形 惱人的；討厭的　　**annoyingly** 副 惱人地

這樣用動詞 → 使用率破表的相關片語

👍**in annoyance** 惱火地
Jerry's eyebrows puckered **in annoyance** when he heard the news.
當傑瑞聽到那則新聞時，惱火地皺起了眉頭。

👍**feel a sharp annoyance with sb.** 對某人惱怒
I **feel a sharp annoyance with** my new neighbors because they cause so much noise every weekend.

我對我的新鄰居感到極為惱怒，因為他們每個週末都會製造很多噪音。

6 intrude [ɪn`trud] 動 侵擾；把…強加於

MP3 496

🗨 三態變化 intrude → intruded → intruded

例句▶ I'm sorry to intrude on your lunch.
很抱歉打擾您的午餐時間。

本是同根生──(相同字根的延伸單字)

intruder 名 闖入者；干擾者　　　**intrusion** 名 闖入；打擾
intrusive 形 侵入的；打擾的　　　**intrusively** 副 干擾地

這樣用動詞──(使用率破表的相關片語)

👆**intrude into sth.** 干涉某事
You should not **intrude into** this matter, or you'll get yourself in trouble.
你不應該干涉此事，否則會陷入麻煩。

7 intervene [ˌɪntə`vin] 動 干涉；介入；干擾

MP3 497

🗨 三態變化 intervene → intervened → intervened

例句▶ She would have died if the neighbors hadn't intervened.
要不是鄰居出面調停，她早就沒命了。

本是同根生──(相同字根的延伸單字)

intervention 名 干涉；調停　　　**intervening** 形 介於中間的
interventionist 形 干涉主義的 名 干涉主義者

Unit 02 軟硬兼施：引起興趣或強迫他人

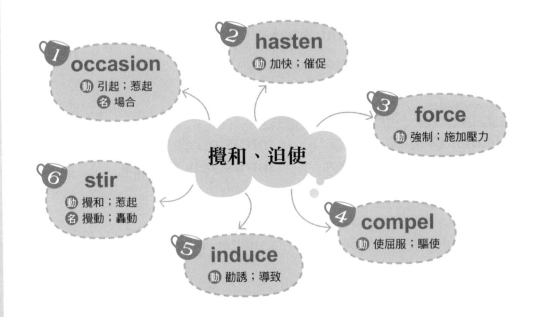

- 1 **occasion** 動 引起；惹起 名 場合
- 2 **hasten** 動 加快；催促
- 3 **force** 動 強制；施加壓力
- 4 **compel** 動 使屈服；驅使
- 5 **induce** 動 勸誘；導致
- 6 **stir** 動 攪和；惹起 名 攪動；轟動

攪和、迫使

---

1 occasion [əˋkeʒən] 動 引起；惹起 名 場合

MP3
498

💬 **三態變化** occasion → occasioned → occasioned

例句▶ That young man's rude attitude occasioned a fist fight.
那名年輕人無理的態度引起了一場打架。

本是同根生─相同字根的延伸單字

occasionalism 名【哲】偶因論　　**occasionalist** 名 機會論者
occasional 形 偶然的　　**occasionally** 副 偶爾

這樣用動詞─使用率破表的相關片語

👆**on occasion** 有時
He has surprised people **on occasion**.
他有時會讓人們感到驚訝。

📖 **on the occasion of** 在…的時候
On the occasion of his son's graduation, he donated money to the school.
他在兒子畢業的時候，捐了錢給學校。

📖 **rise to the occasion** 能夠應付
Rising to the occasion, Jack passed the exam with high grades.
傑克跨越重重難關，以高分通過了考試。

📖 **a sense of occasion** 特殊的感覺
He created **a sense of occasion** by decorating the house and lighting candles.
他以裝潢與燭光來營造一種特殊的氣氛。

Part
1

Part
2

② **hasten** [ˋhesn̩] 動 加快；催促；趕緊 同義 **hurry** MP3 499

🗨 三態變化 hasten → hastened → hastened

例句▶ The right temperature and showers will hasten the growth of the plants.
在對的溫度和陣雨之下，能夠加速植物的生長。

Part
3

本是同根生 ┤相同字根的延伸單字

hastiness 名 火急；輕率；倉促   **hasty** 形 匆忙的；輕率的
hastily 副 匆忙地；倉促地

Part
4

③ **force** [fors] 動 強制；施加壓力；（用武力）奪取 MP3 500

🗨 三態變化 force → forced → forced

例句▶ The policemen forced the criminals to give up their weapons.
員警迫使那些罪犯放下武器。

本是同根生 ┤相同字根的延伸單字

forced 形 被迫的；牽強的   **forceful** 形 有力的；有說服力的
forcible 形 強迫的；有說服力的   **forcibly** 副 強制地

forcedly 副 強迫地　　　　**forcefully** 副 強而有力地

4 compel [kəm`pɛl] 動 迫使屈服；驅使

🗨 **三態變化** compel → compelled → compelled

例句▶ Nobody can **compel** me **to** do things I don't like.
沒人可以強迫我做不喜歡的事情。　compel to 強迫

本是同根生 ┤相同字根的延伸單字

compellation 名 稱呼；名稱　　　**compellent** 形 引人注目的
compelling 形 強迫的；令人信服的

5 induce [ɪn`djus] 動 勸誘；導致；感應

🗨 **三態變化** induce → induced → induced

例句▶ Nothing in the world can induce me to do such a thing.
世界上沒有任何事可以引誘我做那種事。

本是同根生 ┤相同字根的延伸單字

inducer 名 引誘者；誘導物　　　**inducement** 名 誘因；引誘
inducible 形 可誘導的；可導致的

6 stir [stɝ] 動 攪和；惹起；移動 名 攪動；轟動

🗨 **三態變化** stir → stirred → stirred

例句▶ You should stir the vegetables into the rice while it is hot.
你應該要趁熱時就將菜拌進去米飯裡面。

本是同根生 ┤相同字根的延伸單字

stirrings 名 漸起；萌芽　　　**stirrer** 名 攪拌器
stirabout 名 吵鬧　　　**stirring** 形 激動人心的

Unit 03 絮絮叨叨意見多：持有異議

② **vary** 動 變化；改變；不同

① **differ** 動 不一致；不同

不同、持異議

③ **disagree** 動 意見不合；爭論

⑥ **contradict** 動 與…矛盾

④ **dissent** 動 持異議

⑤ **contrast** 動 使對比

Part 1

Part 2

Part 3

Part 4

1 **differ** [`dɪfə] 動 不一致；不同 同義 diverge MP3 504

三態變化 differ → differed → differed

例句 I don't mean to argue, but my opinion **differs from** yours.
我不是故意要找碴，但我和你的看法不一樣。 differ from 不同於…

本是同根生 相同字根的延伸單字

difference 名 差異；差別 　　**different** 形 不同的
differential 形 獨特的；有差別的 　　**differently** 副 不同地
differentiate 動 使有差異

這樣用動詞 使用率破表的相關片語

beg to differ (with sb.) 恕難與某人苟同
I **beg to differ** with you, but you have stated everything exactly backwards.

恕我不同意你的說法，你將所有事情都講反了。

2 vary [ˋvɛrɪ] 動 變化；改變；不同；修改

三態變化 vary → varied → varied

例句 The price of this product varies widely from shop to shop.
這項產品在不同店鋪賣的價格有很大的差異。

本是同根生 — 相同字根的延伸單字

variation 名 變動；差異　　　　　**variance** 名 （意見等的）不一致
variability 名 變化性　　　　　　**various** 形 各式各樣的
variable 形 易變的；多變的　　　　**variant** 形 有差異的；不同的
varied 形 多變的；多彩的　　　　　**variably** 副 變化地

這樣用動詞 — 使用率破表的相關片語

vary with 隨…而變化
It's important to know that customs **vary with** the times.
知道習俗會隨時代而異是很重要的。

3 disagree [ˌdɪsəˋgri] 動 意見不合；爭論

三態變化 disagree → disagreed → disagreed

例句 The manager **disagreed with** this conclusion during the meeting.
會議中，經理不同意這項結論。　　disagree with 不同意；不一致

本是同根生 — 相同字根的延伸單字

disagreement 名 爭論；不符　　　**disagreeable** 形 不合意的
disagreeably 副 不愉快地

4 dissent [dɪˋsɛnt] 動 持異議；不同意

MP3 507

三態變化 dissent → dissented → dissented

例句 Please raise your hand now if you dissent from the motion.
不同意此項動議的人請現在舉手。

本是同根生 相同字根的延伸單字

dissension 名 爭吵；不和　　　dissentient 形 不贊成的

5 contrast [kənˋtræst] 動 使對比；和…形成對照

MP3 508

三態變化 contrast → contrasted → contrasted

例句 The saltiness contrasts with the sweetness of the fruits.
鹹鹹的味道和水果的甜味形成鮮明的對比。　contrast with 與…形成對比

本是同根生 相同字根的延伸單字

contrastive 形 對比的　　　contrasty 形【攝】高反差的
contrasting 形 截然不同的　　　contrastingly 副 對比地

這樣用動詞 使用率破表的相關片語

🍎in contrast to 和…形成對比
In contrast to her family, Candice enjoys playing video games.
坎蒂絲很喜歡打電動，與她的家人完全相反。

6 contradict [ˌkɑntrəˋdɪkt] 動 與…矛盾；相牴觸

MP3 509

三態變化 contradict → contradicted → contradicted

例句 Obviously, the woman's statement **contradicts with** the fact.
很明顯地，那個女人的陳述與事實相互矛盾。　contradict with 與…相矛盾

本是同根生 相同字根的延伸單字

contradiction 名 矛盾；否認　　　contradictious 形 好辯駁的
contradictory 形 矛盾的　　　contradictive 形 傾向於矛盾的

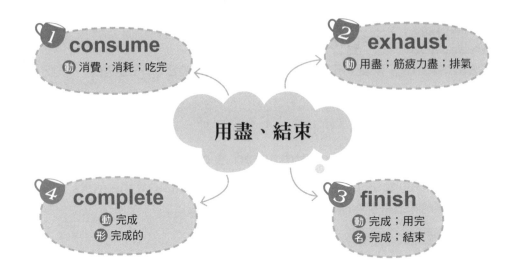

① **consume** 動 消費；消耗；吃完

② **exhaust** 動 用盡；筋疲力盡；排氣

④ **complete** 動 完成 形 完成的

③ **finish** 動 完成；用完 名 完成；結束

用盡、結束

---

1 consume [kən`sjum] 動 消費；消耗；吃完 MP3 510

💬 **三態變化** consume → consumed → consumed

例句 ▶ In the mid-seventies, Americans consumed about seventeen billion barrels of oil daily.
在七〇年代中期，美國人每天平均消耗掉約 1,700 萬桶的石油。

本是同根生 ─ 相同字根的延伸單字

consumer 名 消費者 　　　　　**consumption** 名 消耗；消費
consumable 形 可消費的 　　　 **consuming** 形 消費的

這樣用動詞 ─ 使用率破表的相關片語

📖 **consume away** 消耗掉；憔悴
He was consumed away by grief. Maybe we can visit him one day.

他因憂傷而憔悴，也許我們哪天可以去探望他。

🗂 **consume with** 充滿；使著迷

He **was consumed with** jealousy when he saw his wife talking to another man.

當他看到自己的老婆和其他男人說話時，滿懷妒意。

2 **exhaust** [ɪgˋzɔst] 動 用盡；筋疲力盡；排氣　MP3 511

💬 **三態變化** exhaust → exhausted → exhausted

例句▶ Web addicts often exhause themselves by surfing the Internet for days on end.

網路成癮者經常持續上網好幾天，把自己弄得筋疲力盡。

本是同根生─**相同字根的延伸單字**

exhaustion 名 耗盡；枯竭　　　**exhausted** 形 筋疲力盡的
exhausting 形 使疲乏不堪的　　**exhaustive** 形 徹底的

3 **finish** [ˋfɪnɪʃ] 動 完成；用完 名 完成；結束　MP3 512

💬 **三態變化** finish → finished → finished

例句▶ I took over Tom's project, and then realized that I must **finish up** by next month.

我接手湯姆的計畫後，才得知我必須在下個月前完成。　finish up 結束

本是同根生─**相同字根的延伸單字**

finisher 名 完工者　　　　**finished** 形 完成的
finishing 形 最後的；終點的　　**unfinished** 形 未完成的

這樣用動詞─**使用率破表的相關片語**

🗂 **finish with** 完成；與…斷絕關係

We finally **finished with** the scientific research after ten years.

經過了十年，我們才終於完成這項科學研究。

🍎**finish off** 吃完；完成
We must **finish off** all the food we ordered, or we will be fined.
我們必須吃完所有點的食物，否則會被罰款。

🍎**from start to finish** 從頭到尾
My roommate and I were at the party **from start to finish**.
我和我的室友自始至終都在那場派對上。

🍎**come to the finish** 結束
We were thrilled to know that the work **has come to the finish**.
得知工作已告結束時，我們感到非常地興奮。

4 **complete** [kəm`plit] 動 完成 形 完成的

💬**三態變化** complete → completed → completed

例句▶ The teacher gave us a handout to complete in class.
老師發給我們一份要在課堂上完成的講義。

本是同根生 ⊢ 相同字根的延伸單字
completeness 名 徹底；完整　　**completion** 名 完成
completive 形 完成的　　**completely** 副 完全地

這樣用動詞 ⊢ 使用率破表的相關片語
🍎**complete with** 包括；連同
This car comes **complete with** all the modern conveniences.
這輛車配有所有最新的設備。

犯錯被記大過小過：警告與告誡

1 caution
動 告誡；警告
名 警告；謹慎

2 warn
動 警告；告誡

4 admonish
動 告誡；提醒；責備

警告、告誡

3 alert
動 使警覺；待命
名 警戒
形 警惕的

Part 1

Part 2

Part 3

Part 4

1 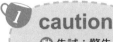 **caution** [ˋkɔʃən] 動 告誡；警告 名 警告；謹慎 MP3 514

三態變化 caution → cautioned → cautioned

例句 ▶ I was cautioned not to go over the speed limit.
我被警告不要超速。

本是同根生 → 相同字根的延伸單字

cautiousness 名 謹慎；小心　　**cautioner** 名 警告者；保證者
cautionary 形 警戒的；告誡的　　**cautious** 形 謹慎的
cautiously 副 小心地

這樣用動詞 → 使用率破表的相關片語

👍 **throw caution to the wind** 不顧一切
Lisa **threw caution to the wind** and went with her lover.

麗莎拋下一切，跟著她的情人離開了。

🍎 **with caution** 小心謹慎

The lab assistant tried to do the experiment **with caution**.

那名實驗助理試著小心謹慎地進行這項實驗。

② **warn** [wɔrn] 動 警告；告誡；預先通知 MP3 515

🗨 三態變化 **warn** → **warned** → **warned**

例句 ▶ Mom **warned** us not to go out alone at night.
媽媽告誡我們晚上不要獨自出門。

本是同根生 → 相同字根的延伸單字

warning 名 預警；警告；前兆　　　　**warner** 名 警告者

這樣用動詞 → 使用率破表的相關片語

🍎 **warn sb. off/away** 警告某人離開；告誡某人避開

The old man **warned** those kids **off** his ranch.
那個老人警告孩子們離開他的農場。

🍎 **without warning** 未先警告或通知

We were all surprised because he visited us **without warning**.
因為他沒事先通知我們就突然來訪，所以我們都嚇了一跳。

③ **alert** [ə`lɜt] 動 使警覺；待命　名 警戒　形 警惕的 MP3 516

🗨 三態變化 **alert** → **alerted** → **alerted**

例句 ▶ The boss **alerted** the managers **to** the upcoming financial crisis.
老闆提醒經理們注意即將面臨的財務危機。　**alert sb. to sth.** 提醒某人某事

本是同根生 → 相同字根的延伸單字

alertness 名 機警；警惕　　　　**alertly** 副 警惕地；機警地

· 334 ·

這樣用動詞 → (使用率破表的相關片語)

📖 **on the alert** 警戒著；注意

In order to protect the captain, these soldiers are **on the alert**.
為了保護上校，這些士兵都在警戒著四周。

4 **admonish** [əd`manɪʃ] **動** 告誡；提醒；責備
MP3 517

💬 **三態變化** admonish → admonished → admonished

例句 ▶ Ellen was told to stop admonishing people around her.
有人提醒艾倫，不要再責備身邊的每一個人了。

本是同根生 → (相同字根的延伸單字)

admonishment 名 告誡；警告　　**admonition** 名 告誡；警告
admonitor 名 告誡者　　　　　**admonitory** 形 警告的

這樣用動詞 → (使用率破表的相關片語)

📖 **admonish for** 責備

The father **admonished** his son **for** his laziness.
那名父親責備了兒子的懶惰。

✏️ **單字力 UP！還能聯想到這些**

「權責」相關字	punishment 處罰；responsibility 責任；obligation 義務；burden 重責；task 任務；duty 本分；jurisdiction 權力；dominion 統治權；sovereignty 統治權
「法律」相關字	indictment 起訴書；legal fees 訴訟費；appellant 上訴人；bail 保證金；suitor 起訴人；citation 傳票；alimony 贍養費；lawyer's fee 律師費；compensating expense 賠償費

2 **dread**
動 懼怕；擔心
名 畏懼；擔心

1 **fear**
動 害怕；恐懼
名 恐怖；敬畏

懼怕、敬畏

3 **awe**
動 使敬畏
名 敬畏

5 **daunt**
動 嚇倒；使氣餒

4 **appal**
動 使震驚；使毛骨悚然

---

1 **fear** [fɪr] 動 害怕；恐懼 名 恐怖；敬畏

MP3
518

💬 **三態變化** fear → feared → feared

例句 ▶ I fear that you'll be in deep trouble if you keep talking like that.
我怕你再這樣講話下去，會陷入很大的麻煩。

本是同根生 ├ 相同字根的延伸單字

fearful 形 害怕的；可怕的   **fearsome** 形 可怕的；膽小的
fearless 形 無畏的；大膽的   **fearfully** 副 非常地

這樣用動詞 ├ 使用率破表的相關片語

👉 **for fear of** 以免
He answered all the questions in the affirmative **for fear of** making his mother sad.

為了不讓母親傷心，他所有的問題都回答了「是」。

2 dread [drɛd] 動 懼怕；擔心 名 畏懼；擔心 MP3 519

三態變化 dread → dreaded → dreaded

例句 He dreads to face his death and the death of his family.
他很害怕面對自己的死亡以及家人的死亡。

本是同根生 相同字根的延伸單字

dreadnaught 名 無所畏懼的人　　　**dreaded** 形 可怕的

dreadful 形 令人恐懼的　　　**dreadfully** 副 可怕地

這樣用動詞 使用率破表的相關片語

in dread of 害怕；畏懼
Many people in Taiwan live **in dread of** earthquakes.
很多住在台灣的人都很害怕地震。

3 awe [ɔ] 動 使敬畏；使畏怯 名 敬畏；畏怯 MP3 520

三態變化 awe → awed → awed

例句 The audience was awed into silence by her stunning performance.
她的出色表演令觀眾都屏氣凝神地欣賞。

本是同根生 相同字根的延伸單字

awed 形 充滿敬畏的；畏怯的　　　**awe-struck** 形 令人頓生敬畏的

awful 形 可怕的；嚇人的　　　**awfully** 副 十分；惡劣地

這樣用動詞 使用率破表的相關片語

be in awe of 敬畏
Everyone in the country **was in awe of** the king and queen.
每位國民都很敬畏國王和皇后。

4 **appal** [ə`pɔl] 動 使震驚;使毛骨悚然

💬 三態變化 appal → appalled → appalled

例句 ▶ The boy was appalled by what he saw on the TV.
電視上出現的畫面讓小男孩感到非常震驚。

本是同根生 ┤相同字根的延伸單字）

appalling 形 令人震驚的;可怕的　　**appalled** 形 吃驚的
appallingly 副 駭人聽聞地

---

5 **daunt** [dɔnt] 動 嚇倒;使氣餒　同義 dispirit

💬 三態變化 daunt → daunted → daunted

例句 ▶ Jane was not daunted by the difficult tasks at all.
珍完全沒有被困難重重的關卡嚇跑。

本是同根生 ┤相同字根的延伸單字）

daunting 形 使人畏縮的　　　**dauntless** 形 無畏的;大膽的
dauntingly 副 嚇人地　　　　**dauntlessly** 副 勇敢地

單字力 UP！還能聯想到這些

「恐懼」 相關字	dismay 使驚慌;fright 嚇唬;startle 驚嚇;terrify 使害怕; electrify 使震驚;unnerve 使氣餒;appall 使驚恐;fear 恐懼; dread 懼怕

Unit

07 逃避問題與責任：躲避與逃跑

1 **avoid**
動 避免；躲開

2 **evade**
動 躲避；逃避；避開

躲避、逃跑

4 **escape**
動 逃跑；避免
名 逃跑

3 **forbear**
動 避免（做）；克制；忍耐

Part **1**

Part **2**

Part **3**

Part **4**

---

1 ▶ **avoid** [ə`vɔɪd] 動 避免；躲開 同義 shun

MP3
523

💬 **三態變化** avoid → avoided → avoided

例句 ▶ She hit the brakes in time and avoided a car accident.
她及時踩下煞車，避免了一場車禍。

本是同根生 ←相同字根的延伸單字

avoidance 名 避免；迴避　　　**avoidable** 形 可避免的
avoidless 形 無法避免的

這樣用動詞 ←使用率破表的相關片語

📖 **avoid sb. like the plague** （因不喜歡某人）而遠離某人
I **avoid** Tom **like the plague**, so I won't go to his birthday party.
我避湯姆唯恐不及，所以我不會參加他的生日派對。

📖 **avoidance of danger** 避免危險
We should always seek peace and an **avoidance of danger**.
我們應該持續尋求和平並避免危險。

2 **evade** [ɪˋved] 動 躲避；逃避；避開 同義 dodge 🔊 MP3 524

💬 三態變化 evade → evaded → evaded

例句 He keeps evading the question and tries to redirect my attention.
他一直逃避問題，還試著轉移我的注意力。

本是同根生 相同字根的延伸單字

evasion 名 逃避；迴避　　　**evasiveness** 名 含糊其詞
evasive 形 逃避的；託詞的　　**evasively** 副 逃避地

3 **forbear** [fɔrˋbɛr] 動 避免（做）；克制；忍耐 🔊 MP3 525

💬 三態變化 forbear → forbore → forborne

例句 The man persuades me to **forbear from** taking any actions now.
那個男人勸我克制住想立即採取行動的衝動。　　forbear from 克制

本是同根生 相同字根的延伸單字

forbearance 名 忍耐；寬容　　　**forbearing** 形 有耐心的

這樣用動詞 使用率破表的相關片語

📖 **forbear to mention** 克制不去提
My friends can't **forbear to mention** the president's scandal.
我的朋友們無法克制自己不去提總統的醜聞。

📖 **with forbearance** 寬恕
The victim's family won't treat the criminal **with forbearance**.
受害者的家人不會寬恕那名犯人。

4 escape [əˋskep] 動 逃跑；避免；逃脫 名 逃跑 MP3 526

三態變化 escape → escaped → escaped

例句 Johnny wants to **escape from** his family because of his violent father.

強尼因為有個暴力的父親，而想要逃離家裡。 escape from 逃離

本是同根生 → 相同字根的延伸單字

escapee 名 逃亡者；逃犯　　**escapement** 名 逃脫

escapade 名 越軌行為；惡作劇　　**escapist** 名 逃避現實者

這樣用動詞 → 使用率破表的相關片語

escape to 逃往
Where can you **escape to**? There's nowhere to go!
你能逃去哪裡？已經無路可走了！

escape by a hair's breadth 千鈞一髮
That was close! We just **escaped by a hair's breadth**.
好險！我們在千鈞一髮的危急關頭躲過了一劫。

escape out of 逃出
The bird tried to **escape out of** its cage.
那隻小鳥試著逃出鳥籠。

escape sb.'s notice 不引起某人的注意；疏忽
He tried to **escape** his mother's **notice** while sneaking out last night.
他昨天晚上偷溜出去時，試著不引起他母親的注意。

 單字力 UP！還能聯想到這些

「難民」相關字	refugee 難民；influx of refugees 難民潮；refugee camp 難民營；victim 受害者；asylum 庇護；asylum seeker 尋求庇護的人；border 邊境

1 ache
動 感到疼痛
名 疼痛

2 pain
動 使痛苦
名 痛苦

痛覺、受傷

4 harm
動 傷害；損害

3 hurt
動 受傷；傷害
名 疼痛；創傷

1 ache [ek] 動 感到疼痛 名 （持續的）疼痛 MP3 527

三態變化 ache → ached → ached

例句 His legs ached after playing football.
踢完足球之後，他覺得腳很痠。

本是同根生 → 相同字根的延伸單字

achy 形 疼痛的　　　　　　　　**aching** 形 疼痛的；心痛的
achingly 副 痛惜地

2 pain [pen] 動 使痛苦；使煩惱 名 痛苦；疼痛 MP3 528

三態變化 pain → pained → pained

例句▶ It pains me to see animals being mistreated.
一看到動物被虐待，我就覺得很心痛。

本是同根生 →相同字根的延伸單字

pained 形 痛的；傷感情的　　painless 形 不痛的；容易的
painful 形 痛苦的；困難的　　painfully 副 痛苦地；費力地
painkiller 名 止痛劑　　　　painkilling 形 止痛的

這樣用動詞 →使用率破表的相關片語

a pain in the neck 令人厭惡的人或事物
That colleague is **a pain in the neck** to me.
我真的很討厭我的那位同事。

for one's pains 費盡心力的結果
She investigated the accident for five years and got nothing **for her pains**.
她花了五年調查那場意外，結果什麼也沒有發現。

under pain of sth. 違反而受到某種懲罰
Those prisoners were **under pain of** death because they tried to escape.
那些犯人因為試圖逃跑而被處以死刑。

3 hurt [hɜt] 動 受傷；傷害 名 疼痛；創傷　MP3 529

三態變化 hurt → hurt → hurt

例句▶ These tight shoes hurt my feet.
這雙鞋子太小了，把我的腳弄痛了。

本是同根生 →相同字根的延伸單字

hurter 名 引起損害之人事物　　hurtfulness 名 傷害
hurtful 形 有害的；造成損害的　　hurtfully 副 有危害地

這樣用動詞 →使用率破表的相關片語

do hurt to 傷害；損害

Part 1
Part 2
Part 3
Part 4

It would **do** no **hurt to** you even if you say yes.
即使你答應了，也不會對你造成任何的損害。

4 **harm** [hɑrm] 動 名 傷害；損害 同義 persecute MP3 530

三態變化 harm → harmed → harmed

例句 Will this cleaning fluid harm the furniture?
這種清潔劑會損傷家具嗎？

本是同根生 相同字根的延伸單字

harmlessness 名 無害　　　　　**harmless** 形 無害的
harmful 形 有害的；傷害的　　　**harmfully** 副 有害地

這樣用動詞 使用率破表的相關片語

come to harm （身體或精神上）受到損害
His car was hit by a truck, but he **came to** no **harm**.
他的車被貨車撞到了，但他沒受傷。

單字力 UP！還能聯想到這些

「身體疼痛」相關字	stomachache 胃痛；heartache 心痛；backache 背痛；toothache 牙疼；headache 頭痛；earache 耳朵痛
「醫院」相關字	ward 病房；wheel chair 輪椅；nursing station 護理站；registration 掛號處；emergency room （醫院的）急診室；stretcher 擔架
「體檢項目」相關字	body fat composition 體脂肪；body weight 體重；body height 身高；color differentiation 辨色力；hearing 聽力；eyesight 視力；blood pressure 血壓；blood sugar 血糖；pulse rate 脈搏

壞天氣搗亂行程：延遲與暫緩

② **suspend**
動 使中止；懸吊

① **defer**
動 推遲；延期；順從

延遲、暫緩

③ **shelve**
動 暫緩考慮；使退役

⑤ **obstruct**
動 阻隔；妨礙

④ **detain**
動 留住；耽擱

① **defer** [dɪˋfɝ] 動 推遲；延期；順從　同義 adjourn　MP3 531

🗨 **三態變化** defer → deferred → deferred

例句▶ I'll be willing to **defer to** your advice on this issue.
我願意在這件事情上面聽從你的建議。　 defer to 順從；尊重

本是同根生 → 相同字根的延伸單字

deference 名 服從；尊敬　　　**deferral** 名 延期
deferment 名 延期；推遲　　　**deferrer** 名 推遲者
deferrable 形 可延期的　　　**deferred** 形 擱置的；延期的
deferent 形 恭謙的；輸送的　　**deferential** 形 恭敬的
deferentially 副 謙恭地

📖 **win the deference of** 贏得⋯的尊敬

The mayor's integrity **won the deference of** all inhabitants.

那位市長的正直讓他贏得了所有居民的尊敬。

---

2 **suspend** [sə`spεnd] 動 使中止；懸吊

💬 **三態變化** suspend → suspended → suspended

例句▶ The oil price was given another push up this week when Iraq suspended oil exports.

伊拉克暫停了石油出口，這又把本週的油價向上推了一把。

本是同根生 **相同字根的延伸單字**

suspender 名 （褲或裙的）背袋   **suspense** 名 懸而不決

suspenser 名 懸疑片   **suspension** 名 懸置

suspensible 形 可懸掛的

這樣用動詞 **使用率破表的相關片語**

📖 **keep in suspense** 使不安；使焦慮緊張

Please tell us what happened. Don't **keep** us **in suspense**.

請告訴我們發生了什麼事情，不要讓我們坐立難安。

📖 **hang in suspense** 懸而未決

This controversial issue now **hangs in suspense**.

這個爭議性的議題至今仍懸而未決。

---

3 **shelve** [ʃɛlv] 動 暫緩考慮；使退役

💬 **三態變化** shelve → shelved → shelved

例句▶ He had to shelve his plan of buying the house.

他必須暫緩購買房屋的計畫。

本是同根生 → 相同字根的延伸單字

shelving 名 棚架；斜坡　　　　　shelvy 形 成傾斜狀的

4　detain [dɪˋten] 動 留住；耽擱　同義 hold up
MP3 534

三態變化 detain → detained → detained

例句▷ Since we are done here, I won't detain you longer.
我們已經完成這邊的事情了，所以我就不留你了。

本是同根生 → 相同字根的延伸單字

detainer 名 【律】非法佔有　　　　detainee 名 被拘留者
detainment 名 延遲；拘留

這樣用動詞 → 使用率破表的相關片語

be detained by 因…而耽擱
Jack was detained by the heavy rain on his way home.
傑克在回家的途中，因為遇到暴雨而耽擱了。

5　obstruct [əbˋstrʌkt] 動 阻隔；妨礙；阻止
MP3 535

三態變化 obstruct → obstructed → obstructed

例句▷ Roads were obstructed by collapsed buildings after the earthquake.
地震過後，道路都被倒塌的建築物堵住了。

本是同根生 → 相同字根的延伸單字

obstructor 名 障礙物；妨礙者　　　obstruction 名 阻塞；障礙
obstructionist 名 妨礙者　　　　　obstructionism 名 蓄意阻撓
obstructive 形 阻礙的

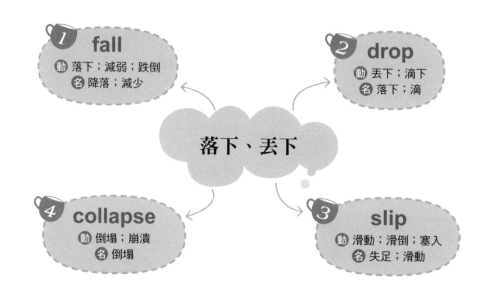

1 fall
動 落下；減弱；跌倒
名 降落；減少

2 drop
動 丟下；滴下
名 落下；滴

落下、丟下

4 collapse
動 倒塌；崩潰
名 倒塌

3 slip
動 滑動；滑倒；塞入
名 失足；滑動

---

1 **fall** [fɔl] 動 落下；減弱；跌倒 名 降落；減少 (MP3 536)

💬 **三態變化** fall → fell → fallen

例句▶ One slip could make you **fall off** the ladder.
　　腳一滑就能讓你從梯子上跌下去。 fall off 跌落

本是同根生 →相同字根的延伸單字

falling 名 落下；墮落 **fallen** 形 落下的；倒坍的
fallible 形 易犯錯的 **fallibly** 副 容易犯錯地

這樣用動詞 →使用率破表的相關片語

🍎**fall at** 拜倒；垮臺
He **fell at** her feet, overwhelmed with love.
他因愛而拜倒在她的石榴裙下。

2 drop [drɑp] 動 丟下；滴下；中斷 名 落下；滴 MP3 537

三態變化 drop → dropped → dropped

例句 I dropped a letter to my friend into the mailbox this morning.
我今天早上寄出了一封信給我的朋友。

本是同根生 ── 相同字根的延伸單字

dropping 名 滴下；滴下物　　　　**dropper** 名 滴管
droplet 名 小滴　　　　　　　　**droplight** 名 吊燈

這樣用動詞 ── 使用率破表的相關片語

drop a bomb 引起騷動
It really **dropped a bomb** when they announced the news.
他們宣布這件新聞時，引起了一陣騷動。

a drop in the bucket 滄海一粟
My knowledge in the field is but **a drop in the bucket**.
我那點知識不過是這門學問裡的滄海一粟罷了。

at the drop of a hat 一有機會就…
Tommy was always ready to go fishing **at the drop of a hat**.
湯米總是一有機會就去釣魚。

3 slip [slɪp] 動 滑動；滑倒；塞入 名 失足；滑動 MP3 538

三態變化 slip → slipped → slipped

例句 Weekends always **slip by** like salt through my fingers!
週末總是一轉眼就過了！　slip by 時光飛逝

本是同根生 ── 相同字根的延伸單字

slippage 名 滑動；下降　　　　**slipper** 名 拖鞋
slippy 形 敏捷的；滑的　　　　**slippery** 形 滑的

這樣用動詞 ── 使用率破表的相關片語

a slip of the tongue 口誤

I didn't mean to say that. It was just **a slip of the tongue**.
我不是故意要那麼說的，那只是一時口誤。

give sb. the slip 甩開某人
We **gave** Lisa **the slip** when she went to the restroom.
我們趁麗莎去廁所的時候把她甩開了。

slip off 溜走；滑落
They **slipped off** from the classroom without making any sound.
他們無聲無息地從教室溜走了。

4 collapse [kə`læps] 動 倒塌；崩潰 名 倒塌

三態變化 collapse → collapsed → collapsed

例句 He collapsed and died of a heart attack.
他因心臟病發作而倒地身亡。

本是同根生 相同字根的延伸單字

collapsible 形 可摺疊的；可拆卸的

這樣用動詞 使用率破表的相關片語

collapse into 崩潰
The old lady **collapsed into** a deep depression.
那位老太太崩潰了，並陷入低潮。

collapse under the weight of 因…的重量而倒塌
The roof **collapsed under the weight of** all that snow.
屋頂因為積了這麼多的雪而塌了下來。

單字力 UP！還能聯想到這些

「否定」相關字	negative 否認的；canceling 刪除的；opposing 反對的；disapproving 反對的；voiding 無效的

2 neglect
動 忽視；疏忽
名 疏忽

1 ignore
動 不顧；忽視

3 omit
動 遺漏；省略

5 slight
動 怠慢；忽視
形 輕微的；少量的

忽視、遺漏

4 skip
動 漏掉；越過
名 跳躍；省略

1 **ignore** [ɪgˋnor] 動 不顧；忽視 同義 overlook
MP3 540

三態變化 ignore → ignored → ignored

例句 He completely ignored all these facts as if they never existed.
他完全無視這些事實，好像它們根本不存在似的。

本是同根生 相同字根的延伸單字

ignorance 名 無知；不知情　　　　**ignorant** 形 無知的
ignorantly 副 無知地

這樣用動詞 使用率破表的相關片語

keep sb. in ignorance (of sth.) 不讓某人知道（某事）
In ancient times, there were policies to **keep** people **in ignorance**.
在古代，有些政策是為了確保人民一無所知。

2 neglect [nɪgˋlɛkt] 動 忽視；疏忽 名 疏忽

💬 三態變化 neglect → neglected → neglected

例句▶ She neglected all the rules and was punished for violating them.
她忽略了所有規則，還因違反規章而被處罰了。

本是同根生 ─ 相同字根的延伸單字

neglected 形 被忽視的；疏忽的　　**neglectful** 形 不注意的
neglectfully 副 怠慢地；疏忽地

3 omit [oˋmɪt] 動 遺漏；省略 同義 leave out

💬 三態變化 omit → omitted → omitted

例句▶ Several verses in the song can actually be omitted.
這首歌裡面有好幾句歌詞其實是可以省略的。

本是同根生 ─ 相同字根的延伸單字

omission 名 省略；刪除；失職　　**omissible** 形 可省略的
omissive 形 遺漏的；省略的　　**omitted** 形 省略了的

4 skip [skɪp] 動 漏掉；越過 名 跳躍；省略

💬 三態變化 skip → skipped → skipped

例句▶ My sister **skipped over** the boring parts of the textbook and just looked at the funny pictures.
我妹妹略過了課本中沉悶的內容，只看有趣的圖片。
skip over 略讀；漏讀；未注意

本是同根生 ─ 相同字根的延伸單字

skipper 名 略讀者；跳繩者　　**skippable** 形 可略過的

這樣用動詞 → **使用率破表的相關片語**

🍎**skip out** （口）匆匆離去；溜走
He **skipped out** without paying the bill.
他沒有結帳就偷偷溜走了。

🍎**skip one's bail** 棄保潛逃
The criminal **skipped his bail** and hid somewhere in northern Taiwan.
這名罪犯棄保潛逃，並且躲在北台灣的某處。

🍎**skip/jump rope** 跳繩
My sister likes to **skip rope** before she has dinner.
我妹妹喜歡在晚餐前跳繩。

Part 1

Part 2

5 **slight** [slaɪt] 動 怠慢；忽視 形 輕微的；少量的 MP3 544

💬 **三態變化** slight → slighted → slighted

例句▶ Do not **slight over** the homework that the teacher assigned to you.
　　老師交待的功課不可以草草了事。 slight over 草草讀過；草草完成

Part 3

本是同根生 → **相同字根的延伸單字**

slightness 名 微小；纖細　　　**slighting** 形 輕視的
slightingly 副 輕慢地　　　**slightly** 副 稍微地；纖細地

Part 4

這樣用動詞 → **使用率破表的相關片語**

🍎**make slight of** 輕視
I wish you wouldn't **make slight of** your own problems.
我希望你不要輕視你自己面對的問題。

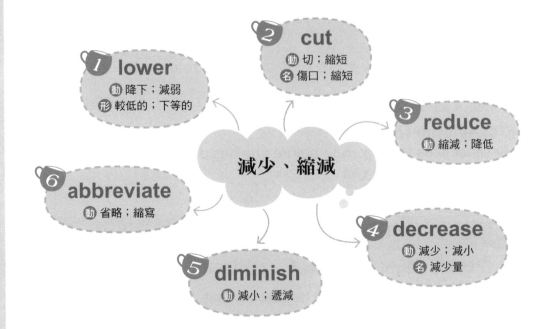

2 **cut**
動 切；縮短
名 傷口；縮短

1 **lower**
動 降下；減弱
形 較低的；下等的

3 **reduce**
動 縮減；降低

減少、縮減

6 **abbreviate**
動 省略；縮寫

4 **decrease**
動 減少；減小
名 減少量

5 **diminish**
動 減小；遞減

---

1 **lower** [`loɚ] 動 降下；減弱 形 較低的；下等的 (MP3 545)

💬 **三態變化** lower → lowered → lowered

例句▶ You should lower your voice while talking in the library.
在圖書館講話時，你的音量應該要減低才對。

本是同根生 ─ 相同字根的延伸單字

low 形 低的；不足的 　　　　　**lowering** 形 不高興的
lowery 形 陰暗的 　　　　　　**lowermost** 形 最低的

---

2 **cut** [kʌt] 動 切；割；縮短 名 傷口；縮短 (MP3 546)

💬 **三態變化** cut → cut → cut

例句 ▷ Rita annoyed me because she kept **cutting** me **off** in the middle of my speech.

芮塔令我惱怒，因為她一直打斷我的演講。　cut off 切斷

本是同根生 ┤相同字根的延伸單字

cutter 名 切割者；刀具　　　　**cutting** 名 切斷；切下的東西
cutty 形 短的；銳利的　　　　**cuttable** 形 可縮減的

這樣用動詞 ┤使用率破表的相關片語

cut in 插入；插嘴
He always likes to **cut in** line when he is late.
當他遲到的時候，他總喜歡插隊。

cut down 砍下；削減；摧毀；減價
The doctor suggested my grandfather to **cut down** his diet.
醫生建議我祖父減少飲食量。

3 reduce [rɪˋdjus] 動 縮減；降低；減輕 MP3 547

三態變化 reduce → reduced → reduced

例句 ▷ With all of his money gone, he **was reduced to** ruins.

他因為失去了所有財產，而變得一文不名。　reduce to 降至

本是同根生 ┤相同字根的延伸單字

reduction 名 削減；下降　　　　**reductionism** 名 簡化論
reduced 形 減少的；降低的　　　**reducible** 形 可減少的
reductive 形 還原的　　　　　　**reductionist** 形 簡化的

4 decrease [dɪˋkris] 動 減少；減小 名 減少量 MP3 548

三態變化 decrease → decreased → decreased

例句 ▷ The minimum temperature for tomorrow will **decrease to** 11 degree Celsius.

明天最低溫將會降到攝氏十一度。 decrease to 減少到

本是同根生→相同字根的延伸單字

decreasing 形 減少的　　　**decreasingly** 副 漸減地

5 **diminish** [dəˋmɪnɪʃ] 動 減小；縮小；遞減

三態變化 diminish → diminished → diminished

例句▶ The bad news did nothing to diminish her enthusiasm for the plan.
那個壞消息絲毫未減少她對這項計畫的熱情。

本是同根生→相同字根的延伸單字

diminution 名 【音】減值；縮小　　**diminutive** 形 微小的
diminishingly 副 漸減地　　　**diminutively** 副 僅僅

6 **abbreviate** [əˋbrivɪˌet] 動 省略；縮寫

三態變化 abbreviate → abbreviated → abbreviated

例句▶ It is not necessary to abbreviate any words, but you can leave the first paragraph out.
沒有必要縮減任何字，但你可以把第一段刪掉。

本是同根生→相同字根的延伸單字

abbreviation 名 省略；縮寫字　　**abbreviator** 名 使用縮寫者
abbreviationist 名 慣用縮寫者　　**abbreviated** 形 縮短的

嚴格控制購買慾：緩和及降低

緩和、降低

① **degrade** 動 降低；使降級

② **alleviate** 動 緩和；減輕

③ **condense** 動 縮短；壓縮

④ **moderate** 動 緩和；節制

⑤ **destroy** 動 破壞；消滅

⑥ **impair** 動 受損；削弱

⑦ **sink** 動 使下沉；降低 名 水槽

① **degrade** [dɪˋgred] 動 降低；使降級；墮落　MP3 551

💬 **三態變化** degrade → degraded → degraded

例句▶ The major **was degraded for** drunk driving.
那位少校因酒駕而受到降級處分。　be degraded for 因⋯而降級

本是同根生→ 相同字根的延伸單字

degradation 名 降級；丟臉　　　**degraded** 形 被降級的
degrading 形 丟臉的　　　　　　**degradable** 形 可降級的

② **alleviate** [əˋlivɪ͵et] 動 緩和；減輕　同義 abate　MP3 552

💬 **三態變化** alleviate → alleviated → alleviated

Even marijuana cannot alleviate her suffering.
連大麻都無法緩解她的痛苦。

本是同根生 ─ 相同字根的延伸單字

alleviation 名 緩和；減輕　　　　**alleviative** 形 減輕的

3 condense [kənˋdɛns] 動 縮短；壓縮；濃縮 ^{MP3 553}

💬 **三態變化** condense → condensed → condensed

例句▶ He condensed ten pages of reports to five.
他將十頁的報告縮短成五頁。

本是同根生 ─ 相同字根的延伸單字

condensation 名 濃縮；凝聚　　　　**condenser** 名 空氣壓縮器
condensed 形 濃縮的；壓縮的　　　　**condensable** 形 可壓縮的

這樣用動詞 ─ 使用率破表的相關片語

👍**condense into** 把⋯縮成
I tried to **condense** this lecture **into** a few pages.
我試圖把這篇演講濃縮成很少頁。

4 moderate [ˋmɑdəˏret] 動 緩和；節制；使適中 ^{MP3 554}

💬 **三態變化** moderate → moderated → moderated

例句▶ The Secretary of the Treasury moderated his stance on tax raise.
財政部長在提升稅務的問題上採取了較溫和的立場。

本是同根生 ─ 相同字根的延伸單字

moderation 名 緩和；節制　　　　**moderator** 名 仲裁者
moderatism 名 中庸主義　　　　**moderato** 名【音】中板
moderatorship 名 仲裁者的職權　　　　**moderately** 副 適度地

這樣用動詞 → **使用率破表的相關片語**

🍎**be moderate in** 適度；有節制

My friends **weren't moderate in** drinking at the party.
在派對上，我的朋友們都毫無節制地盡情喝酒。

5 **destroy** [dɪˋstrɔɪ] 動 破壞；消滅 **同義** damage (MP3 555)

💬 **三態變化** destroy → destroyed → destroyed

例句 ▶ Being defeated five times in a roll destroyed his confidence.
連續五次被擊敗重挫了他的自信心。

本是同根生 → **相同字根的延伸單字**

destruction 名 破壞；毀滅原因　　**destructiveness** 名 毀滅性
destructor 名 破壞者　　　　　　　**destructionist** 名 毀壞主義者
destruct 形 破壞的　　　　　　　　**destructible** 形 可破壞的
destructive 形 毀滅性的　　　　　　**destructively** 副 破壞地

6 **impair** [ɪmˋpɛr] 動 損害；削弱；減少 (MP3 556)

💬 **三態變化** impair → impaired → impaired

例句 ▶ Listening to loud music on headphones will no doubt impair your hearing.
戴耳機時把音樂開得很大聲的話，你的聽力必定會受損。

本是同根生 → **相同字根的延伸單字**

impairer 名 損害者　　　　　　**impairment** 名 損傷
impaired 形 受損的

7 **sink** [sɪŋk] 動 使下沉；降低；搞垮 名 水槽 (MP3 557)

💬 **三態變化** sink → sunk → sunk/sunken

例句 He **sunk down** in his chair after reading the dismal financial report.

看完沉悶的財務報告後，他的身體深陷在椅子中。　sink down 沉落

本是同根生 → 相同字根的延伸單字

sinkage 名 下沉度；低窪地　　　**sinker** 名 【棒】下墜球

sinkhole 名 排水口；汙水坑　　　**sinking** 名 下沉

這樣用動詞 → 使用率破表的相關片語

sink in 被充分理解；滲入

It will take a long time for the horrible news to **sink in**.

這則恐怖的新聞要花很多時間才能充分理解。

sink/get one's teeth into 盡全力做…

I like to **sink my teeth into** great books on weekends.

每逢週末，我都喜歡沉浸於好書當中。

a sinking ship 無藥可救的情況

Insiders regard the company as **a sinking ship**.

內部人員都認為這家公司已經無藥可救了。

sink into oblivion 變得默默無名

In his final years, that famous actor **sank into oblivion** and faded away.

那位知名演員在他的晚年便退出銀幕，並逐漸被世人淡忘。

單字力 UP！還能聯想到這些

「退化」相關字	atrophy 【醫】萎縮；biodegradation 生物降解；devolution 【生】退化；degeneration 【生】退化
「衰退」相關字	degradation 墮落；decadence 衰微；decay 衰退；ebb 衰落；deterioration 惡化；regression 倒退

消滅所有花錢慾望：去除與取出

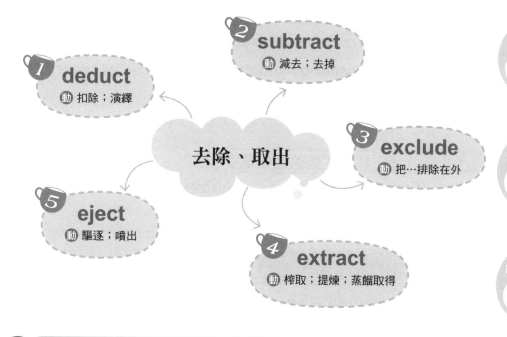

② **subtract**
動 減去；去掉

① **deduct**
動 扣除；演繹

去除、取出

③ **exclude**
動 把…排除在外

⑤ **eject**
動 驅逐；噴出

④ **extract**
動 榨取；提煉；蒸餾取得

① **deduct** [dɪˋdʌkt] 動 扣除；減除；演繹

MP3 558

💬 **三態變化** deduct → deducted → deducted

例句▶ Points will be deducted from your score if you disrespect the referee.
如果你在比賽中不尊重裁判，就會被扣分。

本是同根生──相同字根的延伸單字

deduction 名 扣除；推論　　**deductible** 形 可扣除的
deductive 形 推論的；演繹的　　**deductively** 副 推論地

這樣用動詞──使用率破表的相關片語

👆 **deduct from** 扣除
The damage will **be deducted from** your salary this month.

這筆損失將從你這個月的薪資中扣除。

2 subtract [səb`trækt] 動 減去；去掉

三態變化 subtract → subtracted → subtracted

例句 Those ugly paintings **subtract from** the overall beauty of the place.
那些醜陋的圖畫對此處整體的美感造成了扣分的效果。
subtract from 減去

本是同根生 相同字根的延伸單字

subtraction 名 減少；扣除　　**subtrahend** 名【數】減數
subtractive 形 減去的

3 exclude [ɪk`sklud] 動 把…排除在外；排斥

三態變化 exclude → excluded → excluded

例句 The managers don't like her, so they **exclude** her name **from** the promotion list.
經理們不喜歡她，所以將她排除在升職名單之外。　exclude from 排除在外

本是同根生 相同字根的延伸單字

exclusion 名 被排除的事物　　**exclusionism** 名 排外主義
exclusionist 名 排外主義者　　**exclusionary** 形 排他的
excludable 形 可排除的　　**excluding** 介 除…之外

4 extract [ɪk`strækt] 動 榨取；提煉；蒸餾取得

三態變化 extract → extracted → extracted

例句 They tried to extract information from him by bribing him.
他們試圖藉由賄賂，以從他身上獲取情報。

本是同根生 → 相同字根的延伸單字

extraction 名 拔出；抽出　　　　**extractor** 名 提取器
extractant 名 萃取物　　　　　　**extractible** 形 可榨取的
extractive 形 精萃的　名 精華　　**extractable** 形 可摘錄的

這樣用動詞 → 使用率破表的相關片語

extract sth. from 取出
He tried hard to **extract** the necklace **from** the mud.
他很努力地試著從泥堆裡找出那條項鍊。

5 **eject** [ɪˋdʒɛkt] 動 驅逐；噴出　**同義** oust　MP3 562

三態變化 eject → ejected → ejected

例句 Those who get into the fight were ejected from the bar.
那些打架鬧事的人被趕出了酒吧。

本是同根生 → 相同字根的延伸單字

ejector 名 噴射器；驅逐者　　　**ejection** 名 噴出；排出物
ejectment 名 噴出　　　　　　　**ejective** 形 噴出的

這樣用動詞 → 使用率破表的相關片語

eject from 強迫某人出去
Those noisy teenagers **were ejected from** the library.
那些吵鬧的年輕人被趕出了圖書館。

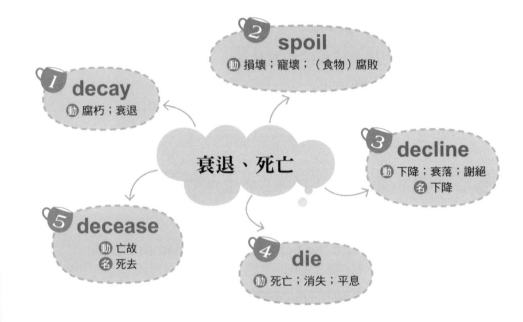

2 spoil
動 損壞；寵壞；（食物）腐敗

1 decay
動 腐朽；衰退

3 decline
動 下降；衰落；謝絕
名 下降

衰退、死亡

5 decease
動 亡故
名 死去

4 die
動 死亡；消失；平息

---

1 decay [dɪˋke] 動 腐朽；衰退 同義 deteriorate

MP3 563

💬 三態變化 decay → decayed → decayed

例句▶ The empire gradually decayed after battles and battles.
那個帝國在一場又一場的戰爭之後逐漸衰落。

本是同根生 ┤ 相同字根的延伸單字

decayed 形 腐敗的

這樣用動詞 ┤ 使用率破表的相關片語

👍 **fall into decay** 衰微；年久失修；塌壞
The old tradition **has been falling into decay** these years.
這些年來，舊有的傳統逐漸衰微。

2 spoil [spɔɪl] 動 損壞;寵壞;（食物）腐敗

🗨 三態變化 spoil → spoilt/spoiled → spoilt/spoiled

例句▶ Our vacation was spoilt by the bad weather.
我們的度假行程被惡劣的天氣破壞了。

本是同根生 相同字根的延伸單字

spoilage 名 糟蹋;廢棄物　　**spoiler** 名 掠奪者
spoiled 形 被寵壞的　　**spoilable** 形 能被損壞的

這樣用動詞 使用率破表的相關片語

👍 **spoil for** 一心想…;切望;渴望
She **has been spoiling for** a fight all day.
她一整天都存心想吵架。

3 decline [dɪˋklaɪn] 動 下降;衰落;謝絕 名 下降

🗨 三態變化 decline → declined → declined

例句▶ The quality of education has declined these years in this college.
這間大學的教育品質已逐年下降。

本是同根生 相同字根的延伸單字

declination 名 傾斜;謝絕　　**declinature** 名 拒絕
declinatory 形 謝絕的

這樣用動詞 使用率破表的相關片語

👍 **on the decline** 在衰退中
My grandpa's health is **on the decline**, and he might pass away soon.
爺爺的健康每況愈下,可能不久就會離開人世。

👍 **a decline in** …下降;…下跌
Due to the economic recession, there's **a decline in** prices.
因為經濟衰退的關係,所以物價也跟著下跌了。

📘**decline one's head in despair** 垂頭喪氣
Mark **declined his head in despair** because he didn't pass the exam.
馬克因為沒有通過考試，所以垂頭喪氣的。

4 **die** [daɪ] 動 死亡；消失；平息；消逝

💬 三態變化 die → died → died

例句▶ In Africa, there are many people who **die from** famine every year.
在非洲，每年都有許多人死於饑荒。 die from 因…而死

本是同根生━相同字根的延伸單字

death 名 死亡；毀滅 **dead** 名 死者 形 死的
deadly 形 致命的 副 死一般地；非常

這樣用動詞━使用率破表的相關片語

📘**die out** 滅絕；消失
Do you believe that the Mayan culture did not **die out** completely?
你相信馬雅文化尚未完全滅絕嗎？

📘**be dying for** 渴望得到
After the marathon, the runner **is dying for** a bottle of water.
馬拉松賽跑結束後，那位選手極想喝水。

5 **decease** [dɪˋsis] 動 亡故 名 死去 同義 depart

💬 三態變化 decease → deceased → deceased

例句▶ His grandfather deceased from a car accident a few years ago.
他的祖父前幾年因一場車禍而去世了。

本是同根生━相同字根的延伸單字

decedent 名 已故者 **deceased** 形 已故的 名 死者

1 **face** [fes] 動 面臨；承認；朝；向 名 面容 `MP3 568`

🗨 **三態變化** face → faced → faced

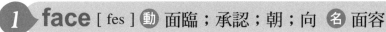

例句 ▶ You have to face the facts and learn from the lessons.
你必須面對事實，並從失敗中學習。

本是同根生 ➤ 相同字根的延伸單字

facade 名 表面；外觀　　　**faced** 形 表面經修整的
facial 形 面部的；表面的　　**facially** 副 從臉部

這樣用動詞 ➤ 使用率破表的相關片語

🍎 **face to face** 面對面
I've been expecting to meet her **face to face** someday.
我一直期望有一天可以和她親自見面。

🍎**put an affront upon** 當眾侮辱
She **put an affront upon** him, and made him completely heartbroken.
她當眾羞辱了他，讓他徹底心碎了。

2 challenge [`tʃælɪndʒ] 動 向⋯挑戰 名 挑戰 MP3 569

💬 **三態變化** challenge → challenged → challenged

例句▶ He challenged me to play another tennis game.
他向我挑戰再比一場網球。

本是同根生 ← 相同字根的延伸單字

challenger 名 挑戰者　　　　　**challenged** 形 殘障的
challengeable 形 可挑戰的

這樣用動詞 ← 使用率破表的相關片語

🍎**rise to the challenge** 應付自如
Whatever she encountered, she could **rise to the challenge**.
無論遇到什麼，她都能應付自如。

🍎**be beyond challenge** 無可非議的；無與倫比的
The jury made a conclusion which **was beyond challenge**.
陪審團做了一個無可非議的決議。

3 confront [kən`frʌnt] 動 使面臨；對抗 MP3 570

💬 **三態變化** confront → confronted → confronted

例句▶ He has been **confronted with** some financial problems in his life.
他的生活中正面臨著經濟困難。　confront with 使面臨

本是同根生 ← 相同字根的延伸單字

confrontation 名 對質；衝突　　　**confrontational** 形 對抗的
confrontationist 形 主張對抗的 名 主張對抗者

4 question [`kwɛstʃən] 動 詢問；懷疑 名 問題 ^{MP3 571}

三態變化 question → questioned → questioned

例句 The gang was questioned by the police last night.
那幫黑幫昨晚被警察訊問了一番。

本是同根生 → 相同字根的延伸單字

questioner 名 發問者	**questionnaire** 名 問卷
questionary 形 質問的	**questionable** 形 可疑的

這樣用動詞 → 使用率破表的相關片語

without question 毫無疑問
The boss allows Adam's request for promotion **without question**.
老闆爽快地答應了亞當提出的升遷請求。

in question 正被討論；可懷疑
The boy **in question** is standing over there. No one knows what happened.
正被討論的那名男孩就站在那邊，但沒人知道發生了什麼事情。

out of the question 不可能的
It's **out of the question** for you to study abroad because we just can't afford it.
因為我們付擔不起費用，所以不可能送你出國讀書。

5 provoke [prə`vok] 動 激怒；惹起 同義 vex ^{MP3 572}

三態變化 provoke → provoked → provoked

例句 The students always **provoke** the teacher **into** losing her temper.
那群學生總是惹老師發脾氣。 provoke into 煽動

本是同根生 → 相同字根的延伸單字

provocation 名 激怒；挑釁	**provocative** 形 挑釁的
provoking 形 令人生氣的	**provokingly** 副 令人生氣地

🍎 **make provocation against** 向…挑釁

The man **made provocation against** us at the meeting.

在會議上，那名男子向我們挑釁。

---

6 **dare** [dɛr] 動 嗆聲；挑戰　名 膽量；挑戰　MP3 573

💬 **三態變化** dare → dared → dared

例句 ▶ She dares not to go out alone at night.

她不敢晚上一個人出門。

本是同根生 相同字根的延伸單字

daring 形 大膽的　名 膽量　　　**daringly** 副 大膽地
daresay 動 料想

這樣用動詞 使用率破表的相關片語

🍎 **dare to** 敢

She doesn't **dare to** look at her father in the face.

她不敢正眼看她父親的臉。

🍎 **dare sb. (to do sth.)** 挑戰某人（做某事）

Sam **dared** his brother **to** a one-on-one basketball game.

山姆向他的哥哥挑戰一對一籃球。

✏️ **單字力 UP！還能聯想到這些**

「激動」相關字	flushed 激動的；impassioned 慷慨激昂的；ardent 熱烈的；fervent 熱情的；zealous 積極的；enthusiastic 熱情的；earnest 熱心的；devoted 投入的；emotional 情緒化的
「調查」相關字	investigate 調查；search 搜查；explore 探險；delve 搜索；examine 檢查；inspect 審查；observe 觀察；inquire 訊問；enquire 查詢

反目成仇大吵一架：反對與吵架

2 **dispute**
動 爭論；懷疑
名 爭吵

1 **argue**
動 爭論；說服

3 **quarrel**
動 吵架；挑剔
名 吵架；怨言

反對、吵架

6 **object**
動 反對；抗議

4 **protest**
動 主張；抗議

5 **oppose**
動 反對；使對抗

Part 1
Part 2
Part 3
Part 4

---

1 **argue** [ˋɑrgjʊ] 動 爭論；說服；主張

MP3 574

💬 **三態變化** argue → argued → argued

例句▶ Life is too short to **argue about** trivial things.

生命過於短暫，沒時間為了瑣事爭論。　argue about 議論

本是同根生→相同字根的延伸單字

argument 名 爭論；辯論　　　　**arguer** 名 爭辯者

arguable 形 可論證的；可議的　**arguably** 副 雄辯地；可以認為

這樣用動詞→使用率破表的相關片語

👆**argue against** 反對

The protesters in the square **argued against** the new policy.

廣場上的抗議者都反對這條新政策。

2 **dispute** [dɪ`spjut] 動 爭論；懷疑 名 爭吵

💬 **三態變化** dispute → disputed → disputed

例句▶ The two parties have disputed for years over the same issue.
兩黨在同一項議題上面已爭執多年。

本是同根生 ‧相同字根的延伸單字

disputation 名 爭論；辯論　　**disputer** 名 爭論者
disputative 形 好爭論的　　**disputable** 形 有討論餘地的

這樣用動詞 ‧使用率破表的相關片語

👍 **beyond dispute** 無爭論餘地；無疑地
This is, **beyond dispute**, the best detective novel I've ever read.
這無疑是我讀過最好看的一本推理小說。

3 **quarrel** [`kwɔrəl] 動 吵架；挑剔 名 吵架；怨言 MP3 576

💬 **三態變化** quarrel → quarrel(l)ed → quarrel(l)ed

例句▶ Lucy often quarrels with her sister over tivial things.
露西和她妹妹經常為了小事吵架。

本是同根生 ‧相同字根的延伸單字

quarreler 名 爭吵者　　　　**quarrelsome** 形 好爭吵的

4 **protest** [prə`tɛst] 動 主張；斷言；抗議

💬 **三態變化** protest → protested → protested

例句▶ People are protesting about the new enactment.
民眾紛紛抗議新的法條。

本是同根生 ‧相同字根的延伸單字

protester 名 抗議者　　　　**protestation** 名 抗議

Protestant 名 新教徒　　　　**protestant** 形 新教徒的

這樣用動詞 使用率破表的相關片語

👍**without protest** 不反對地；樂意地
All the employees accepted the result **without protest**.
所有的員工都樂於接受這樣的結果。

5 oppose [ə`poz] 動 反對；使對抗；反對　　MP3 578

🗨 **三態變化** oppose → opposed → opposed

例句 We bitterly oppose the reintroduction of the death penalty.
　　我們強烈反對恢復死刑。

本是同根生 相同字根的延伸單字

opposability 名 對抗性　　　　**opponent** 名 敵手；反對者
opposition 名 敵對　　　　　　**opposable** 形 可反對的
oppositional 形 反對的　　　　**opposite** 形 相對的

這樣用動詞 使用率破表的相關片語

👍**be opposed to** 反對
I **am opposed of** smoking, so please don't do that in front of me.
我反對抽菸，所以請別在我面前那麼做。

6 object [əb`dʒɛkt] 動 反對；抗議　　MP3 579

🗨 **三態變化** object → objected → objected

例句 We all **object to** the suggestion because it would do harm to
　　a lot of people.
　　我們都反對這項建議，因為那會傷害到很多人。　object to 反對

本是同根生 相同字根的延伸單字

objection 名 反對；異議　　　　**objector** 名 反對者
objective 形 客觀的　　　　　　**objectify** 動 使具客觀性

1 cancel
動 撤銷；刪去
名 刪除

2 eliminate
動 消除；滅絕

撤銷、消滅

3 exterminate
動 根除；滅絕

5 annihilate
動 消滅；殲滅

4 extirpate
動 滅絕；除盡

---

1 **cancel** [ˋkænsḷ] 動 撤銷；刪去；取消 名 刪除　MP3 580

三態變化 cancel → cancel(l)ed → cancel(l)ed

例句 The match had to be cancelled because of the heavy rain.
比賽因逢大雨而必須取消。

本是同根生 相同字根的延伸單字

cancellation 名 取消　　　　　**cancelbot** 名 （電腦）消除器

這樣用動詞 使用率破表的相關片語

cancel out 抵消；均衡；中和
The losses of last year **cancel out** the profits made by the company this year.
去年的虧損抵消了今年公司賺得的利潤。

📖 **cancel work and school** 停班停課

The torrential rains **cancelled work and school**, so everyone had to stay inside the house.

暴雨導致停班停課，所以每個人都必須待在室內。

2 eliminate [ɪˋlɪməˏnet] 動 消去；去除；滅絕

🗨 **三態變化** eliminate → eliminated → eliminated

例句 ▶ The detective eliminated him from the investigation.

那位偵探將他排除在調查對象之外。

本是同根生 ──相同字根的延伸單字

elimination 名 消滅；淘汰 　　**eliminator** 名 【電】排除器

eliminant 名 【數】消元式 　　**eliminable** 形 可消去的

這樣用動詞 ──使用率破表的相關片語

📖 **eliminate from** 從…除去；淘汰

She read the script carefully to **eliminate** all errors **from** it.

她仔細地閱讀草稿，以刪除所有的錯誤。

3 exterminate [ɪkˋstɜməˏnet] 動 根除；滅絕

🗨 **三態變化** exterminate → exterminated → exterminated

例句 ▶ Termites and ants were exterminated after we cleaned the house.

我們清理完屋子之後，白蟻和螞蟻終於都被消滅了。

本是同根生 ──相同字根的延伸單字

extermination 名 消滅；根除 　　**exterminator** 名 撲滅者

exterminatory 形 根絕的

4 **extirpate** [`ɛkstə,pet] 動 滅絕；除盡

💬 三態變化 extirpate → extirpated → extirpated

例句 No matter what I do, I cannot seem to extirpate the cockroaches from my kitchen.
不管我做什麼，我似乎都無法將廚房裡的蟑螂除盡。

本是同根生 相同字根的延伸單字

extirpation 名 消滅；滅絕　　**extirpator** 名 摘除器

5 **annihilate** [ə`naɪə,let] 動 消滅；殲滅；廢止

💬 三態變化 annihilate → annihilated → annihilated

例句 The city was annihilated by an atomic bomb.
那座城市被原子彈夷為平地。

本是同根生 相同字根的延伸單字

annihilability 名 可消滅　　**annihilation** 名 滅絕
annihilator 名 殲滅者；消滅物　　**annihilable** 形 可消滅的
annihilative 形 有消滅能力的

✏️ 單字力 UP！還能聯想到這些

「犯罪」相關字	crime 犯罪；criminology 犯罪學；criminal 罪犯；sin 罪；justice 正義；court 法院；imprison 監禁；confession 自白；surrender 投降；suspect 嫌疑犯
「非良民」相關字	gangster 太保；gorilla 歹徒；unrighteous 不三不四；villain 壞傢伙；crook 惡棍；rascal 流氓；trash 敗類；knave 無賴

有恩報恩有仇報仇：報復與報答

報復、報答

① **revenge**
動 報復；替…報仇
名 報復

② **repay**
動 償還；回報；報復

③ **retaliate**
動 報復；回敬

④ **reward**
動 報答；報應
名 報償；酬金

⑤ **remunerate**
動 給…酬勞；賠償

Part 1
Part 2
Part 3
Part 4

---

① **revenge** [rɪˋvɛndʒ] 動 報復；替…報仇 名 報復 MP3 585

💬 **三態變化** revenge → revenged → revenged

例句 ▶ The mother was determined to **take revenge on** her husband.
那位母親決心要向她先生報仇。 take revenge on 向某人報仇

本是同根生 → 相同字根的延伸單字

revengeful 形 報復的 **revengefully** 副 起報復念頭地

這樣用動詞 → 使用率破表的相關片語

🖐 **revenge for** 為…報復
The heartbroken mother wanted **revenge for** her daughter's death.
這位傷心欲絕的母親決定要為死去的女兒報仇。

2 **repay** [rɪˋpe] 動 償還；回報；報復

💬 三態變化 repay → repaid → repaid

例句▶ Kent promised me that he'll repay me all the money he lent tomorrow.
肯特承諾他明天會還給我所有的錢。

本是同根生 相同字根的延伸單字

repayment 名 報復；報答　　**repayable** 形 可報答的

這樣用動詞 使用率破表的相關片語

🍎 **repay for** 報答
We must **repay** that gentleman **for** his kindness.
我們必須報答那位紳士的恩惠。

🍎 **repay sb. with** 以⋯回報某人
I want to **repay** my parents **with** my achievement.
我希望以我的成就來回報父母。

🍎 **repay by** 在⋯時候償還
The loan needs to **be repaid by** the end of the year.
這筆貸款須在年底之前還清。

3 **retaliate** [rɪˋtælɪˏet] 動 報復；回敬；以牙還牙

💬 三態變化 retaliate → retaliated → retaliated

例句▶ The army began to **retaliate against** the enemy.
軍隊開始反擊敵方。　retaliate against 報復

本是同根生 相同字根的延伸單字

retaliation 名 報復；報仇　　**retaliatory** 形 報復的
retaliative 形 報復性的

這樣用動詞 使用率破表的相關片語

🍎 **retaliate upon** 還擊

They sought every opportunity to **retaliate upon** their enemies.
他們尋求每一個向敵人回擊的機會。

4 reward [rɪˋwɔrd] 動 報答；報應 名 報償；酬金 MP3 588

三態變化 reward → rewarded → rewarded

例句 Winners will be rewarded round-trip tickets to New Zealand.
贏家將獲得去紐西蘭的來回機票。

本是同根生 相同字根的延伸單字

rewarding 形 有益的；有報酬的　　**rewardful** 形 有酬勞的
rewardless 形 無報酬的；徒勞的

這樣用動詞 使用率破表的相關片語

reward sb. for 因…答謝某人
Jane's supervisor insisted to **reward** her **for** her service.
珍的主管堅持要答謝她的幫助。

5 remunerate [rɪˋmjunəˌret] 動 給…酬勞；賠償 MP3 589

三態變化 remunerate → remunerated → remunerated

例句 The employees are all adequately remunerated for their work.
所有員工都得到與他們的工作相對應的酬勞。

本是同根生 相同字根的延伸單字

remuneration 名 酬金；賠償金　　**remunerator** 名 報償者
remunerative 形 付酬的

趨於無奈收斂翅膀：後退與退出

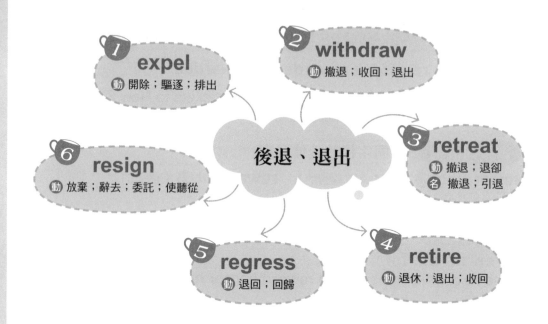

1 expel
動 開除；驅逐；排出

2 withdraw
動 撤退；收回；退出

6 resign
動 放棄；辭去；委託；使聽從

後退、退出

3 retreat
動 撤退；退卻
名 撤退；引退

5 regress
動 退回；回歸

4 retire
動 退休；退出；收回

---

1 expel [ɪk`spɛl] 動 開除；驅逐；排出

MP3 590

💬 三態變化 expel → expelled → expelled

例句▶ The man **had been expelled from** his country for ten years.
那個男人已經被自己的國家驅逐十年了。 expel from 驅逐

本是同根生 ◀→ 相同字根的延伸單字

expeller 名 驅逐者　　　　　　　expellee 名 被開除者
expellent 形 有驅除力的；逐出的

---

2 withdraw [wɪð`drɔ] 動 撤退；收回；退出

MP3 591

💬 三態變化 withdraw → withdrew → withdrawn

例句▶ After writing the best seller, the reclusive author **withdrew from** society.

寫完那本暢銷書後，那名隱遁的作家便離群索居。

withdraw from 撤回；收回；領取

本是同根生——相同字根的延伸單字

withdrawal 名 撤回；提款　　　**withdrawn** 形 怕羞的；孤立的

這樣用動詞——使用率破表的相關片語

withdraw out of 撤出

The company **withdraws out of** the investment because it is underfinanced.

那間公司因為資金短缺而退出這項投資。

---

3 retreat [rɪˋtrit] 動 撤退；退卻 名 撤退；引退　MP3 592

三態變化 retreat → retreated → retreated

例句▶ I won't **retreat from** the next new challenge.

當下一個新挑戰來臨時，我不會退縮。　retreat from 退縮

本是同根生——相同字根的延伸單字

retreatment 名 再加工；再精製

這樣用動詞——使用率破表的相關片語

beat a retreat 溜之大吉

The two thieves **beat a retreat** when the host screamed.

當主人尖叫時，那兩個小偷便趕緊溜走。

---

4 retire [rɪˋtaɪr] 動 退休；退出；收回　MP3 593

三態變化 retire → retired → retired

例句▶ All the judges must **retire to** consider your verdict.

所有的法官都必須先退席，考慮一下對你的判決。

retire to/from 退下；引退；退隱

本是同根生 →相同字根的延伸單字

retirement 名 退休；隱居   **retiredness** 名 退隱；退縮

retiree 名 退休人員   **retired** 形 退休的；引退的

這樣用動詞 →使用率破表的相關片語

👆**come out of retirement** 離職；退休

My grandfather **came out of retirement** at the age of 60.

我的祖父在六十歲時退休。

👆**retire into one's shell** 對人冷淡起來

The shy student **retired into her shell**, refusing to talk to anyone.

那個害羞的學生龜縮進她的世界，拒絕和任何人說話。

👆**retire into oneself** 離群索居；不與人往來

I **retired into myself** and considered what I should do next.

我獨自一人思考著我的下一步應該怎麼走。

👆**retire from the world** 遁世隱居

The actor decided to **retire from the world** after his last movie.

這名演員決定在拍完最後一部電影之後就遁世隱居。

👆**retire for the night** 就寢

They decided to **retire for the night** at ten and set out at five tomorrow morning.

他們決定在十點就寢，然後於明早五點出發。

5 **regress** [rɪˋgrɛs] 動 退回；回歸；復原

三態變化 regress → regressed → regressed

例句 Because of a serious car accident, the victim **regressed to** the mental age of a six-year-old.

因為一起嚴重的車禍，而使受害者的智商退化到六歲孩童的水準。

regress to 倒退至…

本是同根生 → 相同字根的延伸單字

regression 名 逆行；回歸　　　　**regressive** 形 後退的

6 **resign** [rɪˋzaɪn] 動 放棄；辭職；委託；使聽從　MP3 595

三態變化 resign → resigned → resigned

例句 He decides to **resign from** the firm and build his own company.
他決定辭職，並自行創業。　resign from 從…辭職

本是同根生 → 相同字根的延伸單字

resignation 名 辭職；屈從　　　　**resigned** 形 已辭職的；服從的
resignedly 副 順從地；聽天由命地

這樣用動詞 → 使用率破表的相關片語

🍎**resign to** 交給；委託
I **resigned** my children **to** the nanny's care.
我委託保姆照顧我的小孩。

Part 1

Part 2

Part 3

Part 4

✏️ **單字力 UP！還能聯想到這些**

「隱居」相關字	hermit 隱士；anchorite 隱士；anchoress 女隱士；monk 修道士；abbey 修道院；nun 修女
「修行」相關字	Zen 禪；ascetic 苦行者；mortification【宗】禁慾；sadhana 修行；spiritual 精神上的；meditation 冥想；mantra 祈禱文；praying beads 念珠
「宗教」相關字	religion 宗教；minister 牧師；priest 神父；nun 修女；temple 寺廟；church 教堂；mosque 清真寺；monk 僧侶；abbot 住持

2 torture
動 拷問；使彎曲
名 折磨；拷問

1 distress
動 使痛苦；使貧困
名 悲痛

折磨、痛苦

3 torment
動 使痛苦

5 moan
動 呻吟；抱怨
名 呻吟

4 suffer
動 經歷；忍受；受痛苦

---

1 distress [dɪ`strɛs ] 動 使痛苦；使貧困 名 悲痛 `MP3 596`

🗨 **三態變化** distress → distressed → distressed

例句▶ Her son's death distressed her greatly.
她兒子的去世使她很痛苦。

本是同根生 ─ 相同字根的延伸單字

distressed 形 哀傷的；痛苦的　　**distressful** 形 不幸的
distressing 形 悲傷的　　**distressingly** 副 悲慘地

這樣用動詞 ─ 使用率破表的相關片語

👍 **be distressed at** 苦惱
To be honest, I **am distressed at** my scores.
說實話，我對我的分數感到很苦惱。

---

be plunged into great distress 陷入巨大的悲痛之中
Mrs. Chen **is plunged into great distress** because her son just died from a car accident.
陳太太因為兒子在車禍中去世，而陷入巨大的悲痛之中。

2 torture [`tɔrtʃɚ] 動 拷問；使彎曲 名 折磨；拷問 MP3 597

三態變化 torture → tortured → tortured

例句 It is said that a policeman tortured a man to death in a city police station.
聽說有一名員警在市區警局中，將一名男子拷打致死。

本是同根生 相同字根的延伸單字

torturer 名 折磨者；拷打者　　**torturous** 形 苦惱的

這樣用動詞 使用率破表的相關片語

be in torture 處境痛苦
Roy's mother **is in torture** because of her sickness.
羅伊的母親因為病痛而感到痛苦。

torture with 折磨
After the divorce, he **was tortured with** regrets for a year.
他在離婚後，被悔恨的情緒折磨了一整年。

3 torment [tɔrˋmɛnt] 動 使痛苦；折磨；糾纏 MP3 598

三態變化 torment → tormented → tormented

例句 I was tormented mercilessly by flies and mosquitoes last night.
我昨晚受到蒼蠅和蚊子的無情折磨。

本是同根生 相同字根的延伸單字

tormentor 名 使苦痛的人事物　　**tormenting** 形 令人痛苦的

4 **suffer** [`sʌfə] 動 經歷；忍受；受痛苦

🗨 **三態變化** suffer → suffered → suffered

例句▶ He has been suffering from the illness for five years.
他已被這個疾病折磨了五年之久。

本是同根生 → 相同字根的延伸單字

sufferer 名 受害者；患病者　　**suffering** 名 痛苦；苦楚
sufferance 名 忍耐；容許　　**sufferable** 形 可容忍的

這樣用動詞 → 使用率破表的相關片語

🍎 **(to) suffer with** 遭受
The poor man **suffers with** the homeless.
那個可憐人遭受到無家可歸的處境。

5 **moan** [mon] 動 呻吟；（口）抱怨　名 呻吟

🗨 **三態變化** moan → moaned → moaned

例句▶ The employee always **moans about** his boss.
那個員工總是在抱怨他的老闆。　moan about 抱怨

本是同根生 → 相同字根的延伸單字

moaner 名 抱怨者　　**moanful** 形 悲嘆的

✏ 單字力 UP！還能聯想到這些

「心理」相關字	psychology 心理學；psycho 精神病患；depression 憂鬱症；bipolar disorder 躁鬱症；phobia 恐懼症；panic disorder 恐慌症
「疾病」相關字	vaccine 疫苗；microorganism 微生物；flu （口）流行性感冒；influenza （醫）流行性感冒；bacterium 細菌；allergy 過敏；fever 發燒；germs 細菌

2 restrict
動 限定；限制

1 limit
動 限制；限定
名 限制；極限

3 confine
動 將…禁閉；限制
名 邊界；範圍

7 bound
動 跳躍；彈回
名 跳躍

限制、禁錮

4 define
動 限定；給…下定義

6 impede
動 妨礙；阻礙

5 restrain
動 抑制；控制

Part **1**
Part **2**
Part **3**
Part **4**

---

1 **limit** [`lɪmɪt] 動 限制；限定 名 限制；極限

MP3 601

🗨 **三態變化** limit → limited → limited

例句▶ The amount of money in your pocket limits your buying option.
你身上有多少錢會限制你的購買選擇。

本是同根生→相同字根的延伸單字

limitation 名 限制；極限 **limitary** 形 有界限的
limitative 形 限制的 **limited** 形 有限的；不多的

這樣用動詞→使用率破表的相關片語

with limits 在一定的限度內
With certain **limits**, practical jokes can make people laugh.
適當程度的惡作劇可以使人發笑。

📖 **to the limit** 達到極限

The athlete pushed his endurance **to the limit**.

那名運動員將他的耐力逼至極限。

---

2 **restrict** [rɪˋstrɪkt] 動 限定;限制;約束 MP3 602

💬 **三態變化** restrict → restricted → restricted

📝 **例句** Cole **restricts** himself **to** one coffee a day.

柯爾限制自己一天只能喝一杯咖啡。　restrict to 限制

本是同根生 → **相同字根的延伸單字**

restrictionism 名 限制政策　　**restriction** 名 約束;限定

restrictionist 名 限制主義　　**restricted** 形 被限定的

restrictive 形 限制性的　　**restrictively** 副 限制性地

restrictedly 副 有限地

這樣用動詞 → **使用率破表的相關片語**

📖 **restrictions on** 限制

There are many **restrictions on** what you can bring into an airport.

你能帶哪些物品進機場,其實有很多的限制。

---

3 **confine** [kənˋfaɪn] 動 將…禁閉;限制 名 邊界 MP3 603

💬 **三態變化** confine → confined → confined

📝 **例句** I **was confined to** the house all weekend because I got a terrible score on the exam.

因為我考試的成績太爛了,所以我整個週末都被限制待在家裡。

confine to 把…限制在…

本是同根生 → **相同字根的延伸單字**

confinement 名 限制;監禁　　**confines** 名 限度;區域

confined 形 被限制的　　**confining** 形 受限的

4 define [dɪˋfaɪn] 動 給…下定義；限定
MP3 604

三態變化 define → defined → defined

例句 We may define a square as a rectangle with four equal sides.
我們可以將正方形定義為四邊相等的矩形。

本是同根生 — 相同字根的延伸單字

definition 名 定義；限定　　**definitive** 名 【語】限定詞
definite 形 明確的；限定的　　**definitely** 副 明確地

Part 1

5 restrain [rɪˋstren] 動 抑制；控制；限制；管束
MP3 605

三態變化 restrain → restrained → restrained

例句 At that time, the government must restrain the prices and profits.
到那個時候，政府就必須限制物價和利潤。

Part 2

本是同根生 — 相同字根的延伸單字

restraint 名 克制；阻止　　**restrained** 形 受限制的
restrainable 形 可抑制的　　**restrainedly** 副 受約束地

Part 3

這樣用動詞 — 使用率破表的相關片語

without restraint 無拘無束地
The two sisters are **without restraint** because their mother was out.
因為母親不在家，所以那對姊妹毫無拘束。

be restrained in 在…方面節制
I suggested my roommate to **be restrained in** drinking.
我建議我室友要節制飲酒。

Part 4

6 impede [ɪmˋpid] 動 妨礙；阻礙；阻止
MP3 606

三態變化 impede → impeded → impeded

例句 ▶ A sudden hail impeded the traffic in the evening.
傍晚一陣突如其來的冰雹癱瘓了交通。

本是同根生 ←（相同字根的延伸單字）

impediment 名 妨礙；口吃　　**impedimenta** 名 累贅
impeditive 形 足以阻礙的　　**impedimental** 形 阻礙的

這樣用動詞 ←（使用率破表的相關片語）

👍**an impediment to sb.** 對…來說是阻礙
The policy of that company is **a main impediment to** us.
那間公司的政策對我們來說是一個重大的阻礙。

---

7 **bound** [baund] 動 跳躍；彈回　名 跳躍　　MP3 607

🗩 **三態變化** bound → bounded → bounded

例句 ▶ The basketball bounded from the wall and hit me in the head.
籃球從牆上彈回來，打到了我的頭。

本是同根生 ←（相同字根的延伸單字）

boundary 名 分界線；範圍　　**bounds** 名 界限
bounded 形 有界限的　　　　　**boundless** 形 無窮的
bounden 形 非做不可的　　　　**boundlessly** 副 無窮地

這樣用動詞 ←（使用率破表的相關片語）

👍**be bound up in** 熱衷於某事
Mrs. White **is bound up in** her career and spends little time with her family.
懷特女士非常熱衷於自己的事業，所以和家人相處的時間很少。

厭惡、恐懼

2 **disgust**
動 厭惡
名 作嘔

1 **displease**
動 使不快；使討厭

3 **sicken**
動 生病；厭倦

4 **horrify**
動 使恐懼；（口）使反感

7 **spite**
動 刁難；使惱怒
名 惡意；怨恨

6 **lament**
動 傷感；悔恨

5 **revolt**
動 使反感；反抗

1 **displease** [dɪsˋpliz] 動 使不快；使討厭；惹火 MP3 608

三態變化 displease → displeased → displeased

例句▶ You would not want to displease the boss.
你不會想要惹老闆生氣的。

本是同根生 ← 相同字根的延伸單字

displeasure 名 不滿；生氣　　　**displeased** 形 不高興的
displeasing 形 令人不愉快的　　**displeasingly** 副 不愉快地

這樣用動詞 ← 使用率破表的相關片語

be displeased with 對某人感到不快
Susan **is displeased with** her parents because they don't trust her words.

蘇珊因為父母不相信她的話而感到不高興。

2 disgust [dɪsˋgʌst] 動 厭惡；令人作嘔 名 作嘔

💬 三態變化 disgust → disgusted → disgusted

例句 ▶ The level of violence in the film really disgusted me.
影片中暴力的程度實在令我反感。

本是同根生 → 相同字根的延伸單字

disgustful 形 令人作嘔的　　　　**disgusting** 形 令人厭惡的
disgustedly 副 厭煩地　　　　　　**disgustingly** 副 討厭地

這樣用動詞 → 使用率破表的相關片語

👍 **be disgusted at** 對…感到極度氣憤
Mr. and Mrs.Smith **were disgusted at** their son's telephone bill.
史密斯夫婦對於兒子高昂的通話費用感到很火大。

3 sicken [ˋsɪkən] 動 生病；厭倦；厭惡
MP3 610

💬 三態變化 sicken → sickened → sickened

例句 ▶ I **sicken of** that restaurant because their seafood tastes horrible.
我討厭那間餐廳，因為他們的海鮮很難吃。　sicken of 厭惡…

本是同根生 → 相同字根的延伸單字

sickie 名 （一天的）病假　　　　**sickener** 名 令人作嘔的東西
sick 形 有病的；患…病的　　　　**sickish** 形 多病的
sickening 形 令人作嘔的　　　　**sickeningly** 副 令人噁心地

4 horrify [ˋhɔrəˌfaɪ] 動 使恐懼；（口）使反感
MP3 611

💬 三態變化 horrify → horrified → horrified

例句▶ It horrified her to think that he may have killed someone.
一想到他可能殺過人，就令她感到毛骨悚然。

本是同根生 ▸ **相同字根的延伸單字**

horror 名 恐怖；震驚 　　　horripilation 名 毛骨悚然之感
horrifying 形 恐怖的 　　　horror-struck 形 驚恐的
horrifyingly 副 令人恐懼地 　　　horripilate 動 使毛骨悚然

這樣用動詞 ▸ **使用率破表的相關片語**

📖 **to one's horror** 令某人驚訝的是
To my horror, Michael passed the exam with a higher score than me.
令我驚訝的是，麥可居然以比我高的分數通過考試。

5▶ revolt [rɪˋvolt] 動 使反感；反抗 名 反感；造反 　MP3 612

💬 **三態變化** revolt → revolted → revolted

例句▶ They are revolted that the rich waste all the resources while millions are dying of hunger.
數以百萬計的人在餓死的邊緣，但有錢人卻頻頻浪費資源，這種現象令他們感到很反感。

本是同根生 ▸ **相同字根的延伸單字**

revolting 形 令人厭惡的 　　　revoltingly 副 討厭地

6▶ lament [ləˋmɛnt] 動 傷感；悔恨 名 悲傷；悼詞 　MP3 613

💬 **三態變化** lament → lamented → lamented

例句▶ The poet lamented over the death of his beloved wife.
那位詩人對他摯愛妻子的死亡深感悲痛。

本是同根生 ▸ **相同字根的延伸單字**

lamentation 名 哀悼 　　　lamented 形 被哀悼的

Part 1
Part 2
Part 3
Part 4

lamentable 形 可悲的　　　　　　**lamentably** 副 可悲地

7 spite [spaɪt] 動 刁難；使惱怒　名 惡意；怨恨　^{MP3} 614

🗨 三態變化 spite → spited → spited

例句 ▶ The boy broke the glasses just to spite his neighbor.
那個小男孩打碎窗戶就只為了激怒鄰居。

本是同根生 相同字根的延伸單字

spitefulness 名 懷恨在心　　　**spiteful** 形 惡意的；懷恨的
spitefully 副 懷有惡意地

這樣用動詞 使用率破表的相關片語

🍎 **cut one's nose off to spite one's face** 想報復別人卻害了自己
I know you're still mad at your classmate, but don't **cut off your nose to spite your face**.
我知道你仍然在生你同學的氣，但可別自討苦吃了。

🍎 **out of spite** 出於惡意
She spilled her colleague's secrets **out of spite**.
她是故意洩漏同事的祕密的。

🍎 **in spite of** 不管…
In spite of the bad weather, they went hiking in the mountains.
儘管天氣很糟糕，他們還是去登山了。

 單字力 UP！還能聯想到這些

「壞事種類」相關字	robbery 搶劫；gun shot 槍擊；drug abuse 吸毒；pickpocket 扒手；car racing 飆車；homicide 殺人；arson 放火；deception 詐欺；bullying 霸凌

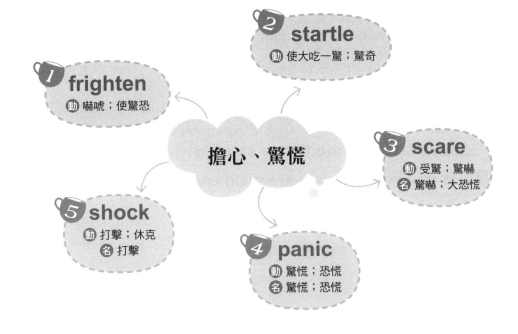

② **startle**
動 使大吃一驚；驚奇

① **frighten**
動 嚇唬；使驚恐

擔心、驚慌

③ **scare**
動 受驚；驚嚇
名 驚嚇；大恐慌

⑤ **shock**
動 打擊；休克
名 打擊

④ **panic**
動 驚慌；恐慌
名 驚慌；恐慌

① **frighten** [ˋfraɪtn̩] 動 嚇唬；使驚恐；害怕　MP3 615

🗨 **三態變化** frighten → frightened → frightened

例句 The dog's barking **frightens away** the thief.
那隻狗的叫聲嚇跑了小偷。　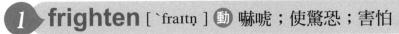 frighten away 嚇跑

本是同根生 ─ 相同字根的延伸單字

fright 名 恐怖；驚嚇　　　　**frightened** 形 受驚的
frightful 形 可怕的；討厭的　　**frightening** 形 令人恐懼的

這樣用動詞 ─ 使用率破表的相關片語

📖 **frighten off** 嚇走
I hope my awkwardness didn't **frighten** them **off**.
我希望我笨拙的行為沒有嚇走他們。

👍 **be frightened of** 害怕

I admire Mike because he **is** not **frightened of** anything.
我很欣賞麥克，因為他無所畏懼。

👍 **frighten into** 恐嚇某人做某事

Nobody can **frighten** those villagers **into** obedience.
沒人可以威脅那些村民們服從其他人。

2 **startle** [`startḷ] 動 使大吃一驚；驚奇 名 驚愕 MP3 616

🗨 **三態變化** startle → startled → startled

例句▶ He was concentrated on writing and a sudden call startled him.
他正專心寫作時，被突來的電話聲嚇了一跳。

本是同根生 ┤ 相同字根的延伸單字

startler 名 令人驚駭的人或事　　　**startled** 形 受驚嚇的
startling 形 令人吃驚的　　　　　　**startlingly** 副 驚人地

這樣用動詞 ┤ 使用率破表的相關片語

👍 **be startled to** 大吃一驚

I **was startled to** see Jay in class since he called in sick.
我很驚訝在班上看到杰，因為他才請了病假。

3 **scare** [skɛr] 動 受驚；驚嚇 名 驚嚇；大恐慌 MP3 617

🗨 **三態變化** scare → scared → scared

例句▶ The rumbling thunder scared all the children in the class.
轟轟的雷聲嚇到了班上所有的孩子。

本是同根生 ┤ 相同字根的延伸單字

scarecrow 名 稻草人　　　　　　**scarehead** 名 （口）聳人聽聞的大標題
scared 形 恐懼的　　　　　　　　**scary** 形 令人驚恐的

這樣用動詞 → **使用率破表的相關片語**

📖 **scare sb. half to death** 嚇個半死
That headline **scared** me **half to death**.
那則頭條新聞把我嚇個半死。

4 **panic** [`pænɪk] 動 名 驚慌；恐慌 MP3 618

💬 **三態變化** panic → panicked → panicked

例句 ▶ The audience all panicked when the theater caught fire.
全部的觀眾都被劇院的火災嚇得驚慌失措。

本是同根生 → **相同字根的延伸單字**

panicky 形 驚慌失措的　　　　**panic-stricken** 形 受驚的

5 **shock** [ʃɑk] 動 打擊；使震驚；休克 名 打擊 MP3 619

💬 **三態變化** shock → shocked → shocked

例句 ▶ It shocked me when I heard the bad news that happened to my cousin.
聽到我表哥身上發生的壞事，我感到很震驚。

本是同根生 → **相同字根的延伸單字**

shocker 名 令人震驚的人事物　　　**shockable** 形 能造成休克的
shocking 形 駭人聽聞的　　　　　**shockingly** 副 令人震驚地

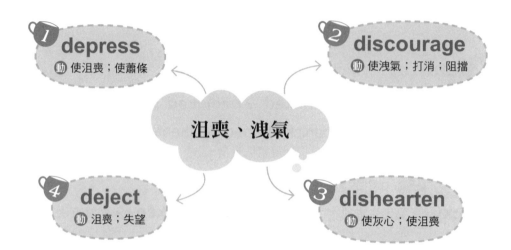

1 depress
動 使沮喪；使蕭條

2 discourage
動 使洩氣；打消；阻擋

沮喪、洩氣

4 deject
動 沮喪；失望

3 dishearten
動 使灰心；使沮喪

---

1 depress [dɪˋprɛs] 動 使沮喪；使蕭條；降低 MP3 620

三態變化 depress → depressed → depressed

例句 The result of the investments depressed our boss.
投資的結果令我們老闆感到很沮喪。

本是同根生 →相同字根的延伸單字

depression 名 沮喪；不景氣　　**depressant** 名 鎮靜劑
depressed 形 鬱鬱寡歡的　　**depressive** 形 壓抑的
depressible 形 可壓抑的　　**depressingly** 副 鬱悶地

這樣用動詞 →使用率破表的相關片語

fall into a depression 變得意志消沉
Patrick **fell into a depression** because no one stood out for him in the meeting.
會議中沒有人站在派翠克這邊，因而令他感到很沮喪。

2 discourage [dɪs`kɝɪdʒ] 動 使洩氣；打消；阻擋 MP3 621

三態變化 discourage → discouraged → discouraged

例句 We **discouraged** her **from** arguing with those hooligans.
我們勸她打消找那些流氓理論的念頭。 discourage from 勸阻；打消

本是同根生 相同字根的延伸單字

discouragement 名 挫折　　　**discouraged** 形 灰心的
discouraging 形 令人氣餒的　　**discouragingly** 副 使人氣餒地

3 dishearten [dɪs`hɑrtn̩] 動 使灰心；使沮喪 MP3 622

三態變化 dishearten → disheartened → disheartened

例句 The team was disheartened as their leader was fired.
當組長被解僱後，整個團隊都變得很灰心。

本是同根生 相同字根的延伸單字

disheartenment 名 沮喪　　　**dishearteningly** 副 使人沮喪地

這樣用動詞 使用率破表的相關片語

🍎 **be utterly disheartened** 十分沮喪
Billy **was utterly disheartened** when his girlfriend left him.
當比利的女友離開他時，他十分地沮喪。

4 deject [dɪ`dʒɛkt] 動 沮喪；失望；使灰心 MP3 623

三態變化 deject → dejected → dejected

例句 John was dejected by his loss of wealth.
約翰因為損失了財富，而感到非常沮喪。

本是同根生 相同字根的延伸單字

dejection 名 沮喪　　　**dejected** 形 氣餒的
dejectedly 副 沮喪地

Unit 26 私結朋黨小團體：分開與劃分

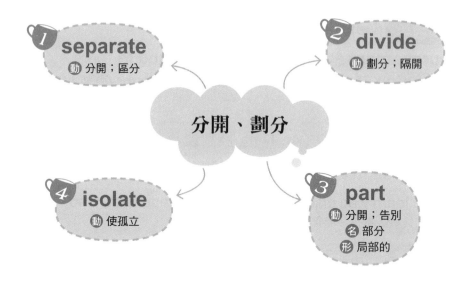

1 separate 動 分開；區分

2 divide 動 劃分；隔開

分開、劃分

4 isolate 動 使孤立

3 part 動 分開；告別
名 部分
形 局部的

---

1 separate [`sɛpə,ret] 動 分開；使分散；區分 MP3 624

📣 **三態變化** separate → separated → separated

例句 The procedure can **be separated into** five steps.
這程序可以分成五個步驟。　separate into 分為

本是同根生 •相同字根的延伸單字

separation 名 分離；區分　　　**separatism** 名 分離主義
separative 形 分離性的　　　**separable** 形 可分離的
separated 形 分居的　　　**separately** 副 分開地

這樣用動詞 •使用率破表的相關片語

🍎 **keep separate from** 分離
Raw food must **be kept separate from** cooked food.

生食必須與熟食分開。

2 divide [dəˋvaɪd] 動 劃分；隔開；分開
MP3 625

💬 **三態變化** divide → divided → divided

例句▶ The cake **was divided into** ten pieces.
蛋糕被分成了十塊。　divide into 分成

本是同根生 ·相同字根的延伸單字

division 名 區分；部門；除法　　　　**divider** 名 分配者
dividend 名 【數】被除數；紅利　　　**dividing** 形 區分的
dividable 形 可分割的；除得盡的

這樣用動詞 ·使用率破表的相關片語

divide out 分配
We **divided out** the donations into six areas.
我們將這些捐款分配給六個區域。

3 part [pɑrt] 動 分開；告別 名 部分 形 局部的
MP3 626

💬 **三態變化** part → parted → parted

例句▶ The clouds finally parted and the sun shone.
雲層終於散開，而太陽照耀著。

本是同根生 ·相同字根的延伸單字

partiality 名 偏袒；偏心　　　　**particle** 名 微粒；顆粒
parting 名 分離；分裂；分界線　　**partaker** 名 參與者；分享者
partial 形 局部的；部分的　　　　**partly** 副 不完全地
partially 副 部分地；不完全地　　**partake** 動 參與；分享

這樣用動詞 ·使用率破表的相關片語

partake of 參加

Part 1

Part 2

Part 3

Part 4

The couple invited us to **partake of** their dinner.
這對夫妻邀請我們共進晚餐。

 part with 與…分別；放棄；辭退
Neil could never **part with** video games.
尼爾不能沒有電玩遊戲。

4 **isolate** [`aɪsḷ͵et] 動 使孤立；使脫離

三態變化 isolate → isolated → isolated

例句▶ We need to isolate all the animals infected with the decease so that the others don't catch it.
我們必須將染病的動物隔離，以免其他動物受到傳染。

本是同根生 相同字根的延伸單字

isolated 形 孤立的；偏遠的　　　　**isolation** 名 孤立
isolationist 名 （反對參與國際盟約的）孤立主義者

這樣用動詞 使用率破表的相關片語

 isolate sb./sth. from 將某人／事／物從…之中隔離
They **isolated** everyone **from** the kid who was infected with influenza.
他們將那名染上流感的小孩與其他人隔離。

 單字力 UP！還能聯想到這些

「行政區域」相關字	province 省；city 市；county 縣；district 區；township 鄉鎮；village 村里；neighborhood 鄰；room 室
「獨立」相關字	individualism 個人主義；independence 獨立；self-reliance 自立更生；autarky 自給自足的區域

輕易背信棄友情：廢除與取消

1 annul
動 宣告無效；廢除

2 abolish
動 廢除；廢止

3 repeal
動 廢除；撤銷
名 撤銷；廢除

廢除、取消

5 prohibit
動 禁止；妨礙

4 revoke
動 取消；廢除

---

1 annul [əˋnʌl] 動 宣告無效；廢除 同義 discharge　MP3 628

三態變化 annul → annulled → annulled

例句▶ Accroding to the law, a second marriage will be annulled as long as you're still in a marital relationship.

根據法律，如果你還與配偶維持婚姻關係，第二次婚姻便是無效的。

本是同根生 →相同字根的延伸單字

annulment 名 取消；廢除　　　**annullable** 形 可被廢止的

disannul 動 取消；使無效

這樣用動詞 →使用率破表的相關片語

👍**seek the annulment of** 請求取消

To seek the annulment of the application, a person must file a

request with the court.
若要廢除申請書，當事人就必須向法院提出請求。

2 abolish 動 廢除；廢止 同義 overturn
MP3 629

🗨 三態變化 abolish → abolished → abolished

例句 ▶ In Britain, national service was abolished in 1962.
在英國，國民兵役制度在一九六二年就被廢止了。

本是同根生 → 相同字根的延伸單字

abolishment 名 廢除；廢止　　abolitionist 名 （美）廢奴主義者

3 repeal [rɪ`pil] 動 廢除；撤銷 名 撤銷；廢止
MP3 630

🗨 三態變化 repeal → repealed → repealed

例句 ▶ Many people agree that this ridiculous law must be repealed.
很多人都同意應該要廢除這項荒誕的法律。

本是同根生 → 相同字根的延伸單字

repealer 名 廢止者　　repealable 形 能被取消的

4 revoke [rɪ`vok] 動 取消；廢除 同義 invalidate
MP3 631

🗨 三態變化 revoke → revoked → revoked

例句 ▶ His driver's license was revoked for drunk driving.
他因為酒駕而被吊銷駕照。

本是同根生 → 相同字根的延伸單字

revocation 名 廢止；撤回　　revocability 名 可撤銷
revocable 形 可廢除的　　revocatory 形 廢除的

這樣用動詞 → **使用率破表的相關片語**

beyond revoke 不能取消的
The welfare of this department is **beyond revoke**; we must protect it.
這個部門的福利是不能取消的；我們必須維護它。

5 **prohibit** [prə`hɪbɪt] 動 禁止；妨礙；阻止 MP3 632

三態變化 prohibit → prohibited → prohibited

例句 ▷ They **prohibit** their kids **from** playing outside alone.
他們禁止孩子單獨在外面玩耍。 prohibit from 禁止；阻止

本是同根生 → **相同字根的延伸單字**

prohibition 名 禁止 　　　　**prohibiter** 名 阻止者
prohibitionist 名 禁酒主義者 　**prohibitive** 形 禁止的
prohibitory 形 禁止的 　　　**prohibitively** 副 禁止地

這樣用動詞 → **使用率破表的相關片語**

a prohibition against sth. （某物的）禁令；禁止使用某物
There is **a prohibition against** guns in Taiwan.
在台灣有槍械管制禁令。

單字力 UP！還能聯想到這些

「法律」相關字	indictment 起訴書；legal fees 訴訟費；appellant 上訴人；bail 保證金；suitor 起訴人；citation 傳票；alimony 贍養費；lawyer's fee 律師費；compensating expense 賠償費
「各項法條」相關字	law 法律；constitution 憲法；criminal law 刑法；civil law 民法；regulation 規章；article 條款；convention 公約

1 threaten [`θrɛtn̩] 動 恐嚇；脅迫；威脅；恫嚇 MP3 633

💬 **三態變化** threaten → threatened → threatened

例句▶ She threatened to sue all the people who scolded her in the meeting.
她威脅要告每一個在會議中罵過她的人。

本是同根生 → 相同字根的延伸單字

threat 名 威脅；恐嚇；凶兆　　threatened 形 受到威脅的
threatening 形 威脅的　　threateningly 副 威脅地

這樣用動詞 → 使用率破表的相關片語

👍threaten sb. with 用某物威脅某人
The attacker **threatened** the police **with** the lives of hostages.

那名歹徒用人質的生命威脅警方。

2 intimidate [ɪnˋtɪməˏdet] 動 恐嚇；脅迫

三態變化 intimidate → intimidated → intimidated

例句▶ The reporter refused to give up, unwilling to let anyone's attempt to intimidate her work.
那位記者堅持不放棄，並不想因為任何人的恫嚇而影響到她的工作。

本是同根生 ─ 相同字根的延伸單字

intimidation 名 脅迫；恐嚇　　**intimidator** 名 脅迫者
intimidating 形 令人生畏的　　**intimidatory** 形 威脅的

3 menace [ˋmɛnɪs] 動 威脅；恐嚇 名 恐嚇

三態變化 menace → menaced → menaced

例句▶ The gangster menaced a man with a gun.
那個流氓用槍威脅一個男人。

本是同根生 ─ 相同字根的延伸單字

menacing 形 威脅的；險惡的　　**menacingly** 副 恐嚇地

這樣用動詞 ─ 使用率破表的相關片語

be a menace to 威脅⋯的事物
The powerful guns **are a menace to** human lives.
那些威力驚人的槍枝威脅了人類的生命安全。

4 terrorize [ˋtɛrəˏraɪz] 動 使畏懼；脅迫；恐嚇

三態變化 terrorize → terrorized → terrorized

例句▶ Bands of ruffians have been terrorizing the neighbor for a long

time.
長久以來，各個幫派鬧得鄰里不安。

本是同根生 → 相同字根的延伸單字

terror 名 恐怖；驚駭；恐怖行動　　**terrorist** 名 恐怖份子

terrorism 名 恐怖主義　　**terroristic** 形 恐怖統治的

terror-stricken 形 受驚嚇的　　**terrify** 動 使害怕；使恐怖

這樣用動詞 → 使用率破表的相關片語

👍 **terrorize sb. into** 威脅某人做…

They tried to **terrorize** the man **into** handing out his wallet.
他們試圖威脅那個男人交出他的錢包。

👍 **strike terror into one's heart** 使人心驚膽顫

The story of the haunted house **strikes terror into Grace's heart**.
鬼屋的故事讓葛瑞絲心驚膽顫。

 單字力 UP！還能聯想到這些

「火器」相關字	nuclear weapon 核子武器、atomic bomb 原子彈、rifle 步槍、shotgun 霰彈槍、carbine 卡賓槍、revolver 左輪手槍、pistol 手槍
「打仗器具」相關字	sword 劍；shield 盾牌；arrow 弓箭；bow 弓；crossbow 弩；knife 刀子；dagger 小短劍；lance 矛槍；spear 戟
「威脅」相關字	death threat 死亡威脅；anonymous 匿名的；mass murder 大屠殺；blackmail 敲詐；extort 勒索
「葬禮」相關字	burial 葬禮；exequies 葬禮；coffin 棺材；wreath 花圈；mourner 送葬者；lament 悼詞；grave 墓穴；tomb 墓碑

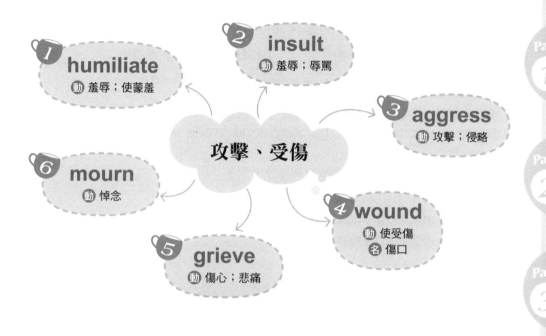

攻擊、受傷

1 humiliate 動 羞辱；使蒙羞
2 insult 動 羞辱；辱罵
3 aggress 動 攻擊；侵略
4 wound 動 使受傷　名 傷口
5 grieve 動 傷心；悲痛
6 mourn 動 悼念

1 humiliate [hjuˋmɪlɪˌet] 動 羞辱；使蒙羞

MP3 637

💬 **三態變化** humiliate → humiliated → humiliated

例句 I was humiliated when the teacher laughted at my paper.
當老師嘲笑我的報告時，我覺得深受屈辱。

本是同根生 相同字根的延伸單字

humiliation 名 侮辱；丟臉　　　humiliator 名 羞辱者
humiliatory 形 蒙羞的

2 insult [ɪnˋsʌlt] 動 羞辱；辱罵 同義 affront

MP3 638

💬 **三態變化** insult → insulted → insulted

例句▶I apologize for my attitude the other day. I never meant to insult you.

我為我前幾天的態度道歉，我不是有意要侮辱你。

本是同根生 ┤相同字根的延伸單字

insulting 形 侮辱的；無禮的   **insultingly** 副 無禮地

這樣用動詞 ┤使用率破表的相關片語

👍**add insult to injury** 雪上加霜

Adding insult to injury, her boyfriend broke up with her after she lost her job.

雪上加霜的是，她男友在她失業後便與她分手了。

👍**pocket an insult** 忍受侮辱

Please tell me, how could you **pocket** her **insults**?

請告訴我，你怎麼能忍受她的侮辱？

3▶**aggress** [əˋgrɛs] 動 攻擊；侵略；挑釁   MP3 639

🗨 **三態變化** aggress → aggressed → aggressed

例句▶People seem to have the need to aggress each other.

人們似乎不能不去挑釁他人。

本是同根生 ┤相同字根的延伸單字

aggression 名 侵略；侵犯行為   **aggressor** 名 侵略者
aggressiveness 名 侵犯   **aggressive** 形 侵略性的
aggressively 副 侵略地

4▶**wound** [wund] 動 使受傷 名 傷口 同義 torment   MP3 640

🗨 **三態變化** wound → wounded → wounded

例句▶His legs were wounded during a gun fight.

他的雙腳在一場槍戰中受傷了。

本是同根生 →相同字根的延伸單字

wounded 形 受傷的　　　　**wounding** 形 傷人感情的

這樣用動詞 →使用率破表的相關片語

👍**rub salt into the wound** 在傷口上灑鹽
Mentioning this to him is just **rubbing salt into the wound**.
向他提起這件事，只是在他的傷口上灑鹽而已。

---

5 grieve [griv] 動 傷心；悲痛　同義 lament　MP3 641

💬 **三態變化** grieve → grieved → grieved

例句▶ The mother was grieving for her dead child.
那位母親正為死去的孩子感到悲傷。

本是同根生 →相同字根的延伸單字

grief 名 悲痛；悲傷；不幸　　　　**grievance** 名 不滿；牢騷
grieved 形 傷心的；悲痛的　　　　**grievous** 形 令人悲痛的
grief-stricken 形 極度悲傷的　　　　**grievously** 副 極其痛苦地

這樣用動詞 →使用率破表的相關片語

👍**grieve about** 對…感到悲痛
They **grieve about** the death of their beloved daughter.
他們對愛女的死亡感到悲痛不已。

---

6 mourn [morn] 動 悼念；服喪；哀悼　MP3 642

💬 **三態變化** mourn → mourned → mourned

例句▶ The whole country mourned for the passing of their king.
整個國家都在悼念死去的國王。

本是同根生 →相同字根的延伸單字

mournful 形 悲哀的；悲觀的　　　　**mournfully** 副 悲哀地

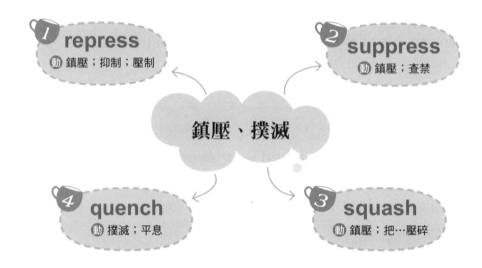

1 **repress** 動 鎮壓；抑制；壓制

2 **suppress** 動 鎮壓；查禁

鎮壓、撲滅

4 **quench** 動 撲滅；平息

3 **squash** 動 鎮壓；把…壓碎

---

1 **repress** [rɪ`prɛs] 動 鎮壓；抑制；壓制
MP3 643

💬 **三態變化** repress → repressed → repressed

例句▶ She repressed a sudden desire to cry.
她突然想哭，但還是控制住了自己。

本是同根生 ─ 相同字根的延伸單字

repression 名 壓抑；鎮壓　　　**repressor** 名 壓制者
repressed 形 受約束的　　　**repressible** 形 可抑制的
repressive 形 壓抑的；專制的　　**repressively** 副 壓抑地

---

2 **suppress** [sə`prɛs] 動 鎮壓；查禁；抑制
MP3 644

💬 **三態變化** suppress → suppressed → suppressed

例句▶ The revolt was suppressed within one week.
那場叛亂在一週之內就被鎮壓了。

本是同根生 ▸ 相同字根的延伸單字

suppression 名 鎮壓；忍住　　　**suppressant** 名 抑制藥
suppresser 名 鎮壓者　　　　　**suppressed** 形 抑制的
suppressible 形 可壓制的　　　　**suppressive** 形 禁止的

③ squash [skwɑʃ] 動 鎮壓；把…壓碎；擠進　　MP3 645

💬 **三態變化** squash → squashed → squashed

例句▶ False rumors were soon squashed by the government.
不實的謠言很快就被政府消除了。

本是同根生 ▸ 相同字根的延伸單字

squashy 形 容易壓壞的　　　　**squashed** 形 壓碎的

這樣用動詞 ▸ 使用率破表的相關片語

📖 **squash sth. down** 平定；擠扁
It took the government two years to **squash** the rebellious troops **down**.
政府花了整整兩年的時間才將反叛軍平定。

④ quench [kwɛntʃ] 動 撲滅；平息　　**同義** extinguish　MP3 646

💬 **三態變化** quench → quenched → quenched

例句▶ The wildfire was quenched with a heavy rain.
那場森林大火被一場大雨澆滅了。

本是同根生 ▸ 相同字根的延伸單字

quencher 名 撲滅者　　　　　　**quenchless** 形 難壓抑的
quenchable 形 可熄滅的；可結束的

Part 1

Part 2

Part 3

Part 4

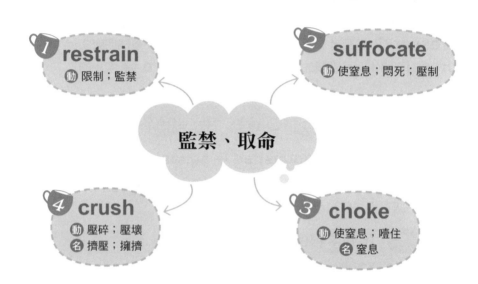

1 **restrain** 動 限制；監禁

2 **suffocate** 動 使窒息；悶死；壓制

監禁、取命

4 **crush** 動 壓碎；壓壞
名 擠壓；擁擠

3 **choke** 動 使窒息；噎住
名 窒息

---

1 **restrain** [rɪˋstren] 動 限制；監禁 同義 deter

MP3
647

三態變化 restrain → restrained → restrained

例句 The teacher **restrains** his students **from** playing in the yard.
那位老師制止他的學生在庭院裡玩耍。 restrain from 限制做

本是同根生 →相同字根的延伸單字

restraint 名 抑制；阻止 **restrainable** 形 可遏制的
restrained 形 受限的；克制的 **restrainedly** 副 受約束地

---

2 **suffocate** [ˋsʌfəˌket] 動 使窒息；悶死；壓制

MP3
648

三態變化 suffocate → suffocated → suffocated

例句▶ Ten were suffocated dead in the fire.
那場火災造成十人因濃煙而窒息死亡。

本是同根生 —|─ 相同字根的延伸單字

suffocation 名 窒息;壓制　　　**suffocative** 形 憋氣的
suffocating 形 令人窒息的　　　**suffocatingly** 副 令人窒息地

---

3 **choke** [tʃok] 動 使窒息;噎住　名 窒息　　MP3 649

💬 三態變化 choke → choked → choked

例句▶ He **choked on** a piece of bread.
他被一塊麵包嗆到了。　choke on 哽住;嗆到

本是同根生 —|─ 相同字根的延伸單字

choker 名 窒息的人;高領　　　**choked** 形 阻塞的;(口)生氣的
choking 形 令人窒息的;哽咽的　　**chokey** 形 窒息的

這樣用動詞 —|─ 使用率破表的相關片語

🍎 **choke up** 心情激動到說不出話
I still get **choked up** thinking about my grandfather.
每當想起祖父,我還是會激動到說不出話來。

📖 **choke back** 抑制
He **choked back** tears when he watched his son's beautiful performance.
在觀看兒子精采的表演時,他忍住了淚水。

📖 **choke down** 嚥下去
Although I am not hungry, I **choked down** the food.
儘管不餓,我還是把食物給嚥下去了。

---

4 **crush** [krʌʃ] 動 壓碎;壓壞　名 擠壓;擁擠　　MP3 650

💬 三態變化 crush → crushed → crushed

例句 ▶ The car was completely crushed under the truck.
那輛轎車被大卡車壓得全都變形了。

本是同根生 → 相同字根的延伸單字

crushable 形 可壓碎的　　　　**crushproof** 形 不會被撞壞的
crushing 形 支離破碎的　　　　**crushingly** 副 過分地

這樣用動詞 → 使用率破表的相關片語

🍎 **have a crush on** 迷戀上
Jane thinks she **is having a crush on** Tim.
珍覺得自己喜歡上提姆了。

🍎 **crush sth. in the egg** 防患未然
We need to **crush** that bad habit **in the egg**.
我們必須防制惡習。

🍎 **a crush barrier** 障礙物
The **crush barrier** prevented the crowd from flocking in all at once.
障礙物可以防止人群蜂擁而上。

🍎 **crush down** 壓扁；鎮壓；壓制
If you **crush down** those clothes, you can fit more in your suitcase.
如果你把那些衣服壓扁，就應該能夠再多放幾件進去行李箱裡面。

🍎 **crush up** 碾碎
I **crushed up** the pill and mixed it into my juice.
我把藥丸碾碎後，加進去了果汁裡面。

 單字力 UP！還能聯想到這些

「罪行」 相關字	criminal code 刑法；larceny【律】竊盜罪；homicide 兇殺；murder 謀殺；crime of passion 衝動犯罪；battery 毆打；arson 縱火（罪）；accomplice 共犯；attempt 未遂

自私作為：強加想法與剝奪權利

2 **impose**
動 把…強加於；打擾；欺騙

1 **put**
動 放；裝；施加

強加、剝奪

3 **inflict**
動 強加；使遭受

5 **free**
動 使自由；解脫
形 自由的；免費的

4 **deprive**
動 剝奪；免去

Part 1

Part 2

Part 3

Part 4

---

1 put [pʊt] 動 放；裝；施加；使受到；標上

MP3 651

🗨️ **三態變化** put → put → put

例句▶ He always puts his keys on his desk in the study.
他總是將鑰匙放在書房內的書桌上面。

本是同根生──相同字根的延伸單字

putter 名 放置者 動 閒逛　　**put-off** 名 延期；推諉
put-on 形 做作的；假裝的　　**put-up** 形 密謀的

這樣用動詞──使用率破表的相關片語

👝 **put one's foot in one's mouth** 說錯話
I don't want to **put my foot in my mouth**, so I'm preparing my speech.
我不想說錯話，所以我正在準備演講稿。

🖐**put a bold face on** 對…裝作蠻不在乎

Despite my sister's disappointment, she still **put a bold face on**.

儘管我姐近來心情沮喪，她還是裝得蠻不在乎。

👍**put a period to sth.** 結束某事

Shall we **put a period to** that plan?

我們可以來結束那個計畫了嗎？

2 **impose** [ɪm`poz] 動 把…強加於；打擾；欺騙
MP3
652

💬 **三態變化** impose → imposed → imposed

例句 ▶ She'll never think of imposing herself.

她絕對不會勉強別人接受自己。

本是同根生 ✦ 相同字根的延伸單字

imposition 名 強加；徵收的稅　　**impostor** 名 騙子

imposture 名 詐欺；冒牌　　**imposing** 形 氣勢宏偉的

這樣用動詞 ✦ 使用率破表的相關片語

🖐**impose on** 叨擾；打擾

Lucy **imposed on** me by staying at my house for two weeks.

露西在我家叨擾了兩個禮拜。

3 **inflict** [ɪn`flɪkt] 動 強加；使遭受（打擊）
MP3
653

💬 **三態變化** inflict → inflicted → inflicted

例句 ▶ Karen always inflicts her ideas on others.

凱倫總是把她自己的想法加諸到別人身上。

本是同根生 ✦ 相同字根的延伸單字

infliction 名 施加；施加的事物　　**inflicter** 名 課加者

inflictable 形 （罰金等）可課加的　　**inflictive** 形 科以刑罰的

這樣用動詞 ·(使用率破表的相關片語)

🍎 **inflict on** 施加

You shouldn't **inflict** your ideas **on** others.

你不該把你的想法強加在別人身上。

---

4 **deprive** [dɪˋpraɪv] 動 剝奪；免去；使喪失 (MP3 654)

💬 **三態變化** deprive → deprived → deprived

例句 ▶ This law will **deprive** the criminal **of** his rights.

這條法律將剝奪那個罪犯的權利。　**deprive of** 剝奪

本是同根生 ·(相同字根的延伸單字)

deprivation 名 損失；剝奪　　　　**deprival** 名 剝奪

deprivable 形 可剝奪的　　　　　**deprived** 形 被剝奪的

---

5 **free** [fri] 動 使自由；解脫　形 自由的；免費的 (MP3 655)

💬 **三態變化** free → freed → freed

例句 ▶ We decided to **free** the bird **from** the trap.

我們決定把小鳥從陷阱中放出去。　**free from** 使自由

本是同根生 ·(相同字根的延伸單字)

freedom 名 自由；免除　　　　**freeness** 名 自由；免費

freelancer 名 自由作家（或演員等）　　**freely** 副 自由地

這樣用動詞 ·(使用率破表的相關片語)

🍎 **get free of** 免除

Why can't you just **get free of** your past failures?

你為什麼就不能放下自己過去的失敗經驗呢？

① persecute
動 迫害；困擾；為難

① harass
動 騷擾；使煩惱

③ aggravate
動 使惡化；激怒

⑥ block
動 妨礙；封鎖
名 塊；街區

侵擾、妨礙

④ irk
動 惹惱；使苦惱；使厭倦

⑤ antagonize
動 使對抗；使敵對

---

① **harass** [həˋræs] 動 騷擾；使煩惱 同義 hassle　MP3 656

三態變化 harass → harassed → harassed

例句 She claimed that she has been harassed by a stalker for a long time.
她聲稱她長期被一個跟蹤狂騷擾。

本是同根生 → 相同字根的延伸單字

harassment 名 騷擾；煩惱　　**harassed** 形 厭煩的

這樣用動詞 → 使用率破表的相關片語

sexually harass 性騷擾
Julie **had been sexually harassed** by her superior.
茱莉過去一直受到上司的性騷擾。

2 persecute [`pɝsɪ͵kjut] 動 迫害；困擾；為難

三態變化 persecute → persecuted → persecuted

例句 They were persecuted simply because they have different religious beliefs.
他們只因為宗教信仰不同，而倍受迫害。

本是同根生 → 相同字根的延伸單字

persecutor 名 迫害者　　　　**persecution** 名 迫害

這樣用動詞 → 使用率破表的相關片語

persecute sb. with/by questions 給某人出難題
My math teacher **persecuted** the whole class **by** high-level math **questions**.
我的數學老師給全班出了困難的數學題目。

suffer from persecution 受迫害
Those aborigines **were suffering from** political **persecution**.
那群原住民受到了政治迫害。

3 aggravate [`ægrə͵vet] 動 使惡化；激怒

三態變化 aggravate → aggravated → aggravated

例句 Putting on more restrictions will only aggravate the situation.
加諸更多的限制只會讓現況惡化而已。

本是同根生 → 相同字根的延伸單字

aggravation 名 加重；惡化　　　**aggravating** 形 惡化的
aggravated 形 加重的

這樣用動詞 → 使用率破表的相關片語

aggravation of the situation 事態的惡化
There was an **aggravation of the situation** when John didn't back down from his position.

約翰堅持不放棄自己的職位，而事態也因此惡化了。

4 irk [ɝk] 動 惹惱；使苦惱；使厭倦

💬 三態變化 irk → irked → irked

例句 ▶ His disrespectful attitude irked our manager.
他不尊重的態度惹惱了我們經理。

本是同根生 ┤相同字根的延伸單字

irksome 形 令人厭煩的　　　　　irksomeness 名 厭惡
irksomely 副 討厭地

5 antagonize [æn`tægə͵naɪz] 動 使對抗；使敵對

💬 三態變化 antagonize → antagonized → antagonized

例句 ▶ He had no reason to antagonize his supervisor.
他沒有理由對抗他的主管。

本是同根生 ┤相同字根的延伸單字

antagonism 名 對抗；敵意　　　antagonist 名 對手
antagonistic 形 敵對的

這樣用動詞 ┤使用率破表的相關片語

🍎 come into antagonism with 和⋯翻臉
I came into antagonism with Tom because of his arrogance.
我因為湯姆太自大而和他翻臉。

🍎 be in antagonism against/to 與⋯對立
There was a time when the UK was in antagonism against Russia.
歷史上，英國與俄國曾經對立過一段時間。

6 ▶ block [blɑk] 動 妨礙；封鎖 名 塊；街區

MP3 661

💬 三態變化 block → blocked → blocked

例句 ▶ You need to **block out** the negative news and focus on something positive.

你必須專注在一些能帶來正面效益的新聞，並避開負面新聞。

block out 遮蔽；使看不見

本是同根生 ▶ 相同字根的延伸單字

blocking 名 阻塞；大塊
blockhead 名 （口）傻瓜
blocked 形 被封鎖的
blocker 名 阻擋之物或人
blockhouse 名 碉堡；木屋

這樣用動詞 ▶ 使用率破表的相關片語

👍 **a chip off the old block** 有其父必有其子
Ben looks just like his father — a real **chip off the old block**.
班跟他爸爸長得一模一樣，真是有其父必有其子。

👍 **block in** 堵塞
I can't move my scooter because that car is **blocking** me **in**.
因為被那台車擋住了，所以我無法移動我的機車。

👍 **on the block** 待售；拍賣中
My neighbor couldn't afford to keep up the car, so it was put **on the block**.
我的鄰居無法負荷那台車的花費，所以現在它在待售中。

👍 **a mental block** 智能障礙
The doctor announced that the criminal has **a mental block**.
醫生宣布那個罪犯有智能障礙。

Part 1
Part 2
Part 3
Part 4

ridicule
動 嘲笑；奚落
名 嘲笑；愚弄

2 mock
動 嘲笑
名 嘲弄；模仿
形 假的

3 deride
動 嘲弄；嘲笑

嘲笑、輕蔑

6 scorn
動 輕蔑；不屑做
名 蔑視；嘲笑

4 jeer
動 嘲笑；戲弄

5 criticize
動 批評；評論；挑剔

1 **ridicule** [`rɪdɪkjul] 動 嘲笑；奚落 名 嘲笑；愚弄 MP3 662

💬 三態變化 ridicule → ridiculed → ridiculed

例句 John was ridiculed in the class for his ideas.
整個班級都嘲笑約翰的想法。

本是同根生 相同字根的延伸單字

ridiculousness 名 荒謬　　　**ridiculous** 形 荒謬的
ridiculously 副 可笑地

這樣用動詞 使用率破表的相關片語

🍎**turn into ridicule** 嘲笑；諷刺；挖苦
He **turns** everything **into ridicule**.
他將所有事都當作笑話看待。

② mock [mɑk] 動 嘲笑 名 嘲弄；模仿 形 假的

MP3 663

💬 **三態變化** mock → mocked → mocked

例句▷ The boys **mocked at** his timidity when he ran out of the house.

當他衝出房子的時候，其他男孩們都笑他膽小。　mock at 嘲弄；嘲笑

本是同根生 → 相同字根的延伸單字

mockery 名 嘲笑；笑柄　　　**mocker** 名 嘲弄者；模仿者
mocking 形 嘲弄的　　　　　**mockingly** 副 取笑地

這樣用動詞 → 使用率破表的相關片語

👍 **make a mockery of** 愚弄；嘲弄
When we were little girls, we **made a mockery of** Jenny for being so shy.
當我們都還是小女孩的時候，曾因為珍妮很害羞而嘲笑她。

③ deride [dɪˋraɪd] 動 嘲弄；嘲笑 同義 taunt

MP3 664

💬 **三態變化** deride → derided → derided

例句▷ The kids **derided** him **for** his fear of snakes.
孩子們因為他怕蛇而嘲笑他。　deride sb. for sth. 因為某事嘲笑某人

本是同根生 → 相同字根的延伸單字

derision 名 嘲笑；笑柄　　　**derisory** 形 微不足道的
derisible 形 可笑的　　　　　**derisive** 形 值得嘲笑的
derisively 副 嘲弄地

④ jeer [dʒɪr] 動 嘲笑；戲弄 同義 scoff

MP3 665

💬 **三態變化** jeer → jeered → jeered

例句▷ Those mean girls **jeered at** Nancy's new dress.

那些壞心的女孩都嘲笑南西的新洋裝。 jeer at 譏笑

本是同根生 → 相同字根的延伸單字

jeerer 名 嘲笑者；戲弄者　　　　**jeeringly** 副 嘲弄地

5 criticize [`krɪtɪˌsaɪz] 動 批評；評論；挑剔

三態變化 criticize → criticized → criticized

例句 ▶ He was criticized for not sending the patient to a hospital.
他因為沒有將病人送到醫院而遭受指責。

本是同根生 → 相同字根的延伸單字

criticism 名 批判；評論；指責　　**critique** 名 評論
critical 形 評論的；關鍵的　　　　**critically** 副 批評地

這樣用動詞 → 使用率破表的相關片語

👍 **be critical of** 對…表示譴責
He **is critical of** grammar in the speech of other people.
他很愛挑別人話中的語法錯誤。

6 scorn [skɔrn] 動 輕蔑；不屑做 名 蔑視；嘲笑

三態變化 scorn → scorned → scorned

例句 ▶ No one has the right to scorn anyone.
沒有人有資格去蔑視任何人。

本是同根生 → 相同字根的延伸單字

scornfulness 名 輕蔑　　　　**scornful** 形 輕蔑的

這樣用動詞 → 使用率破表的相關片語

👍 **think scorn of** 鄙視
He **thinks scorn of** cheating people out of their money.
他鄙視為錢財而去詐欺他人的行為。

1 exaggerate
動 誇張；使增大

2 boast
動 自吹自擂

誇大、膨脹

3 inflate
動 使膨脹；使充氣

3 swell
動 膨脹；增長
名 腫脹

1 exaggerate [ɪgˋzædʒəˌret] 動 誇張；使增大
MP3 668

💬 **三態變化** exaggerate → exaggerated → exaggerated

例句 He didn't **exaggerate about** the argument at the meeting.
他並沒有誇大會議中的那場爭執。　exaggerate about 誇大

本是同根生 → 相同字根的延伸單字

exaggeration 名 誇大；浮誇　　**exaggerator** 名 誇張者
exaggerated 形 言過其實的　　**exaggerative** 形 誇張的
exaggeratory 形 誇大的　　　　**exaggeratedly** 副 誇張地

2 boast [bost] 動 自吹自擂；誇耀　名 大話
MP3 669

💬 **三態變化** boast → boasted → boasted

She enjoys **boasting about** her son's achievements.
她很喜歡誇耀她兒子的成就。 boast about 吹噓

本是同根生 → 相同字根的延伸單字

boastful 形 愛自誇的　　　**boastfully** 副 自誇地

3 swell [swɛl] 動 膨脹；增長 名 腫脹 同義 inflate MP3 670

三態變化 swell → swelled → swelled

例句 The hot-air balloon **swelled out** after it was full.
熱氣球在充滿氣之後膨脹了起來。 swell out 膨脹；鼓起

本是同根生 → 相同字根的延伸單字

swelldom 名 （口）時髦社會　　　**swellfish** 名 河豚
swellhead 名 （口）自負者　　　**swellheaded** 形 （口）驕傲的

這樣用動詞 → 使用率破表的相關片語

👍 **have a swelled head** 過度自負的
The designer **had a swelled head** after he won the famous fashion prize.
這位設計師自從得了著名時尚比賽的獎項後，就變得過於自負。

4 inflate [ɪn`flet] 動 使膨脹；使充氣 同義 blow up MP3 671

三態變化 inflate → inflated → inflated

例句 He always inflates his part in every assignment.
他總是誇大他在所有任務中扮演的角色。

本是同根生 → 相同字根的延伸單字

inflation 名 通貨膨脹；誇張　　　**inflator** 名 打氣筒
inflationist 名 通貨膨脹論者　　　**inflatable** 形 膨脹的；得意的
inflationary 形 通貨膨脹的　　　**inflated** 形 誇張的

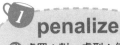
penalize
動 處罰；對…處刑；使不利

2 **punish**
動 處罰；懲罰

處罰、判決

4 **adjudge**
動 宣判；判決；評判給

3 **sentence**
動 判決
名 判決；句子

Part **1**

Part **2**

Part **3**

Part **4**

1 **penalize** [`pin!͵aɪz] 動 處罰；對…處刑；使不利

🗨 三態變化 penalize → penalized → penalized

例句▶ That player was penalized for a foul in the first half.
那位球員在前半場因為犯規而被處罰了。

本是同根生 → **相同字根的延伸單字**

penalty 名 處罰；罰款   **penal** 形 刑事的
penally 副 刑事上；用刑罰

2 **punish** [`pʌnɪʃ] 動 處罰；懲罰；【口】折磨

🗨 三態變化 punish → punished → punished

例句▶ The court will **punish** her **with** two years in prison.

法院將判她兩年有期徒刑。 　punish with 以…懲罰

本是同根生 → **相同字根的延伸單字**

punishment 名 懲罰 　　　　**punisher** 名 處罰者
punishable 形 該罰的 　　　　**punishing** 形 打擊沉重的

這樣用動詞 → **使用率破表的相關片語**

punish by 用…懲罰
Daniel decided to **punish** himself **by** not eating.
丹尼爾決定用絕食來懲罰自己。

punish for 為…懲罰
You will **be punished for** what you did.
你會因自己的所作所為而受到懲罰的。

capital punishment 死刑
The killer is sentenced to **capital punishment**.
那個殺人兇手被判死刑。

take a punishing 遭受折磨；擊敗；受挫
My neighbor was a skinny kid who often **took a punishing** from bullies.
我的鄰居曾是個瘦弱的小孩，常常遭到惡霸欺負。

3 ▶ sentence [ˋsɛntəns] 動 判決 名 判決；句子 　MP3 674

三態變化 sentence → sentenced → sentenced

例句▶ To everyone's surprise, the judge **sentenced** the man **to** death.

讓大家驚訝的是，法官判了那名男子死刑。 　sentence to 處以刑罰

本是同根生 → **相同字根的延伸單字**

sentencer 名 宣判者 　　　　**sentential** 形 判決的
sententious 形 簡潔的 　　　　**sententiously** 副 簡潔地

這樣用動詞──**使用率破表的相關片語**

🍎**pass sentence on** 判決
The jury **passed sentence on** the defendant.
陪審團決定了對被告的判決。

🍎**life sentence** 無期徒刑
The man was convicted of murder and given a **life sentence**.
那名犯下謀殺罪的男子被判處無期徒刑。

4 **adjudge** [ə`dʒʌdʒ] 動 宣判；判決；評判給 MP3 675

💬 **三態變化** adjudge → adjudged → adjudged

例句▶ Early this month, Patrick was adjudged bankrupt by the court.
派翠克已於這個月初宣告破產。

本是同根生──**相同字根的延伸單字**

adjudication 名 【律】判決　　**adjudgment** 名 定罪；宣告
adjudicator 名 判決者；裁判　　**adjudicative** 形 法律判決的

✏️ **單字力 UP！還能聯想到這些**

「法院」 相關字	judge 法官；jury 陪審團；party 當事人；witness 證人；suspect 嫌犯；defendant 被告；prosecutor 檢察官；charge 控告；testimony 證詞；lawsuit 訴訟；prosecution 起訴；appeal 上訴；hearing 公聽會
「判刑」 相關字	guilty 有罪的；innocent 無辜的；parole 假釋出獄；bail 保釋；supreme court 最高法院；verdict 判決；sentence 判刑

Part 1

Part 2

Part 3

Part 4

國家圖書館出版品預行編目資料

初學也能變神人!用關鍵動詞擺脫卡卡英文 / 張翔 著. --
初版. -- 新北市：知識工場出版 采舍國際有限公司發行
, 2018.3 面； 公分. --（Master；05）
ISBN 978-986-271-804-9（平裝）

1.英語   2.動詞

805.165   106022793

 知識工場 · Master 05

初學也能變神人！用關鍵動詞擺脫卡卡英文

出 版 者／全球華文聯合出版平台 · 知識工場
作　　者／張翔　　　　　　　　　印 行 者／知識工場
出版總監／王寶玲　　　　　　　　英文編輯／何毓翔
總 編 輯／歐綾纖　　　　　　　　美術設計／蔡瑪麗

郵撥帳號／50017206 采舍國際有限公司（郵撥購買，請另付一成郵資）
台灣出版中心／新北市中和區中山路2段366巷10號10樓
電話／（02）2248-7896　　　　　　傳真／（02）2248-7758
ISBN-13／978-986-271-804-9
出版日期／2018年3月初版

全球華文市場總代理／采舍國際
地址／新北市中和區中山路2段366巷10號3樓
電話／（02）8245-8786　　　　　　傳真／（02）8245-8718

港澳地區總經銷／和平圖書
地址／香港柴灣嘉業街12號百樂門大廈17樓
電話／（852）2804-6687　　　　　　傳真／（852）2804-6409

全系列書系特約展示
新絲路網路書店
地址／新北市中和區中山路2段366巷10號10樓
電話／（02）8245-9896　　　　　　傳真／（02）8245-8819
網址／www.silkbook.com

知識工場
Knowledge is everything！